W.J. Krefting

Aschegrab

EDITION M

Das Buch

1996: Die Idylle im australischen Dorf Hopetoun wird jäh zerstört, als den Geschwistern Sharon und Jasper eines Tages beim Spielen am See etwas Schreckliches zustößt: Sharon kehrt nicht nach Hause zurück und Jasper verstummt nach dem Grauen, das er mitansehen musste.

Gegenwart: Wieder verschwindet ein Mädchen am See. Die Ermittlerin Rachel Buchanan wird nach Hopetoun geschickt, um den Fall aufzuklären. Nachdem Rachel Parallelen zwischen damals und heute findet, zeigen die Einwohner ihr zunehmend das wahre, düstere Gesicht des Ortes und ihre Suche bringt Rachel bald selbst in äußerste Gefahr …

Der Autor

Wilhelm J. Krefting lebt und arbeitet in Münster. Während der Schulzeit begann er für verschiedene Lokalzeitungen zu arbeiten und entdeckte seine Faszination für das Schreiben. Nach dem Abitur studierte er Politikwissenschaften und Journalistik und setzte seine journalistische Karriere bei größeren Medien fort, unter anderem bei der Rheinischen Post, dem Hamburger Abendblatt, der WELT und der BILD-Zeitung.

Im Zuge der spannenden Arbeit als Journalist sammelte Krefting unzählige Inspirationen, die er in seinen Büchern verarbeitet. Die wohl prägendste Zeit erlebte er dabei in Australien, wo er in Melbourne studierte und als Korrespondent für verschiedene deutsche und australische Medien arbeitete. Seine schriftstellerische Karriere begann der Autor 2013.

W. J. KREFTING

ASCHE GRAB

THRILLER

EDITION M

Deutsche Erstveröffentlichung bei
Edition M, Amazon Media EU S.à r.l.
38, avenue John F. Kennedy, L-1855 Luxembourg
Juni 2019

Umschlaggestaltung: bürosüd° München, www.buerosued.de
Umschlagmotiv: © Alted Studio / Shutterstock; © Nataliya Turpitko / Shutterstock; © Domagoj Burilovic / Shutterstock; © DiKiYaqua / Shutterstock; © Oleg Krugliak / Shutterstock
Lektorat und Korrektorat: Verlag Lutz Garnies, Haar bei München, www.vlg.de
Gedruckt durch:
Amazon Distribution GmbH, Amazonstraße 1, 04347 Leipzig /
Canon Deutschland Business Services GmbH, Ferdinand-Jühlke-Straße 7, 99095 Erfurt /
CPI books GmbH, Birkstraße 10, 25917 Leck

ISBN 978-2-91980-836-6

www.edition-m-verlag.de

Prolog

1996

Der linke große Türflügel der St. Augustine's Church klemmte. Reverend Billingsley war erst in der Lage, ihn zu öffnen, nachdem er ein paar Mal kräftig daran gerüttelt hatte. Durch die jetzt im September allmählich steigenden Temperaturen hatte sich das Holz ausgedehnt und blockierte den Rahmen. Billingsley würde dem Gemeindemitglied und Schreiner Bill Nagel heute Abend einen kleinen Besuch abstatten und ihn darum bitten, das Problem zu beheben. Glücklicherweise machte der rechte Türflügel keine Schwierigkeiten.

Für den Termin der heiligen Beichte jeden Dienstagnachmittag legte der Reverend besonderen Wert darauf, dass die Kirchentür weit geöffnet war und einen einladenden Eindruck für alle Gemeindemitglieder vermittelte. Die Beichttermine in dem kleinen Dorf Beulah waren schlecht besucht, obwohl viele seiner Schäfchen durchaus häufiger einen Grund gehabt hätten, Buße zu tun, wie er fand. Alkoholismus, Ehebruch, Gewalt in der Familie und unzüchtiges Verhalten unter Teenagern, das alles war hier in der Einöde Victorias an der Tagesordnung. Trotz der Herausforderungen mochte

Billingsley seine Aufgabe. Zwar hatte er sich zuerst über seine Abberufung aus der lebendigen Metropole Melbourne durch den Erzbischof geärgert, doch nun, etwa zwei Jahre später, war er mit der hiesigen Bevölkerung warm geworden. Und das bezog sich nicht nur auf den katholischen Teil. Die Leute hier mochten ihn sogar sehr gern, wie er nicht ohne Stolz feststellte. Manchmal kamen die Menschen selbst aus den umliegenden Dörfern zu seinen Gottesdiensten. Es war seine lockere, unkonventionelle Art und die Bereitschaft, die festgetretenen Pfade des Katholizismus hin und wieder zu verlassen, die ihn so beliebt machte. Hier, am langweiligsten Ort der Welt, war es vielleicht das Außergewöhnliche, die Abwechslung, was die Menschen liebten.

Billingsley durchquerte die Kirche und ging geradewegs in die Sakristei, die sich hinter einer schmalen Tür neben dem Altarraum befand. Hier wurde nicht nur alles aufbewahrt, was er für den Gottesdienst benötigte, Billingsley benutzte den Raum auch als seine persönliche kleine Abstellkammer, da er zu Hause nicht sehr viel Platz hatte. Jetzt nahm er sein schwarzes Jackett von einem Kleiderbügel, zog es an und zupfte es zurecht. Der Reverend trug entgegen der von der Kirche festgelegten Kleiderordnung in der Gemeinde für gewöhnlich ein T-Shirt. Denn hier, fernab jeglicher Kontrolle, hielt er es für vertretbar, die strengen Konventionen etwas liberaler auszulegen. Eine Ausnahme bildeten die Beichttermine, bei denen er sein Jackett bevorzugte, um den Sündern als würdiger Vertreter Gottes mit einer gewissen Autorität entgegenzutreten.

Billingsley schaute auf die Uhr. Es war Zeit, die Bußwilligen zu empfangen, wenn denn jemand auftauchte. Billingsley ging zurück in die Kirche und setzte sich in die vorderste Bank, um während der Wartezeit ein wenig in sich zu gehen und zu beten. In solch meditativer Andacht versunken, war er ganz bei sich und bekam so gut wie nichts von dem mit, was um ihn herum geschah. So bemerkte der Reverend auch nicht, dass jemand durch die weit geöffnete Tür die Kirche betrat. Die Gestalt war in ein großes violettes Tuch gehüllt, das selbst den Kopf fast vollständig bedeckte. Die Augen waren hinter einer Sonnenbrille versteckt. Die Person schritt langsam auf den Altar zu, bis sie neben dem Reverend stehen blieb und ihm die linke Hand auf die Schulter legte. Billingsley schreckte aus seiner Meditation hoch. Er brauchte eine Sekunde, um sich zu orientieren. Zuerst hielt er die Gestalt für eine Muslima, doch dann sah er das Kreuz, das sie um den Hals trug. Außerdem konnte er nicht mit hundertprozentiger Sicherheit sagen, ob es sich um eine Frau oder einen Mann handelte, da das Tuch die Körperform kaschierte.

Billingsley erhob sich.

»Guten Tag. Sie sind hier, um zu beichten, nehme ich an?«

Die Person nickte.

»Na, das ist doch gut, die Farbe passt ja schon mal«, sagte Billingsley und spielte dabei auf das violette Tuch an, die Farbe der Buße und der Demut.

»Bitte kommen Sie mit.«

Der Reverend führte die Person zu einem Beichtstuhl, der neben dem linken Kirchenschiff direkt an der Wand aufgestellt war. Der Beichtstuhl glich eher einem zu groß geratenen Passbildautomaten, nur dass er aus zwei Kabinen bestand, die in der Mitte durch eine Zwischenwand mit einem Fenster getrennt waren. Billingsley, der während seiner Ausbildung ein Jahr am Priesterseminar in Rom verbracht hatte, war immer ein großer Bewunderer der vatikanischen Einrichtungen und deren Inventar gewesen. Insbesondere hatten es ihm die hölzernen Renaissance-Beichtstühle angetan, von denen es im jungen Australien keinen einzigen gab. Stattdessen musste er mit einer grauen Plastikkiste als Ort der Sündenbekennung vorliebnehmen, doch bisher hatte sich noch niemand beschwert.

Er bat die Person, im linken Teil der Kabine Platz zu nehmen, und setzte sich selbst in den rechten. Billingsley wunderte sich, dass die Person noch kein Wort gesagt hatte, außerdem wirkte sie sehr nervös, wenn er das Hin- und Herwippen auf dem kleinen Plastikhocker richtig deutete. Dann begann die Person im Flüsterton zu sprechen und bekreuzigte sich.

»Im Namen des Vaters und des Sohnes und des Heiligen Geistes. Amen.«

Auf jeden Fall schon mal ein Katholik, der mit Sicherheit nicht zum ersten Mal bei der Beichte ist, dachte Billingsley und antwortete dem Ritus entsprechend:

»Gott, der unser Herz erleuchtet, schenke dir wahre Erkenntnis deiner Sünden und Seiner Barmherzigkeit.«

»Amen.«

Billingsley missfiel die Situation ein wenig. Er hätte es vorgezogen, das Gesicht seines Gegenübers zu sehen.

»Vor Gott, unserem Vater, muss sich niemand schämen oder verstecken, auch nicht, wenn er gesündigt hat. Wollen Sie nicht Ihr Gesicht offenbaren?«

Während einiger langer Augenblicke sagte die Person nichts, dann begann sie wieder zu flüstern:

»Wenn Sie getan hätten, was ich getan habe, würden Sie sich auch verhüllen. Gott weiß es, denn Er hat mich gesehen. Ich will Ihn um Vergebung für meine Tat bitten. Wenn es Vergebung dafür gibt.«

Billingsley stutzte und beschloss, den Wunsch des Beichtenden, unerkannt zu bleiben, zu respektieren. Offenbar unterschied sich das, was er getan hatte, von den Sünden, die ihm seine Gemeindemitglieder an einem normalen Dienstagnachmittag gestanden. Er war gespannt, seine Beichte zu hören.

»Gott ist gewillt, jenen zu vergeben, die ihre Taten bereuen und zur Buße bereit sind«, sagte Billingsley. »Was haben Sie getan?«

Die Person hinter der Plastikwand atmete tief durch. Als hätte sie sich noch nicht gänzlich dazu durchgerungen, ihr Herz zu erleichtern. Schließlich begann sie wieder zu flüstern.

»Haben Sie von dem Entführungsfall in Hopetoun gehört?«

Dem Reverend lief ein kalter Schauer über den Rücken. Natürlich hatte er von dem Fall im rund fünfundzwanzig Kilometer entfernten Nachbarort gehört. Es wäre in den vergangenen Wochen und Monaten auch schwierig gewesen, nichts davon mitzubekommen, da die Lokalzeitungen ausgiebig darüber berichteten und die Gerüchteküche ohne Unterlass brodelte. Ein zwölfjähriges Mädchen war vor einiger Zeit verschwunden und ihr jüngerer Bruder seither verstummt. Der Verbleib des Mädchens war nicht geklärt, Billingsley befürchtete jedoch das Schlimmste. Bezüglich der Person, die ihm nur einige Zentimeter entfernt gegenübersaß, drängte sich ihm ein schrecklicher Verdacht auf.

»Sprechen Sie weiter«, sagte der Reverend, ohne sich die Verunsicherung anmerken zu lassen.

»Ich habe ein Kind verschwinden lassen. Und es ist noch nicht zu Ende«, flüsterte die Person.

Billingsley zuckte innerlich zusammen.

»Das Mädchen in Hopetoun. Was haben Sie mit ihr gemacht?«

Die verhüllte Gestalt schüttelte den Kopf.

»Ich möchte dazu nichts sagen. Erteilen Sie mir Absolution, bitte«, flehte sein Gegenüber, wobei sich die flüsternde Stimme brach.

»Das kann ich nicht, wenn ich nicht weiß, was Sie getan haben.«

»Ich flehe Sie an, ich kann damit nicht weiterleben.«

»Ich kann Ihnen die Absolution nur erteilen, wenn Sie Reue und den Vorsatz zeigen, umzukehren und Buße tun. Dazu *muss* ich wissen, was Sie getan haben. Sie müssen Verständnis dafür haben, dass die Beichte kein Automat ist, in den man anonym Sünden einwirft und aus dem man dann automatisch die Absolution erhält. Auch wenn man das bei diesem Passbildautomat-Beichtstuhl vielleicht denken könnte. Verstehen Sie mich?«

Unvermittelt sprang sein Gegenüber auf und verließ den Beichtstuhl, was die graue Plastikkiste zum Wackeln brachte. Billingsley stand ebenfalls auf und folgte der Person, die zügigen Schrittes das Gotteshaus verließ.

»Warten Sie«, rief Billingsley dem Fliehenden nach, der sich jedoch nicht aufhalten ließ. »Zeigen Sie Reue und gehen Sie zur Polizei. Gestehen Sie, sonst findet Ihre Seele keine Ruhe!«, rief der Reverend, doch sein Rat blieb unbeachtet. Die violette Gestalt verließ die Kirche und verschwand. Billingsley konnte sie auf der Straße nicht entdecken. Die Sache kam ihm gespenstisch vor. Die Person, die ihm eben noch gegenübergesessen hatte, war wie vom Erdboden verschluckt. Ratlos stand er in der Kirchentür und überlegte, wie er mit der Situation umgehen sollte. Er hatte gerade mit einem potenziellen Entführer oder Mörder gesprochen! In ihm keimte der Gedanke auf, zur Polizei zu gehen und den Vorfall zu melden, doch er verwarf ihn sogleich wieder. Billingsley hätte niemals das Beichtgeheimnis gebrochen. Es war heilig, selbst bei einem Mordgeständnis, und Billingsley musste im Falle einer Verletzung sogar mit der Exkommunikation rechnen. Diese Regel war durchaus sinnvoll. Nur absolute Geheimhaltung gewährleistete dem Beichtenden den nötigen Schutz und das Vertrauen, um ein Geständnis abzulegen.

Vielleicht würde die Person eines Tages zurückkehren und zu gegebener Zeit die Möglichkeit einer umfassenden Beichte beim Reverend wahrnehmen. Die Türen seiner Kirche würden ihr jedenfalls immer offen stehen.

Kapitel 1

September 2015, Gegenwart

Es war ein für Hopetoun überdurchschnittlich warmer Frühlingstag, das Thermometer zeigte knapp fünfundzwanzig Grad Celsius. Natürlich machte die globale Erwärmung auch vor einem verschlafenen Nest in der Einöde des Bundesstaates Victoria nicht halt. Das Schlimmste war die Dürre, unter der das ganze Land praktisch seit Anfang des Jahrtausends litt und die jedes Jahr extremer wurde. Sie trocknete die Böden aus, machte es immer schwieriger für Landwirte zu bestehen und bedeutete eine enorme Herausforderung für den Alltag der Menschen. Statistisch gesehen nahm sich jeden vierten Tag ein Landwirt aus Verzweiflung wegen dürrebedingten Existenzverlusts das Leben.

Der kleine Ben schlenderte über den staubigen Sandboden bis zu der Holztreppe, die zur Veranda des Hauses der Familie Banks führte. Mit zwei Sätzen war er oben und nach einem weiteren Schritt an der Gittertür zum Haus. Er riss sie auf und hämmerte gegen die dahinterliegende Haustür, deren Fenster zusätzlich mit einem Fliegengitter geschützt war. Mücken waren hier eine große Plage. In Victoria allgemein und in Hopetoun mit seinem allmählich austrocknenden See, der sich hervorragend als Kinderstube für die kleinen Blutsauger eignete, im Besonderen.

»Hallo, Ben, wie oft muss ich dir noch sagen, dass du nicht so laut gegen die Haustür klopfen sollst? Komm einfach rein, du gehörst ja praktisch zur Familie«, begrüßte Susan Banks den kleinen Gast.

»Ich wollte Olivia zum Spielen abholen.«

»Das habe ich mir schon gedacht, habt ihr keine Hausaufgaben auf?«

»Sind schon fertig.«

Ben Aldridge und Olivia Banks waren beide zehn Jahre alt und gingen in dieselbe Klasse. Auch außerhalb der Schule verbrachten sie viel Zeit miteinander, spielten zusammen im Wald oder stellten allen möglichen Unfug an. Das hatte sich schon sehr früh abgezeichnet, denn ihre Väter Timothy Banks und Jeff Aldridge waren selbst seit frühester Kindheit die besten Freunde, die nichts in der Welt hätte trennen können.

So, wie die Dinge auf dem Land liefen, würden Olivia und Ben vermutlich auch hier ihren Schulabschluss machen, in ungefähr zehn Jahren heiraten und den Rest ihres Lebens in Hopetoun verbringen.

»Olivia, Ben ist hier und will dich abholen«, rief Susan. Einen Augenblick später kam das kleine Mädchen die Treppe heruntergerannt.

»Hast du deine Hausaufgaben schon fertig?«, fragte Susan. Ihre kleine Tochter nickte mit einem verschmitzten Lächeln.

»Und warum habe ich dann die Titelmusik von ›Skippy‹ aus deinem Zimmer gehört?«, fragte Susan.

Die australische Sechzigerjahre-Serie »Skippy, das Buschkänguru« war Olivias Lieblingsserie. Alt, aber immer noch der absolute Renner.

»Ich weiß auch nicht, Mom«, antwortete Olivia.

»Na gut. Aber seid zum Abendessen wieder hier.«

Olivia und Ben waren bereits zur Tür hinaus. Von einer Wolke aus rotem Staub umgeben, rannten sie in Richtung Nordosten. Ihr Ziel war ein kleiner, karger Wald aus Eukalyptusbäumen, der einzige Ort in Hopetoun, wo man in der Mittagshitze draußen spielen konnte.

Die Stadt war zu dieser Tageszeit wie ausgestorben. Die Kinder waren so ziemlich die einzigen Menschen auf der Straße, als sie den Bürgersteig entlanggingen. Auch Autos waren weit und breit nicht zu sehen, bis plötzlich ein großer Pick-up hinter ihnen um die Ecke bog. Der Wagen verfolgte die Kinder in einem gewissen Abstand, während er immer weiter zu den beiden aufschloss. Als er auf einer Höhe mit ihnen war, stoppte er kurz. Olivia und Ben drehten gleichzeitig die Köpfe, um zu sehen, ob sich vielleicht ein Bekannter darin befand, doch der Wagen war zu hoch, als dass sie jemanden hätten erkennen können. Schließlich beschleunigte das Fahrzeug wieder und bog an der nächsten Kreuzung rechts ab. Die Kinder dachten sich nichts dabei und gingen weiter.

Zehn Minuten später erreichten sie den Wald. Die beiden hatten vor einigen Wochen angefangen, eine kleine Hütte aus herumliegenden Ästen zu bauen, die sie mit Strohband zusammenknoteten. Die Hütte, die eher einem Verschlag glich, stand zwischen zwei grauen Eukalyptusbaumstämmen und hatte nur drei Wände, dafür ein großes Dach, das sie mit kleineren Ästen und vertrocknetem Gras gedeckt hatten und das sogar einem Regenschauer standgehalten hätte. Nur regnete es eben selten. Ben und Olivia bezeichneten die Hütte als ihre »Geheimbasis«. Hier würde sie niemand finden und sie konnten anstellen, was sie wollten. Die Kinder krochen in die rund eineinhalb Meter hohe Hütte und knieten sich auf den harten Boden.

»Schau mal, was ich meinem Vater heute Morgen noch schnell gemopst habe«, sagte Ben. Er zog ein Plastikkästchen aus der Hosentasche und klappte den Deckel auf. Drinnen lagen eine Zigarette und ein Feuerzeug. Olivia schaute ihn mit ihren großen blauen Augen an.

»Und was sollen wir damit?«

»Na, rauchen natürlich, was denn sonst!?«, antwortete Ben, steckte sich die Zigarette in den Mund und zündete sie an.

Ben war ein richtiger kleiner Draufgänger, der vor so gut wie nichts Angst hatte, alles ausprobierte und immer unter Strom stand. Die Lehrer in der Schule hatten dem Jungen wiederholt Hyperaktivität bescheinigt, seine Eltern lehnten es jedoch strikt ab, ihm Ritalin zu geben. Ihren Sohn unter Drogen setzen zu lassen, nur damit er in der Schule konzentrierter war und bessere Noten schrieb, kam für sie nicht infrage.

Olivia war mit ihrer schüchternen, vorsichtigen Art das krasse Gegenteil.

»Iieh, Zigaretten sind doch voll ekelig. Da stinkt man von, kriegt schlechten Atem und gelbe Finger«, sagte sie, als Ben ihr hustend die Zigarette reichte. »Außerdem sagen die im Fernsehen immer, dass man bei der Dürre im Wald nicht rauchen soll. Wegen der Brandgefahr, weißt du das nicht?«

Ben konnte vor lauter Husten kaum sprechen. Er hatte den bitteren Qualm versehentlich eingeatmet.

»Wir passen schon auf, da passiert nichts«, sagte Ben schließlich, als er sich wieder beruhigt hatte, und fuchtelte mit der glimmenden Zigarette vor Olivias Gesicht herum.

»Ich will trotzdem nicht, geh mit der doofen Zigarette weg«, zischte sie und schob Bens Hand unsanft zur Seite.

Ben probierte noch einen weiteren Zug, dann hatte er auch keine Lust mehr. »Schmeckt wirklich ziemlich ekelig. Warum rauchen die Erwachsenen nur?« Er drückte die Zigarette auf dem Waldboden aus, stellte sicher, dass keine Glut übrig blieb und bedeckte die Kippe dann großzügig mit Erde. »Jetzt kann nichts mehr passieren.« Der Junge schaute sich ungeduldig im Wald um. »Was machen wir jetzt?«, fragte er.

Ben musste immer etwas machen. Einfach dazusitzen und die Eindrücke, die es hier zuhauf gab, auf sich wirken zu lassen, war ihm schier unmöglich. Manchmal fand Olivia das nervig. Wenn es nach ihr gegangen wäre, hätten die beiden ruhig noch etwas länger in der Hütte sitzen können. Aber mit jemandem, der die ganze Zeit darauf drängte, irgendetwas zu machen, wäre das vermutlich auch kein Vergnügen gewesen. Also schlug sie das nächste Ziel vor.

»Sollen wir rüber zum Lake Lascelles?«, fragte Olivia.

»Nein, das ist eine ganz blöde Idee, der ist was für Babys. Lass uns lieber zum Lake Coorong gehen«, sagte Ben und erntete dafür einen skeptischen Blick von seiner Freundin.

In Hopetoun gab es zwei Seen. Zumindest theoretisch. Der kleinere von beiden, Lake Lascelles, war ein Mekka für Wanderer, Schwimmer, Bootsliebhaber, Vogelbeobachter, Fischer und verfügte über wunderschönes sauberes Wasser, das aus der Grampians Wimmera Mallee Pipeline zugeführt wurde. Der See war erst im Jahr 2009 künstlich angelegt worden. Seitdem enthielt er ständig Wasser, was in Dürrezeiten einen absoluten Luxus und einen großen wirtschaftlichen Vorteil für das Städtchen Hopetoun bedeutete, da der See in der Regel viele Touristen aus der Gegend anlockte.

Und dann gab es noch den Lake Coorong, ein Gewässer, das früher einmal schön gewesen sein musste, mittlerweile allerdings nicht mehr als See bezeichnet werden konnte. Der Coorong hatte nach dem Einsetzen der Dürre vor fünfzehn oder zwanzig Jahren zunächst einen Großteil seines Wassers verloren und war dann umgekippt. Heute bestand der See aus einer eutrophierten, stinkenden Brühe, deren Ausdehnung größer war als die des sauberen Lake Lascelles.

Die Umrisse des ursprünglichen Lake Coorong waren auf Luftbildern noch deutlich zu erkennen und hoben sich von der von landwirtschaftlichen Flächen geprägten Umgebung ab. Wie ein bösartiger schwarzer Tumor schien sich der Coorong an das Städtchen Hopetoun heranzudrücken, auch wenn er sich glücklicherweise nicht weiter ausdehnte.

»Wieso willst du denn zum Lake Coorong? Der stinkt doch so. Lass uns lieber zum anderen See gehen«, sagte Olivia.

»Da waren wir gestern schon. Und vorgestern. Lass uns einfach mal beim Lake Coorong schauen, und wenn es da blöd ist, drehen wir wieder um. Abgemacht?«, sagte Ben in Erwartung eines Abenteuers.

Da die Bewohner von Hopetoun das Gebiet des Lake Coorong für gewöhnlich mieden, umgab ihn eine geheimnisvolle Aura, die speziell auf Kinder einen besonderen Reiz ausübte. Olivia ließ sich schließlich überreden, und so machten sich die beiden auf zu dem unweit ihrer selbst gebauten Holzhütte gelegenen See. Auf dem Weg dorthin kamen sie am schönen, klaren Lake Lascelles vorbei, der heute wie der Rest der Stadt ausgestorben wirkte. Wo sich sonst dutzende Wassersportler, Camper oder Badegäste tummelten, saß nur der einsame Joe, der Besitzer des Campingplatzes, an seinen Pick-up gelehnt, rauchte eine Zigarette und wartete auf Gäste wie eine Spinne im Netz auf Insekten.

»Hey, Kinder, wollt ihr ein Kanu mieten?«, bot Joe den beiden an und versuchte so, an diesem ruhigen Tag wenigstens etwas Umsatz zu machen, doch Olivia und Ben lehnten ab. Joe war ihnen schon immer seltsam vorgekommen, und sie machten lieber einen Bogen um ihn. Erst recht, wenn sonst niemand in der Nähe war. Im Dorf erzählte man sich nicht eben Gutes über ihn. Er nehme den ganzen Tag Drogen, wandere in regelmäßigen Abständen ins Gefängnis und entführe kleine Kinder und solche Dinge. Er war also definitiv niemand, in dessen Gesellschaft Kinder sein wollten.

Das Gebiet des Lake Coorong grenzte direkt an den Lake Lascelles und bildete einen fast unwirklichen Kontrast. Der einstige Grund des Sees war heute eine trockene, dunkle Fläche, rissig und hart, nichts lebte hier. Ben und Olivia konnten über die mit Narben durchzogene Wüste bis zum Wasser gehen, ohne dabei auch nur die kleinste Staubwolke aufzuwirbeln.

Was von dem See übrig geblieben war, hatte sich in der Mitte des Areals gesammelt und lag etwa einen halben Kilometer entfernt. Je näher die Kinder zur Mitte kamen, desto strenger roch es nach abgestandenem, fauligem Wasser.

»Wir hätten beim Lake Lascelles bleiben sollen«, bemerkte Olivia.

»Allein bei Joe, dem komischen Typen? Auf keinen Fall. Du musst durch den Mund atmen, dann riechst du nichts«, riet Ben ihr.

Der Geruch war das eine Problem. Das andere waren die Millionen von Mücken, die überall herumschwirrten. Ben und Olivia wedelten ununterbrochen mit der Hand vorm Gesicht herum, um die Insekten zu vertreiben, eine Geste, die die Einheimischen den »australischen Salut« nannten. Nach ein paar Minuten kam ein angenehmer, warmer Wind auf und löste beide Probleme auf einmal.

»Schau mal, da hinten«, rief Olivia plötzlich.

Ben drehte sich um und blickte in die Richtung, in die Olivia zeigte. Einige hundert Meter entfernt bewegte sich etwas, das wie eine Luftspiegelung aussah.

»Was ist das? Sieht aus, als ob da jemand auf uns zukommt«, sagte Olivia.

»Das ist nur eine Fata Morgana. Keine Sorge, da ist niemand. Bei der Trockenheit und Hitze ist das nicht ungewöhnlich«, erklärte Ben.

Olivia konnte das nicht beruhigen. Sie drehte sich im Gehen immer wieder um und hatte den Eindruck, dass die Gestalt größer wurde. Doch plötzlich war die Fata Morgana verschwunden. Bestimmt hatte Ben recht gehabt.

Das von Grün- und Blaualgen besiedelte Wasser war umgeben von einer matschigen Linie. Ben und Olivia zogen ihre Sandalen aus und stapften und sprangen voller Freude barfuß darin herum. Als sie keine Lust mehr hatten und ihre Kleidung und Gesichter bereits großzügig mit Matsch bespritzt waren, schlug Ben vor, am Ufer entlang zu spazieren. Vielleicht würden sie ja etwas Interessantes entdecken, einen Schatz etwa, der seit Jahrhunderten im See geschlummert und den das schwindende Wasser nun freigelegt hatte. Oder den Eingang zu einer Höhle, der sich laut Gerüchten irgendwo im Bereich des Coorong befand.

Ben und Olivia fanden nichts dergleichen. Sie freuten sich allerdings, als zwischendurch ein Brillenpelikan-Paar im See landete, das jedoch gleich wieder abhob. Sie nahmen die Vogelart gerade im Biologieunterricht durch. Die Gegebenheiten des Sees hatten das Pelikan-Paar wohl nicht überzeugt. Um diese Jahreszeit pflanzten sich die Vögel in diesem Teil Australiens fort und suchten entlang der Ufer nach geschützten Nistplätzen. Angesichts der matschigen Einöde hätten Ben und Olivia, wären sie Pelikane gewesen, aber auch wieder kehrtgemacht.

Sie gingen noch ein Stück weiter am Ufer entlang nach Osten. Hier wurde der Schlamm am Ufer zusehends weicher, und ihre Füße sanken schneller und tiefer in den Boden ein. Sie durften nicht zu lange an einer Stelle stehen bleiben, um nicht im Morast zu versinken.

»Lass uns lieber umdrehen, das wird zu gefährlich hier. Wenn wir einsinken, ist niemand hier, um uns zu helfen. Dann sterben wir einfach und niemand wird uns je wiederfinden«, sagte Olivia. Sie zog den rechten Fuß aus dem Schlamm. Dabei löste sich ihr silbernes Fußkettchen, das sie um die Knöchel trug, und versank im Matsch.

»Oh, nein«, rief sie, bückte sich und wühlte verzweifelt im Morast. Das Kettchen hatte sie zum Geburtstag bekommen, sie durfte es auf keinen Fall verlieren. Ben kam ihr zu Hilfe, doch sie fanden das Kettchen nicht. Inzwischen war Olivia, ohne es zu merken, immer tiefer in den Schlamm eingesunken, so tief, dass sie die Füße nicht mehr herausbekam, so sehr sie sich auch anstrengte.

»Du musst mich rausziehen«, rief Olivia immer wieder und mit wachsender Verzweiflung. Ben zog mit aller Kraft an ihren Armen – immer darauf bedacht, nicht selbst steckenzubleiben.

Plötzlich hielt er inne und kniff die Augen zusammen, als würde er etwas in der Ferne fixieren.

»Olivia, ich glaube, du hattest recht, es war keine Fata Morgana.«

Das Mädchen drehte den Kopf in die Richtung und erschrak. Jemand kam auf sie zu, sie konnte es deutlich erkennen. Immer verzweifelter versuchte Olivia, den Fuß aus dem Schlamm zu ziehen, wobei sie nur noch weiter einsank.

»Ben, so hilf mir doch«, schrie sie, doch ihr Freund konnte ihr nicht helfen. Während Olivia mit aller Kraft versuchte, erst einen und dann den anderen Fuß aus dem Schlamm zu ziehen, drückte ihr plötzlich jemand von hinten ein Stück Stoff aufs Gesicht und hielt ihren Kopf fest. Die Gestalt hatte ihr Gesicht mit einer schwarzen Sturmmaske verhüllt, sodass Ben sie nicht erkennen konnte. Olivia versuchte, die Luft anzuhalten, aber es gelang ihr nicht. Sie nahm einen süßlichen Geruch wahr, der sie an die Süßwaren-Abteilung in ihrem alten Kaufhaus in Melbourne erinnerte. Einige Augenblicke später verlor sie das Bewusstsein.

»Was machen Sie da? Lassen Sie sie los«, sagte Ben, vor Angst wie gelähmt. Beim Anblick von Olivias schlaffem, reglosem

Körper, der jetzt aus dem Matsch gezogen und auf dem harten Boden abgelegt wurde, befiel ihn Panik. War sie tot? Ben nahm noch einmal all seinen Mut zusammen und versuchte, zu ihr hinüberzurennen. Er wurde damit belohnt, dass er rücklings in den Schlamm gestoßen wurde.

»Rühr dich nicht vom Fleck«, befahl ihm der Mann, und Ben beschloss, doch lieber zu gehorchen, da er nicht wie seine Freundin enden wollte. Er sah stumm zu, wie der Unbekannte Olivias Schuhe aus dem Schlamm zog. Einen verstaute er in seiner Tasche, den anderen steckte er auf ein Holzkreuz, das er in den Boden rammte. Ben überlief ein Schauer des Entsetzens, hatte das Kreuz doch etwas von einem Grab. Der Entführer warf Olivia über die Schulter, und Ben begann zu weinen.

»Ist sie tot?«, fragte Ben.

Die Gestalt beugte sich zu ihm hinunter, während Ben rückwärts durch den Schlamm bis zur Wasserlinie robbte.

»Nein, sie ist nicht tot. Und ob das so bleibt, hängt von dir ab. Wenn du auch nur ein Wort von dem erzählst, was hier passiert ist, wird sie sterben. Hast du mich verstanden?«

Ben nickte panisch, dann richtete sich der Mann auf und ging mit Olivia auf der Schulter davon. Ben schaute den beiden so lange hinterher, bis sie nicht mehr zu erkennen waren. Als ihm so kalt war, dass er es nicht mehr aushielt, rappelte er sich aus dem Matsch hoch und machte sich auf den Rückweg. Es war bereits Abend, die wärmende Sonne hatte sich dem Horizont zugeneigt und die Bürgersteige in Hopetoun wirkten wie hochgeklappt. Ben trottete allein, apathisch und von oben bis unten mit Matsch beschmiert durch das Dorf. Wie fremdgesteuert bewegte sich der Junge auf sein Zuhause zu, wo er von seinen Eltern Jeff und Beth schon ungeduldig erwartet wurde. Ben betrat das Haus wie im Nebel, er nahm kaum etwas wahr, nicht einmal die Standpauke, die er für sein Zuspätkommen zu hören bekam. Er begrüßte die Eltern mit einem knappen »Hallo, ich bin müde und gehe schlafen«, dann stieg er die Treppe hinauf in sein Zimmer und kauerte sich mit den schmutzigen Sachen auf sein Bett. Die Versuche der Eltern, von ihrem Sohn zu erfahren, wo er so lange gewesen war, blieben erfolglos. Ben lag nur da und starrte an die Wand. Als hätte man ihren Sohn durch einen anderen ersetzt.

Kapitel 2

Gegenwart

Ganz leise, langsam und behutsam. Nur keine ruckartigen Gesten. Rachel musste aufpassen, damit nicht wieder ein Unglück geschah. Der Schlag in Thomas' Gesicht gestern hatte sich in sein und ihr Gedächtnis eingebrannt. Rachel wollte nicht die zweite Nacht in Folge dafür verantwortlich sein, dass ihr Partner keinen Schlaf fand. Es reichte, wenn sie wach lag und sich den Kopf zerbrach, Thomas sollte nicht auch noch darunter leiden. Rachel drehte sich behutsam zur Seite und zog dabei versehentlich an der Bettdecke. Als Thomas neben ihr tief einatmete, wusste sie, dass sie ihn aufgeweckt hatte.

»Kannst du wieder nicht schlafen?«, fragte er halb besorgt, halb genervt.

»Es tut mir leid, Schatz. Ich kann die Gedanken einfach nicht abschalten, ich muss die ganze Zeit grübeln.«

Thomas warf einen Blick auf die Uhr: 6.30 Uhr. Um sieben würde der Wecker klingeln. Es lohnte sich nicht, noch einmal einzuschlafen. Aber vielleicht würde er seiner Freundin – und sich selbst – wenigstens in der folgenden Nacht den Schlaf zurückbringen können.

»Soll ich dir heute Abend ein paar Schlaftabletten mitbringen?«, fragte er.

Thomas war Arzt beim Flying Doctor Service – und außerdem Pilot –, sodass er praktisch alle Medikamente für die Hausapotheke rezeptfrei bekommen konnte. Er machte natürlich nur sehr selten Gebrauch davon. Rachel setzte sich auf und schaltete das Licht an. Draußen dämmerte es bereits, aber im Schlafzimmer war es immer noch recht dunkel. Rachel überlegte, bevor sie Thomas' Angebot freundlich ablehnte.

»Ich habe in meinem Leben genug Schlafmittel genommen, um mich zu betäuben. Die Zeit habe ich hinter mir gelassen«, sagte sie.

»Wie du meinst. Das Angebot steht jedenfalls. Solltest du es dir anders überlegen, ruf mich einfach an. Was bedrückt dich denn so?«

Rachel schaute traurig ins Leere.

»Ich will nicht zurück nach England, ich will hier in Australien bleiben.«

Thomas setzte sich ebenfalls auf. Er rutschte zu Rachel hinüber, nahm sie in den Arm und streichelte ihre langen roten Haare. Über das Thema hatten sie schon öfter gesprochen, doch in letzter Zeit schien es für Rachel immer drängender zu werden.

»Das wird sich schon ergeben. Außerdem ist doch erst September und dein Austauschjahr geht bis Ende Dezember. Du hast noch jede Menge Zeit, alles zu regeln«, versuchte Thomas sie zu trösten.

Australier sahen die Dinge generell entspannter und machten sich weniger Sorgen, die Haltung ihres Lebensgefährten wunderte Rachel daher nicht. Ihr selbst ging es da als Britin ganz anders. Immerhin betraf es ihre Zukunft und ihr Leben, das sie unbedingt hier verbringen wollte.

»Ich werde heute noch einmal mit Chief McDermott sprechen, wie es mit einer Übernahme aussieht«, kündigte Rachel an.

Allmählich hatte sie den Eindruck, als wollte sie ihr Chef bei der Polizei mit seiner Entscheidung hinhalten, und ihr war es eigentlich zu blöd, ihn immer wieder darauf anzusprechen. Doch ihr blieb keine Wahl. Je länger sie wartete, desto schwieriger wurde es.

»Warum bleibst du nicht einfach hier, wenn dein Visum abgelaufen ist. Du wärst dann ein krimineller Overstayer und müsstest dich mit mir verstecken. Wir könnten gemeinsam die australische Version von Bonnie und Clyde nachspielen«, schlug Thomas vor.

»Sehr witzig«, schnaubte Rachel, der nach einer schlaflosen, sorgenvollen Nacht nicht nach Scherzen zumute war. Thomas wurde still, und Rachel spürte, dass er angestrengt nachdachte.

»Es gäbe da noch eine Möglichkeit, wie du legal hierbleiben könntest«, meldete er sich nach einer Weile, um dann noch einmal kurz zu zögern, bis er mit der Sprache herausrückte. »Wenn du mit einem Australier verheiratet wärst, könntest du legal hierbleiben …«

Rachel traute ihren Ohren nicht. Sie löste sich aus Thomas' Umarmung, richtete sich auf und sah ihm tief in die Augen. Tausend Gedanken gingen ihr durch den Kopf. Darauf war sie nicht vorbereitet gewesen.

»Sollte das gerade ein Heiratsantrag sein? Was ist mit dem Kniefall? Ich habe mich zwar in den letzten neun Monaten davon überzeugen dürfen, dass australische Männer etwas rüpelhaft sind, aber ein bisschen mehr Romantik dürfte es schon sein.«

»Also erst mal habe ich nur gesagt, dass man legal hierbleiben kann, wenn man mit einem Australier verheiratet ist …«, verteidigte sich Thomas.

»Du hast ›du‹ gesagt. Also, dass *ich* hierbleiben kann. Nicht ›man‹. Wenn du ›man‹ gesagt hättest, wäre es ein Vorschlag gewesen. Mit dem ›du‹ war es ein Antrag«, erklärte Rachel.

»Wie auch immer, denk mal drüber nach«, sagte Thomas und zog Rachel wieder zu sich.

Eine Weile lagen sie schweigend auf dem Bett. »Du weißt doch, dass ich noch verheiratet bin«, sagte Rachel schließlich leise.

»Du liebst ihn nicht mehr, sondern mich. Darauf kommt es an. Alles andere lässt sich regeln«, antwortete er und hatte natürlich recht.

Rachel wäre sogar noch einen Schritt weiter gegangen und hätte gesagt, dass sie ihren Noch-Ehepartner John verachtete. Nachdem ihr kleiner Sohn Tom von einem Auto überfahren worden war, hatte John sie im Stich gelassen, davon war sie überzeugt. Sie erinnerte sich nicht gern an diese Zeit. Die Tage nach Toms Tod waren die schlimmsten in ihrem Leben gewesen. Sie beide hatten damals das Gefühl gehabt, jeglichen Halt verloren zu haben und sinnlos umherzuirren. In der ersten Zeit schafften sie es, das Loch in ihrem Leben dadurch zu füllen, dass sie sich gegenseitig stützten. Doch nach und nach schlich sich bei Rachel der Eindruck ein, dass John ihr die Schuld an Toms Tod gab. Bis sie sich eines Tages stritten und John ihr ins Gesicht sagte, dass Tom noch leben würde, hätte sie nur besser aufgepasst. Das war der Moment, in dem Rachel zum zweiten Mal der Boden unter den Füßen wegbrach. Ihr Vertrauen in John, das sie für unerschütterlich gehalten hatte, verschwand von einem Moment auf den anderen – als hätte jemand einen Schalter umgelegt. Zuerst war Rachel einfach nur verzweifelt. Dann entwickelte sie für ihren Ehemann eine Verachtung, die sie nie zuvor für einen anderen Menschen gespürt hatte. Rachel konnte John nicht mehr sehen, nicht mehr riechen, das reine Wissen um seine physische Präsenz im Haus nicht mehr ertragen. Eines Tages einigten sie sich darauf, dass John ausziehen würde. Zu dieser Zeit war ihre Ehe ein Trümmerfeld, in dem sie nur noch nebeneinanderher lebten, ohne je ein Wort miteinander zu wechseln. Noch heute war Rachel davon überzeugt, dass John ihr unrecht getan hatte.

»Ich denke darüber nach«, versprach Rachel.

»Sehr gut«, sagte Thomas, küsste sie auf die Stirn und sprang aus dem Bett. Morgens stand er immer als Erster auf, da sein Dienst auf der Basis der Flying Doctors im nordwestlichen Stadtteil Essendon früher begann als Rachels Schicht bei der Polizei. Nachdem er Rachel kennengelernt hatte, hatte er sich vom ländlichen Swan Hill in die Stadt versetzen lassen, um mit ihr zusammenzuleben. Jetzt wohnten sie in einem schönen angemieteten Haus im Stadtteil Brunswick East, der ungefähr in der Mitte zwischen Thomas' Flugbasis und Rachels Arbeitsstelle, dem Victoria Police Centre an der Flinders Street, lag.

Thomas hatte bereits das Haus verlassen, als sich Rachel für den Arbeitstag fertig machte und wenig später ebenfalls das Haus verließ. Sie nahm wie gewohnt die Tram, die trotz des hohen Verkehrsaufkommens um diese Uhrzeit nur etwa zwanzig Minuten benötigte.

Das Victoria Police Centre war ein hässlicher Betonklotz, den Rachel morgens nur widerwillig betrat. Ein großer Vorteil war, dass man ihn nicht anschauen musste, sobald man sich im Innern der Polizeistation befand.

Das Murder Squad befand sich im vierten Stockwerk des Gebäudes. Im Kontrast zu dessen mehr als gewöhnungsbedürftiger Architektur hatte sich Rachel ihr Büro, das sie mit ihrem Partner Leroy Finch teilte, sehr gemütlich eingerichtet. An der Wand hingen Fotos aus ihrer Zeit in London, auf denen sie mit den alten Kollegen bei der Metropolitan Police abgelichtet war. Mit ein bisschen Wehmut machte sie sich bewusst, dass die Kollegen das Einzige sein würden, was sie von ihrer alten

Heimat vermissen würde. Doch erst einmal musste sie Chief McDermott überzeugen, sie hierzubehalten. Noch war ihr Zuhause das Vereinigte Königreich, waren die »alten« Kollegen ihre aktuellen Kollegen, und wenn sie nichts erreichte, würde sie im kommenden Januar im Flieger nach England sitzen.

Rachel war entschlossen, das zu verhindern. Genau jetzt würde sie für Klarheit sorgen. Festen Schrittes marschierte sie über den Flur bis zur Tür von Chief McDermott. Sie klopfte einmal kurz an, dann stieß sie die Tür auf, ohne ein »Herein« abzuwarten. Rachel verspürte eine ungeheure Energie, die sich aus einer inneren Wut speiste. Heute würde sie nicht ohne eine Zusage nach Hause fahren. Oder eine Absage. Aber wenigstens hätte sie dann Gewissheit über ihre Zukunft.

Rachels Enthusiasmus erstarb umgehend. McDermott war offensichtlich mitten in einem Gespräch. Vor seinem Schreibtisch saß ein uniformierter Mann mittleren Alters, und Rachel brauchte nicht lange, um zu erkennen, dass es sich um den Chief Commissioner von Victoria, Graham Mitchell, handelte, den obersten Polizisten im Bundesstaat, den Chef aller Polizeibeamten und somit auch McDermotts. Rachel wäre am liebsten vor Scham im Boden versunken. Doch McDermott – ganz von der typischen australischen Lockerheit beseelt – wusste die Situation elegant zu retten.

»Komm rein, Rachel, ich möchte dich jemandem vorstellen. Das ist Graham Mitchell, unser Chief Commissioner«, sagte McDermott.

Der Commissioner erhob sich und gab Rachel die Hand, während McDermott breit grinste. »Schön, Sie kennenzulernen«, sagte sie, wobei ihr auffälliger Akzent ihre Herkunft verriet.

»Ah, Sie kommen aus Großbritannien …«, bemerkte Mitchell.

McDermott sprang sofort ein: »Ja, Rachel nimmt an einem Austauschjahr im Rahmen des British-Australian Police Exchange Program teil. Und sie ist eine exzellente Mitarbeiterin, will ich meinen.«

Diesen Steilpass wollte Rachel nicht verschenken. »Eine so exzellente Mitarbeiterin, dass du sie auch übernehmen würdest?«

McDermott kratzte sich am Kinn. »Nun ja, es ist eher ungewöhnlich, dass wir die Beamten aus dem Austauschprogramm übernehmen. Aber das ist vielleicht ein Thema, das ich mit dem Commissioner besprechen könnte.« McDermott blickte zu Mitchell, der wiederum Rachel ansah.

»Erzählen Sie mir doch erst mal was über London«, sagte Mitchell schließlich, »ich war schon ewig nicht mehr da, und mich würde brennend interessieren, wie sich die Stadt verändert hat. Ich habe einen Teil meines Jurastudiums dort absolviert, müssen Sie wissen.«

Das war ein Phänomen, das Rachel bereits bei vielen Australiern in Mitchells Alter und darüber festgestellt hatte: Obwohl sie in Australien geboren und aufgewachsen waren, betrachteten sie Großbritannien irgendwie als die eigentliche Heimat. Vermutlich wurde ihnen das in der Schule so vermittelt. Erst die jüngere Generation schien das anders zu sehen, was sich Rachel dadurch erklärte, dass Australien erst in den vergangenen zwanzig oder dreißig Jahren realisiert hatte, dass es eigentlich zu Asien gehörte – und das mit allen kulturellen und wirtschaftlichen Konsequenzen.

So oder so, Mitchell und Rachel unterhielten sich angeregt über London, und der Commissioner hörte aufmerksam zu, während Rachel über die Entwicklungen der letzten Jahre, explodierende Immobilienpreise, russische Investoren und die Veränderungen in der Kulturszene sprach. Auch McDermott, der mindestens alle zwei Jahre die britische Hauptstadt besuchte, hatte einiges zu der Unterhaltung beizutragen.

Das gemütliche Gespräch dauerte eine ganze Stunde und wurde nur aus dem Grund beendet, weil der viel beschäftigte Commissioner zum nächsten Termin in seinem vollen Kalender musste, nicht jedoch, ohne Rachel vorher seine Visitenkarte zu geben. Als Mitchell gegangen war, betonte McDermott noch einmal, dass es nie verkehrt sein könne, sich mit dem obersten Polizeichef gut zu stellen. Schließlich wisse man nie, wofür es am Ende des Tages gut sei.

Rachel gab dem Chief recht. Nach der vergnüglichen Unterhaltung mit Mitchell war ihr Ärger verflogen, und sie verspürte ein positives, fast schon überwältigendes Gefühl, was ihren Verbleib bei der australischen Polizei anging. Beschwingt ging sie in ihr Büro, wo Leroy sie sofort nach dem Grund ihrer guten Laune befragte. Rachel erzählte es ihm, und er freute sich mit ihr.

Den Rest des Vormittags verbrachte Rachel mit der Recherche zu einem unaufgeklärten Mordfall, der bereits einige Zeit zurücklag und jüngst wieder aufgerollt worden war. Den Großteil des Nachmittags hatte Rachel für das Verfassen eines Einsatzberichts verplant, der aber mehr Zeit in Anspruch nahm, als ursprünglich vorgesehen. Der Grund war Thomas' Heiratsantrag – oder was auch immer das gewesen sein sollte –, der ihr sehr zu denken gab. Rachel und Thomas waren seit rund acht Monaten ein Paar. Sie liebte ihn, das wusste sie aus tiefstem Herzen. Und genau darum hätte sie es abscheulich gefunden, wenn auch nur im Ansatz der Eindruck entstanden wäre, dass sie nur aus praktischen Gründen heirateten. Abgesehen davon war das ja auch gar nicht möglich, da sie noch verheiratet war. Zum ersten Mal wurde ihr gänzlich bewusst, dass sie auf dem Papier noch mit einem Mann liiert war, von dem sie emotional und geografisch schon lange getrennt war. In der schweren Zeit nach dem Tod ihres Jungen, der Therapie, ihrer Vorbereitungen für das Übersiedeln nach Australien und dem mittlerweile ein

Dreivierteljahr andauernden Leben in der Fremde hatte Rachel ihre noch bestehende Ehe völlig verdrängt, aber nun, da sie es realisierte, verspürte sie plötzlich ein großes Verlangen, diesen Zustand zu ändern. Wie also sollte sie vorgehen? Sie kam zu dem Schluss, dass sie wohl oder übel das Gespräch mit ihrem Noch-Ehemann würde suchen müssen, zum ersten Mal nach eineinhalb Jahren. Wieso hatte er das Thema eigentlich nie angesprochen? Rachel beschloss, das Gespräch nicht weiter hinauszuschieben und John gleich nach der Arbeit anzurufen. Sie sah auf die Uhr: fünf Uhr nachmittags.

Als Leroy seine Sachen packte und sich in den Feierabend verabschiedete, wartete Rachel noch eine halbe Stunde mit ihrem Anruf, um John nicht am Ende noch aus dem Bett zu klingeln. In Großbritannien war es neun Stunden früher als in Melbourne, also gerade einmal halb neun in der Früh. John hatte morgens nie länger geschlafen, als sie noch zusammen gewesen waren, es musste also passen.

Rachel nahm ihr Handy und wählte Johns Nummer. Sie ging davon aus, dass es noch dieselbe war wie damals. Es dauerte eine Zeit, bis sich der Anruf aufgebaut hatte, dann tutete es vier oder fünf Mal, und schließlich nahm tatsächlich jemand ab.

»Hallo?«, meldete sich eine Männerstimme.

Die Verbindung war schlecht, und sie wollte sich zuerst vergewissern, dass es auch wirklich John war. »John, bist du's?« Das Herz klopfte ihr bis zum Hals, denn sie hatte keine Ahnung, wie er reagieren würde. Lange Sekunden hörte sie gar nichts, dann schließlich:

»Ja, ich bin es, hallo, Rachel.«

Rachel hatte keine Ahnung, wie man so ein Gespräch am besten führte, und sie wollte sich auch John gegenüber nicht mit unnötigen Höflichkeiten aufhalten, deshalb kam sie direkt zur Sache.

»Ich hoffe, bei dir ist alles in Ordnung! Mir ist vor Kurzem bewusst geworden, dass wir ja noch verheiratet sind. Ich gehe davon aus, dass du, wie ich, eine Scheidung anstrebst. Deshalb meine Frage: Wie sollen wir in der Sache weiter verfahren?«

Rachel hörte am anderen Ende der Leitung ein zischendes Geräusch, das sie als Lachen interpretierte, aber sie konnte sich auch irren.

»Da liegst du richtig, auch ich will die Scheidung. Ich habe einen Scheidungsanwalt mit der Sache betraut, du kannst dich mit ihm in Verbindung setzen«, sagte John schließlich.

»Warum hast du dich nicht schon längst in der Sache bei mir gemeldet?«, fragte Rachel.

»Das lass dir von meinem Anwalt erklären, ich schicke dir gleich seine Nummer«, antwortete John.

»Okay, wenn du meinst, dass wir das nicht persönlich miteinander klären können …«, sagte Rachel und schwieg.

»Wie geht es dir sonst?«, versuchte John auf sehr plumpe Weise, vom Thema abzulenken.

»Gut, ich bin in Australien bei der Polizei. Wie ist es dir ergangen?«

»Das ist es doch, was du immer wolltest. Ich habe vor einiger Zeit zufällig einen deiner Kollegen getroffen, er hat mir davon erzählt. Ich bin immer noch bei derselben Bank im Investmentbereich, es hat sich bei mir nicht viel verändert«, sagte John. Das bedeutete, dass John immer noch sehr viel Geld verdiente und dafür sehr viel und sehr lange arbeitete.

Die beiden verzichteten darauf, einander zu fragen, ob sie wieder einen neuen Partner gefunden hatten. Stattdessen tauschten sie Oberflächlichkeiten aus. Der Small Talk ging noch einige Minuten weiter, bis Rachel das Gespräch beendete. Wie ernüchternd es doch war, wenn man erleben musste, was aus einer Beziehung werden konnte. Als Rachel und John heirateten, waren sie überzeugt gewesen, das glücklichste Paar auf der ganzen Welt zu sein. Heute hatten sie sich völlig voneinander entfremdet und versuchten krampfhaft, ein Telefongespräch aufrechtzuerhalten. Eigentlich hätte sie das Gespräch sofort beenden sollen, nachdem John angekündigt hatte, ihr den Kontakt zum Scheidungsanwalt zu schicken.

Rachel vergrub ihr Gesicht in den Händen und begann zu weinen. Johns Stimme nach so langer Zeit wiederzuhören, überforderte sie. Sowie die ganze Situation. Als sie daran dachte, was John ihr angetan hatte, konnte sie das aufkeimende, von Nostalgie geprägte Gefühl jedoch beiseiteschieben und sich schnell wieder beruhigen.

Dann summte ihr Handy, und auf dem Display erschien eine Nummer mit Londoner Vorwahl und ein Name: Philipp Kirkland. *Ein typischer Name für einen Anwalt*, dachte sie. Rachel beschloss, ohne Umschweife mit ihm Kontakt aufzunehmen und die Scheidung einzuleiten. Nachdem es zweimal getutet hatte, meldete sich eine Sekretärin der Rechtsanwaltskanzlei Kirkland & Partners, die sie zu Philipp Kirkland durchstellte.

»Guten Tag, Mrs Buchanan. John hat mir gerade schon eine Nachricht geschickt und Sie angekündigt. Ich hätte nicht damit gerechnet, dass Sie sich so schnell melden würden, aber das ist ja gut«, begrüßte sie Kirkland.

Es stellte sich heraus, dass der Anwalt nicht nur so hieß wie ein typischer Rechtsverdreher, sondern dass er sich auch genauso aalglatt anhörte.

»Guten Tag, ich möchte auch, dass wir die Sache so schnell wie möglich über die Bühne bringen. Also, was benötigen Sie von mir?«, fragte Rachel.

»Momentan erst einmal gar nichts, da ihre Ehe zu diesem Zeitpunkt nicht geschieden werden kann.«

Ein kleiner Schreck überkam Rachel. Wieso konnte die Ehe nicht geschieden werden? Das war doch ein ganz normaler

Vorgang, tausende Paare ließen sich jedes Jahr scheiden. Sie hakte nach.

»Wissen Sie, im Vereinigten Königreich ist es so: Wenn Sie sich scheiden lassen möchten, dann müssen Sie entweder eine Trennungszeit von zwei Jahren einhalten, oder die Trennung geschieht aus wichtigem Grund. Wichtige Gründe wären beispielsweise Ehebruch, ungebührliches Verhalten oder das böswillige Verlassen der Familie«, erklärte der Anwalt.

»Und wo ist jetzt das Problem?«, fragte Rachel.

»Nun, beides trifft auf Sie beide nicht zu. Wir nehmen als Trennungsdatum den Tag, an dem John aus ihrem gemeinsamen Haus auszog. Das ist jetzt achtzehn Monate her, es fehlt Ihnen also noch ein halbes Jahr. Und wichtige Gründe zur Scheidung gibt es offenbar auch nicht, insofern bleibt Ihnen wohl nichts anderes übrig, als noch ein halbes Jahr zu warten.«

Eine ungeheure Wut keimte in Rachel auf, und es gelang ihr nur mit großer Mühe, sie dem Anwalt gegenüber zu unterdrücken und sachlich zu bleiben.

»Ich würde schon sagen, dass es wichtige Gründe für eine Scheidung gibt, und zwar trifft meiner Ansicht nach der Tatbestand des ungebührlichen Verhaltens bei John zu. Oder wie würden Sie es nennen, wenn ein Ehemann, der geschworen hat, seiner Frau auch in schlechten Zeiten beizustehen, diese in der schwersten Stunde alleinlässt?«

»Nun, da kann man durchaus argumentieren, dass ein Verbleib meines Mandanten in der gemeinsamen Wohnung aufgrund der schwierigen Situation zur Gefährdung seiner psychischen Gesundheit geführt hätte. Insofern war es angemessen, dass er Sie verlassen hat.«

Jetzt war John also ein Mandant. Rachel schäumte.

»Nun, ich kann auch meinen Anwalt einschalten, wenn Sie gerichtlich klären wollen, was ein ungebührliches Verhalten ist und was nicht«, sagte Rachel, was jedoch wenig Wirkung zeigte.

»Verstehen Sie doch, Mrs Buchanan, das Eingeständnis ungebührlichen Verhaltens von einer Seite bedeutet auch immer einen Gesichtsverlust. Allein aus diesem Grund kann mein Mandant einer Scheidung nicht zustimmen. Ein tadelloser Ruf ist für ihn schon aufgrund seiner beruflichen Stellung wichtig.«

Berufliche Stellung? Als Investmentbanker? Rachel hatte gedacht, dass man als solcher in der Öffentlichkeit ohnehin als Verbrecher abgestempelt wird.

»Daher weht also der Wind. John ist zu feige, Verantwortung zu übernehmen. Er will nicht, dass er den schwarzen Peter bekommt. Wissen Sie was? Richten Sie Ihrem Mandanten aus, dass er mich mal kreuzweise kann. Sie hören von meinem Anwalt.«

Rachel legte auf. Am liebsten hätte sie das Telefon an die Wand geworfen, nahm jedoch ersatzweise eine leere Plastikflasche. John hatte nicht mal den Mut besessen, ihr persönlich am Telefon zu sagen, warum er keine Scheidung wollte. Das musste sie erst mal verdauen. Wutentbrannt verließ sie das Büro. Anstatt die Tram zu nehmen, die sie nach Hause brachte, ging sie zu Fuß, um ihrem Ärger Luft zu machen. Auf halbem Weg nach Brunswick East hatte sie sich wieder so weit beruhigt, dass sie in die nächste Tram stieg. Zehn Minuten später war sie zu Hause.

»Du bist spät dran heute«, sagte Thomas, der sie mit gebratenen Nudeln vom Chinesen um die Ecke überraschte.

»Ich musste noch was erledigen«, antwortete Rachel und erzählte Thomas die Geschichte. Auch er hatte kein Verständnis für Johns Haltung, und abgesehen davon, dass er den Ex-Partner seiner Freundin schon aus Prinzip nicht mochte, gefiel er ihm nach den neuesten Meldungen noch viel weniger.

In dieser Nacht fand Rachel erwartungsgemäß wieder wenig Schlaf, sie schlief sogar noch schlechter als in den Nächten zuvor. Als sie am nächsten Morgen völlig gerädert das Büro betrat, bemerkte Leroy, sie sehe aus wie eine wandelnde Leiche. Rachel bedankte sich für das Kompliment, und Leroy holte ihr zur Versöhnung einen Becher Kaffee aus dem Automaten auf dem Flur. Auch wenn die Plörre furchtbar schmeckte, war Koffein jetzt genau das, was sie brauchte. Rachel trank den Kaffee in zwei Zügen aus, und als sie sich gerade wieder an den Einsatzbericht machen wollte, den sie am Tag zuvor nicht mehr fertig bekommen hatte, wurde sie erneut unterbrochen. McDermott stand im Türrahmen und bat Rachel und Leroy mitzukommen. Die beiden folgten ihm in sein Büro und nahmen auf den Stühlen vor dem Schreibtisch Platz.

»Habt ihr schon mal was von Hopetoun gehört?«, begann McDermott.

Leroy schüttelte den Kopf.

»Ich kenne nur Hopetoun House, das Anwesen in Schottland«, sagte Rachel.

»Weit gefehlt, Hopetoun ist ein Ort nordwestlich von Melbourne«, erklärte McDermott.

»Wenn Leroy noch nichts davon gehört hat, gehe ich davon aus, dass es sich um eine eher kleine Ortschaft handelt …«, sagte Rachel vorsichtig.

McDermott räusperte sich. »Nun ja, wie man's nimmt. Wenn du knapp sechshundert Einwohner als eher klein bezeichnest, liegst du richtig …«

Rachel schaute McDermott ein wenig vorwurfsvoll an. Sie fand, dass es an der Zeit war, sie auch einmal in größeren Fällen in Melbourne ermitteln zu lassen. Aber vielleicht war der Fall ja spannend.

»Nun, du hast im Gegenzug etwas gut bei mir«, versprach McDermott.

»Darf ich mir einen Gefallen aussuchen?«, fragte sie mit einem so nachdrücklichen Unterton, dass McDermott nur noch einwilligen konnte. Er nickte.

»Schön. Während ich in Hopetoun bin, machst du dich bei Chief Commissioner Mitchell für mich stark. Und bitte erzähl ihm über die Fälle, die ich bisher gelöst habe. Über Castlemaine und Swan Hill und so weiter. Vielleicht hilft das.«

McDermott nickte wieder.

»Gut. Hopetoun also, worum geht es?«, fragte Rachel.

»Ein Kind ist verschwunden. Genaueres wird euch der Kollege vor Ort mitteilen. Ich muss euch nicht sagen, dass bei einer Kindesentführung die ersten zweiundsiebzig Stunden entscheidend sind, ihr fahrt also am besten sofort los«, sagte McDermott.

Leroy und Rachel holten ihre Sachen aus dem Büro. Da es in der Vergangenheit häufiger vorgekommen war, dass die beiden von jetzt auf gleich an einen weiter entfernten Ort aufbrechen mussten, hatten sie stets eine gepackte Reisetasche neben dem Schreibtisch stehen. So war das, wenn man bei der Polizei in Melbourne arbeitete: Der Bezirk, in dem Amtshilfe für die ländlichen Polizeiniederlassungen geleistet wurde, erstreckte sich über den gesamten Bundesstaat. Und obwohl Victoria den kleinsten Staat auf dem australischen Festland darstellte (nur Tasmanien war noch kleiner, aber das zählte aufgrund seines Inselcharakters nicht), war es immer noch fast doppelt so groß wie Rachels Heimat England.

»Vergiss deine Waffe nicht«, sagte Rachel, als sie Leroys Pistolenhalfter an der Wand hängen sah.

Leroy zögerte, schaute mit einem sparsamen Blick zur Wand und dann wieder zu seiner Partnerin. »Die werde ich bestimmt nicht brauchen«, antwortete er schließlich.

Leroy war eher ein Mann für die Unterstützung im Backoffice und die Recherche, und darin war er auch richtig gut. Eine Waffe hatte er in seiner dienstlichen Laufbahn bisher nie benutzen müssen. Wenn er sie abfeuerte, dann nur einmal monatlich auf dem Schießstand.

»Du weißt, haben ist besser als brauchen, bitte nimm sie mit«, sagte sie.

Leroy blickte Rachel für einen langen Moment in die Augen und legte schließlich umständlich das Halfter an, ihr zuliebe. Seine Partnerin konnte auf charmante Art sehr überzeugend sein.

Kapitel 3

Gegenwart

Timothy Banks schritt nervös im Wohnzimmer der Aldridges auf und ab. Er und seine Frau Susan waren am vorigen Abend, nachdem ihre Tochter nicht nach Hause gekommen war, sofort zu Bens Eltern gefahren, um von dem Jungen zu erfahren, was mit Olivia geschehen war. Ohne Erfolg. Alles, was sie aus dem Jungen herausbekommen hatten, war ein »Ich bin müde« und »Olivia geht es gut«. Timothy war daraufhin mit Jeff Aldridge losgefahren, um seine Tochter zu suchen. Mit ebenso wenig Erfolg. Das Gebiet, das für den Verbleib des Mädchens infrage kam, war zu groß, als dass sie im Dunkeln etwas hätten ausrichten können.

Jetzt, etwa zwölf Stunden später, lag Ben noch immer apathisch und stumm auf seinem Bett. Seine Mutter Beth hatte ihn inzwischen gewaschen und die schmutzige Kleidung gewechselt. Olivias Mutter Susan hockte derweil schluchzend im Wohnzimmer. Sie beschloss, ein weiteres Mal zu dem Jungen hochzugehen, und hoffte, endlich etwas von ihm zu erfahren. Beth begleitete sie. Susan setzte sich aufs Bett und wischte sich die Tränen aus dem Gesicht.

»Wo ist meine Tochter? Du hast sie doch gestern zum Spielen abgeholt«, begann sie leise.

»Ben, bitte sag mir, wo Olivia ist«, wiederholte sie mit Nachdruck, doch Ben reagierte kaum. Er lag einfach nur da und wiederholte, dass sie noch lebe.

Susan machte das rasend. Sie beugte sich über den Jungen und begann ihn mit einer Mischung aus Wut und Verzweiflung zu schütteln. Immerhin war er der Einzige, der ihr sagen konnte, wo sich Olivia befand.

»Ich will meine Tochter wiederhaben!«, schrie Susan, während sie den Jungen immer heftiger schüttelte. Beth schritt ein und beendete das Schauspiel, indem sie ihre Freundin von ihrem Sohn fortzog, der sich jetzt auf dem Bett herumdrehte und den beiden Frauen den Rücken zukehrte. Beth und Susan gingen wieder ins Wohnzimmer zurück, wo sich die Männer berieten.

»Bitte ruf die Polizei, Timothy«, sagte Susan schluchzend zu ihrem Mann.

Die Männer in Hopetoun verstanden sich immer noch als echte Kerle, die ihr Schicksal selbst in die Hand nahmen. Probleme lösten sie in der Regel in Selbstjustiz, die Polizei einzuschalten kam eigentlich nicht infrage. Angesichts des Ernsts der Lage entschied Timothy jedoch, der Bitte seiner Frau nachzukommen. Wenige Minuten später fuhr der Wagen des Sheriffs die staubige Auffahrt des Aldridge-Hauses herauf.

Sheriff Jason Broome war eigentlich ein drahtiger Mann, doch aufgrund seines ausgeprägten Bierbauchs schälte er sich stets mit einiger Mühe aus dem Fahrersitz seines großen Pick-ups. Beim Aussteigen stieß er sich den Kopf am Türrahmen seines Fahrzeugs und rückte, als er endlich draußen war, zualllererst seinen verrutschten hellbeigen Akubra-Hut zurecht. Sheriff Broome stand mit seinen sechzig Jahren kurz vor der Pensionierung. In den meisten Bundesstaaten Australiens waren die Polizeibeamten, wie auch die Soldaten der Australian Defence Force, verpflichtet, mit Erreichen dieser Altersgrenze in den Ruhestand zu wechseln. Auf einen Entführungsfall hatte Broome, der sich während seiner gesamten Laufbahn stets ein schönes Leben gemacht hatte, wenig Lust. Doch wozu gab es die Bereitschaft aus Melbourne?

Broome betrat ohne anzuklopfen das Haus. In Hopetoun gab es keinen Grund, die Türen abzuschließen, und den Sheriff kannte sowieso jeder. Er ging geradewegs ins Wohnzimmer, wo die Ehepaare Banks und Aldridge gerade diskutierten, in welchem Gebiet sie die kleine Olivia als Nächstes suchen sollten.

»Gut, dass du da bist«, begrüßte Susan den Sheriff, die als Einzige seine Anwesenheit bemerkte.

»Hallo«, erwiderte der Sheriff, worauf alle Anwesenden im Raum abrupt verstummten und dann wie auf Kommando anfingen, wild durcheinander auf den Polizisten einzureden.

»Jetzt mal ganz ruhig, Leute. Timothy, bitte sag mir, was passiert ist, aus deinem Notruf bin ich vorhin nicht schlau geworden. Olivia ist am See verschwunden, ja?«

»Wie kommst du auf den See?« Timothy schaute den Sheriff fragend an.

»Nur so. Das ist doch naheliegend. Also, was ist passiert?«

Sheriff Broome ließ sich von Timothy die Geschichte erzählen und achtete aufmerksam auf jedes Detail. Als er fertig war, wollte Timothy wissen, was der Sheriff nun zu tun gedachte, und der hatte bereits einen soliden Plan aufgestellt.

»Aus Ben ist nichts Vernünftiges herauszubekommen, das heißt, wir wissen überhaupt nicht, was mit Olivia passiert ist und müssen *alle* Möglichkeiten in Betracht ziehen. Wahrscheinlich ist das Mädchen entführt worden. Timothy und Susan, ihr geht jetzt erst mal nach Hause. Falls der Entführer sich meldet, muss jemand da sein, um den Anruf entgegenzunehmen. Außerdem könnt ihr hier sowieso nichts tun. Ich gebe Melbourne Bescheid, die sollen ein paar Leute schicken, die sich auskennen mit verschwundenen Kindern …«

»Aber bis die hier sind, vergehen doch Stunden, bis dahin kann mit meiner Tochter alles Mögliche passieren«, unterbrach Susan verzweifelt die Rede des Sheriffs.

»Ich war ja noch gar nicht fertig. In der Zeit trommeln wir hier aus dem Ort einen Suchtrupp zusammen. Vielleicht finden wir Olivia ja vorher, dann können wir die aus Melbourne wieder nach Hause schicken.«

Sheriff Broomes Plan wurde von allen Parteien für gut befunden. Insbesondere Jeff Aldridge, der ein aufbrausendes Gemüt hatte, spürte ein Feuer in sich. »Wer auch immer das war: Wenn ich den in die Finger bekomme, ist er dran«, rief er.

Timothy und Susan eilten wie vom Sheriff angewiesen nach Hause, um das Telefon zu hüten. Dass ihre Tochter entführt worden sein könnte, hatten sie in all der Aufregung gar nicht in Betracht gezogen. Sie verständigten ebenso wie der Sheriff und Jeff Aldridge ein paar Leute aus dem Dorf. Es zeigte sich einmal mehr, dass nichts so schnell funktionierte wie die Informationskette in einer kleinen Stadt, im Fall von Hopetoun war »Buschfunk« die passende Bezeichnung. Alle zur Verstärkung Angerufenen wussten bereits, dass die kleine Olivia Banks am Abend zuvor nicht nach Hause gekommen war. Einige standen sogar schon bereit, um loszuziehen und das Mädchen zu suchen.

Keine halbe Stunde später wartete auf der Sportanlage an der Murdoch Street, die im Nordosten des Städtchens an den Lake Lascelles grenzte, ein Pulk von dreißig Männern, teilweise ausgestattet mit Jagdgewehren und in Begleitung einiger Hunde. Sheriff Broome baute sich vor dem Trupp auf, stemmte die Arme in die Hüften und erklärte der Truppe die Situation. Als Suchgebiet wies er den Wald aus, in dem Ben und Olivia immer spielten.

»Solltet ihr das Mädchen finden oder auch ihren Entführer, dann ruft ihr mich auf dem Handy an. Ich warte im Sheriffbüro auf Euch und halte die Stellung. Also dann los.«

Die Männer waren gerade dabei aufzubrechen, als Bens Vater Jeff Aldridge seine Chance witterte und sich vor die Gruppe stellte, um eine weitere Ansprache zu halten. Als Hitzkopf, der er war, wäre er gern ein Anführer gewesen, doch anderen Leuten fehlte es ihm gegenüber oft an Respekt. Ohne jemals ein Gespür für seine Wirkung auf andere entwickelt zu haben, ergriff er das Wort:

»Wenn wir den Entführer finden, dann zeigen wir ihm mal, wie wir Bürger aus Hopetoun das finden, wenn jemand unsere Mädchen raubt. Der wird sich wünschen, niemals geboren worden zu sein, los geht's«, rief Jeff und wurde prompt wieder von Sheriff Broome zurückgepfiffen. Der sah sich genötigt, noch einmal etwas klarzustellen:

»Achtung, Männer, solltet ihr jemanden finden, unternehmt nichts, verstanden? Das gilt besonders für diejenigen von euch, die eine Waffe dabeihaben. Einen Toten kann ich hier auf meinen letzten Metern in Hopetoun nicht gebrauchen.«

Die Männer versprachen mit einem halbherzigen Murmeln, nichts Dummes anzustellen, dann endlich begann der Trupp mit seiner Suche.

Rachel und Leroy wollten nach dem Briefing durch McDermott keine Zeit verlieren. Er hätte ihnen nicht extra sagen müssen, dass bei einer Kindesentführung die ersten Stunden zählten, das wussten sie aus eigener Erfahrung. Und bis nach Hopetoun waren es auch noch einmal 330 Kilometer, etwas mehr als vier Stunden.

Rachel, eigentlich eine passionierte Autofahrerin, nahm Leroys Angebot, ihn fahren zu lassen, an diesem Morgen dankend an. Aufgrund der schlechten Nacht fühlte sie sich nicht in der Lage, konzentriert Auto zu fahren und schon gar nicht, die für sie immer noch recht eigentümlichen Verkehrsregeln in Melbourne zu befolgen. Der sogenannte Hook Turn beispielsweise hatte sich ihr bis heute nicht erschlossen, ein zweistufiges Abbiegemanöver, das praktisch an allen Kreuzungen in Melbournes Innenstadt galt. Ein Auto oder Truck, der im Linksverkehr rechts über eine von der Straßenbahn befahrene Straße abbiegen wollte, musste sich erst links einordnen, die auf dem gleichen Fahrstreifen geradeaus fahrenden Fahrzeuge und die Straßenbahn passieren lassen und durfte erst dann rechts abbiegen. Obwohl das schon ein bisschen verrückt war, hatte Rachel sich angewöhnt, über die kleinen, großen und am Ende des Tages netten Eigenheiten der Australier zu lächeln, denn sie waren es unter anderem, die ihre neue Heimat so lebenswert machten.

Leroy lenkte den Wagen Richtung Norden. Nach etwa einer halben Stunde hatten sie das Zentrum Melbournes verlassen und die Bebauung wurde immer spärlicher. Trotzdem dauerte es noch einmal eine ganze Stunde, bis sie die Stadt gänzlich hinter sich gelassen hatten. Immerhin war Melbourne flächenmäßig die viertgrößte Stadt der Welt – und die am südlichsten gelegene Millionenstadt.

Nachdem sie auch das größere Einzugsgebiet, die Metropolregion, hinter sich gelassen hatten, begann der »Busch«, wie es viele Städter auszudrücken pflegten. Erst reihte sich noch in zuverlässigen Abständen von etwa zehn Kilometern eine kleine Ortschaft an die andere, dann wurden die Abstände schließlich größer, die Ortschaften kleiner. Rachel fiel auf, dass viele Orte sehr lustig klingende Namen hatten. Namen, die ihren Ursprung in den regionalen Dialekten der Aborigines hatten: Myrniong, Wendouree, Waubra, Birchip und – Rachels Lieblingsortschaft – Warracknabeal. Diese Namensgebung gehörte zur Strategie der australischen Regierung, die indigene

Bevölkerung besser zu integrieren und ihr den Respekt zukommen zu lassen, der dem Volk jahrhundertelang verwehrt geblieben war.

Je weiter sie fuhren, desto trockener wurde der Boden, stellte Rachel fest. Doch das hielt die Farmer natürlich nicht davon ab, ihre Felder zu bewirtschaften. Australien, das hatte Rachel irgendwo gelesen, war immerhin der viertgrößte Weizenexporteur. Jetzt im September waren viele Landwirte damit beschäftigt, Gülle auf die Felder auszubringen.

Die Autofahrt machte Rachel noch müder, und irgendwann kam sie auf die Idee, in jedem zweiten Ort, der einen Aborigine-Namen hatte, anzuhalten und einen Becher Kaffee zu besorgen. Das erzielte seinen gewünschten Effekt und schon bald war Rachel hellwach, um nicht zu sagen aufgekratzt.

»Was ist denn das?«, platzte sie heraus, als sie auf der rechten Seite eine große Fläche entdeckte, die einem gigantischen Lavafeld ähnelte, auf dem jemand dicke Brocken von zerknüllter Alufolie verstreut hatte.

»Das ist ein ausgetrockneter See. Davon gibt es reichlich in ganz Australien, besonders jetzt im Frühling, wenn die Temperaturen steigen«, erklärte Leroy.

»Und was ist das?« Rachel zeigte auf die silbernen Objekte.

»Das sind tote Fische.«

Rachel war erstaunt. Dass ein See so schnell austrocknete, dass es die Fische nicht mehr schafften, sich in tieferes Wasser zu retten, war ihr bisher noch nicht untergekommen. Der trockenste Kontinent der Erde hatte offenbar noch einiges an Überraschungspotential zu bieten.

Die letzten achtzig Kilometer bis nach Hopetoun zogen sich gewaltig in die Länge. Rachel nutzte die Zeit, um sich innerlich auf den Fall vorzubereiten. Sie ging noch einmal die Eckdaten durch, die ihr bereits bekannt waren. Die waren allerdings sehr überschaubar, auch McDermott hatte nicht viel in Erfahrung bringen können.

Rachel und Leroy erreichten ihr Ziel um kurz nach ein Uhr mittags.

»Willkommen in Hopetoun, benannt nach dem ersten Generalgouverneur Australiens«, stand auf dem Schild.

Da habe ich wieder was gelernt, dachte Rachel.

Das Städtchen trug seinen Namen sicherlich mit einem gewissen Stolz. Der Generalgouverneur war sozusagen das Staatsoberhaupt Australiens. Eigentlich war das natürlich der Monarch des Vereinigten Königreichs, der gleichzeitig auch Oberhaupt der Commonwealth Realms war, zu denen Australien gehörte. Da der aber selbstverständlich nicht immer vor Ort sein konnte, vertrat ihn der Generalgouverneur in dieser Funktion. Das war in Staaten wie Kanada oder Neuseeland nicht anders.

Hopetoun war ein lang gezogenes Städtchen, das von Norden nach Süden etwa achthundert Meter maß und von einer großen Straße, dem Henty Highway, durchzogen wurde. Die Mitte des Ortes markierte eine Kreuzung mit einem Kreisverkehr, auf dem ein runder, steinerner Brunnen sprudelte.

Rachel fühlte sich an die Kleinstädte im Westen der USA erinnert, den sie vor einigen Jahren zusammen mit ihrem Noch-Ehemann bereist hatte. Die Ähnlichkeit irritierte sie aber nicht, denn Rachel hatte schon öfter Gemeinsamkeiten zwischen kleinen Dörfern in den USA und Australien entdeckt – ein gemeinsames Merkmal der unterschiedlichen Länder der Neuen Welt, zu der für Rachel auch Australien zählte.

»Und jetzt? Wo müssen wir hin?«, fragte Leroy, der befürchtete, das kleine Nest unfreiwillig wieder zu verlassen.

»Erst mal fahren wir zum Büro des Sheriffs, würde ich sagen.«

Da in der Mittagshitze niemand unterwegs war, den man nach dem Weg hätte fragen können, gab Rachel die Adresse in ihr Handy ein. Die App führte die beiden sicher zum Ziel, und sie parkten den Wagen vor dem Sheriff's Office, das von außen so klein und unscheinbar aussah, dass sie tatsächlich fast daran vorbeigefahren wären. Nur ein weißes Holzschild, von dem das Blau der Buchstaben bereits abblätterte, verriet ihnen, dass sie richtig waren. Das Gebäude war außerordentlich schmal geschnitten, sodass sie beim Eintreten bereits vor dem Schreibtisch standen, hinter dem ein uniformierter Mann mit Akubra-Hut – mutmaßlich der Sheriff – saß und telefonierte. Als er den Besuch bemerkte, beendete er das Gespräch und erhob sich behäbig von seinem Platz.

»Hi, Mates, tut mir leid, ich habe gerade keine Zeit, ich muss los. Bitte kommen Sie später wieder«, sagte er und umrundete behutsam den Schreibtisch, um nicht mit seinem Bierbauch die Tischplatte abzuräumen.

»Hi, Rachel Buchanan und Leroy Finch. Ich glaube, Sie haben unsere Hilfe angefordert.«

Der Sheriff zuckte kurz zusammen, wie unhöflich von ihm, die Kollegen aus der Hauptstadt so abzufertigen. Überschwänglich begrüßte er die beiden, um seinen Fauxpas wiedergutzumachen.

»Die Verstärkung aus Melbourne, sehr gut. Ich bin Jason Broome, schön, Sie kennenzulernen. Sie können direkt mitkommen, meine Leute haben mich gerade angerufen, sie haben angeblich eine Spur gefunden«, sagte der Sheriff und ging hinaus. Rachel und Leroy schauten sich kurz an und folgten dem Mann. Hatte er gerade von »seinen Leuten« gesprochen? Sie fragten sich, wie viele Leute in der Niederlassung in Hopetoun wohl arbeiteten.

»Sie folgen mir am besten einfach mit dem Wagen«, sagte Broome und stieg in seinen Pick-up. Leroy und Rachel hatten

Mühe, dem PS-starken Ungetüm mit ihrem untermotorisierten Dienstfahrzeug hinterherzukommen, doch die Fahrt dauerte zum Glück nicht lange. Der Pick-up hielt vor einem Wäldchen im Nordosten Hopetouns.

»Es ist ganz schön hier«, fand Leroy, als er aus dem Wagen stieg und den nur rund hundert Meter entfernten Lake Lascelles erblickte. Rachel spurtete derweil hinter dem Sheriff her, der bereits in den Wald hineinlief.

»Bevor wir weitergehen, erklären Sie mir bitte die Hintergründe des Falls. Wir wissen nur, dass ein Mädchen verschwunden ist.«

Broome blieb stehen und drehte sich um.

»Sorry, ich dachte, Sie wüssten schon alles, na gut.«

Rachel und Leroy folgten Broome ins Gehölz und hörten sich aufmerksam die ganze Geschichte an. Die Sachlage des Falls war komplizierter, als Rachel gedacht hatte.

»Der Junge ist verstummt?«, hakte sie nach.

»So gut wie. Niemand bekommt etwas aus ihm heraus«, erklärte der Sheriff.

Schließlich stießen sie auf eine Gruppe von zum Teil bewaffneten Männern, die um einen Verschlag aus Ästen herumstanden. Die Männer musterten die beiden Neuankömmlinge skeptisch.

»Hier, das haben wir gefunden«, sagte ein Mann schließlich und hielt eine Zigarettenkippe in die Höhe. Der Sheriff rief den Mann zu sich, sein Name war Jeff.

»Die Kippe haben wir in der Hütte gefunden, Olivia und Ben haben hier immer gespielt. Sie muss dem Entführer gehören«, brüllte Jeff und reichte dem Sheriff die Kippe.

Rachel traute ihren Augen nicht. »Was soll das hier sein?«, fragte sie den Sheriff, der die Kippe mit den Fingerspitzen entgegennahm und sie mit zusammengekniffenen Augen inspizierte.

»Oh, das ist eine kleine Bürgerwehr, die wir zusammengestellt haben. Wir dachten uns, wir nutzen die Zeit, bis die Verstärkung eintrifft, und machen uns schon mal auf die Suche nach Olivia«, antwortete der Sheriff.

Abgesehen davon, dass Rachel eine natürliche Abneigung gegen Bürgerwehren, Nachbarschaftswachen und jede andere Art von nicht staatlich organisierter Gewaltausübung hatte, kochte sie angesichts der Unfähigkeit, mit der die Truppe des Sheriffs hier im Wald wütete.

»Und da haben Sie sich direkt mal gedacht, dass Sie bei Ihrem kleinen Feldzug alle Beweismittel vernichten können«, schimpfte Rachel, die kurz darauf von dreißig verständnislos dreinblickenden Männern gemustert wurde.

»Und wer sind Sie?«, fragte Jeff und baute sich wie ein Silberrücken, der sich zur Verteidigung seines Reviers bereit macht, vor Rachel auf.

»Rachel Buchanan, Mordkommission Melbourne – und derzeit Ihre einzige Hoffnung, das kleine Mädchen wiederzufinden.« Rachel wollte bewusst ein wenig dramatisch auftreten. Sie ließ sich von australischen Männern, die in ihrem Verhalten allgemein eine ausgeprägte Macho-Attitüde an den Tag legten, nicht mehr einschüchtern, dazu war sie mittlerweile selbstbewusst genug. Sie starrte Jeff, der einen Kopf größer war als sie, unnachgiebig in die Augen, bis der Sheriff das Schauspiel beendete.

»Jeff ist übrigens der Vater von Ben. Dem verstummten Jungen, der die verschwundene Olivia mit großer Wahrscheinlichkeit als Letzter gesehen hat«, sagte Broome, was Rachel sofort als Steilvorlage benutzte:

»Dann sollten Sie jetzt lieber bei Ihrem Sohn sein, als hier im Wald Beweismittel zu vernichten, finden Sie nicht?«

»Wieso vernichten? Wir haben doch, ganz im Gegenteil, welche gefunden!«, verteidigte sich Jeff.

»Sie trampeln hier über den Boden und verwischen mögliche Spuren. Außerdem: Die DNA wie vieler Personen finde ich jetzt wohl auf der Zigarettenkippe? Was glauben Sie?« Rachel hielt Sheriff Broome eine der Plastiktüten hin, die sie zwecks Beweismittelsicherung aus Erfahrung immer dabeihatte, und ließ ihn die Kippe hineinwerfen.

Jeff wandte sich ab. Rachels Argumente hatten ins Schwarze getroffen und auch Sheriff Broome überzeugt. Von Broome stammte die Idee zur Formierung der Bürgerwehr, weshalb er jetzt leicht pikiert zu Boden schaute. Diesen Moment nutzte Rachel, um das Wort zu ergreifen und das Kommando zu übernehmen.

»Hören Sie zu, mein Kollege und ich schätzen Ihren Einsatz wirklich sehr, aber bitte überlassen Sie die Angelegenheit jetzt uns. Wir wurden dafür ausgebildet, und wenn jemand die kleine Olivia finden kann, dann sind wir es. Ich sage es nicht gern, aber im Augenblick behindern Sie nur unsere Ermittlungen. Bitte gehen Sie nach Hause, je eher wir hier weitermachen können, desto besser. Sollten wir Ihre Hilfe benötigen, melden wir uns.«

Die Männer schauten einander verunsichert an und redeten gedämpft miteinander. Einige äußerten vereinzelt Protest, schließlich wollten sie sich von einer Frau nichts befehlen lassen. Als Sheriff Broome Rachel den Rücken stärkte und die Männer ebenfalls aufforderte, nach Hause zu gehen, fügten sie sich und trotteten davon. Rachel schaute ihnen zufrieden nach. Sie war davon überzeugt, dass die meisten von ihnen sowieso nur ihrem Hang zu blindem Aktionismus nachgeben und ein wenig in der Gegend herumballern wollten.

»Sie bleiben bitte hier«, sagte Rachel und fasste Jeff am Arm, der sich am liebsten der Gruppe angeschlossen hätte.

»Was ist denn jetzt noch? Reicht es nicht, dass Sie gerade unsere Bürgerwehr aufgelöst haben? Sie haben doch gewonnen«, murrte er.

»Es geht hier nicht darum, wer gewinnt. Ein Kind ist verschwunden und wir müssen es wiederfinden, nur für den Fall, dass das noch nicht bei Ihnen angekommen ist. Ihr Sohn war gestern mit Olivia unterwegs. Ich möchte mich mit ihm unterhalten, oder es zumindest versuchen, wenn das für Sie okay ist? Sie dürfen selbstverständlich dabei sein.«

Jeff blickte zu Sheriff Broome, der zustimmend nickte, erst dann willigte er ein. Rachel und Leroy begutachteten aus ein paar Metern Entfernung die Hütte aus Ästen, die genauere Untersuchung würden sie der Spurensicherung überlassen. Hoffentlich hatte der Männerpulk noch ein paar Spuren übrig gelassen.

Die vier gingen zu ihren Fahrzeugen zurück. Die beiden Polizisten boten Jeff an, ihn mitzunehmen, als Rachel abrupt stehen blieb.

»Was ist das?«, fragte sie und deutete nach oben. Die anderen schauten hinauf.

»Da hängt was am Ast. Ich kann aber nicht erkennen, was es ist«, sagte Leroy. Der Eukalyptusbaum war nicht sehr hoch und Leroy sportlich genug, um flink die paar Meter hinaufzuklettern und das Objekt, das an einer Schnur aufgehängt war, zu lösen. Er warf es Rachel zu und sprang dann hinunter auf den weichen Waldboden. Als Rachel das Objekt betrachtete, überkam sie ein Schauer. Es war eine Stoffpuppe, die eine Schnur wie einen Strick um den Hals gebunden hatte.

»Mein Gott, was ist das denn!«, sagte Broome, nahm seinen Akubra ab und kratzte sich am Hinterkopf.

»So ein verdammtes Arschloch!«, brüllte Jeff. »Was ist das für ein Psycho? Wer macht so was? Wieso gibt es so Leute in Hopetoun?«

»Wir wollen keine voreiligen Schlüsse ziehen«, sagte Rachel und steckte die Puppe mit spitzen Fingern in eine weitere Plastiktüte.

Das Haus der Aldridges lag, wie alles in Hopetoun, nicht weit entfernt. Von der Rückbank aus versuchte Jeff ununterbrochen, Rachel davon zu überzeugen, die Bürgerwehr wiedereinzusetzen. Doch Rachel ließ sich nicht beirren.

Als sie das Haus betraten, hatte sich Jeff endlich geschlagen gegeben und machte Rachel mit seiner Frau Beth bekannt. Gemeinsam gingen sie in Bens Zimmer.

Der Junge saß nach wie vor auf seinem Bett und blickte apathisch ins Leere. Ab und zu warf er einen Ball gegen die dünne Wand und fing ihn wieder auf. Er schien die drei Erwachsenen, die sein Zimmer betraten, überhaupt nicht wahrzunehmen.

»Hallo, ich bin Rachel, darf ich mich zu dir setzen?«

»Ja«, sagte Ben, ohne sein Ballspiel zu unterbrechen.

Rachel setzte sich vorsichtig zu ihm aufs Bett.

»Ich möchte gern deine Freundin Olivia wiederfinden, aber dazu brauche ich deine Hilfe«, fuhr sie nach einer Weile fort.

»Ihr geht es gut«, sagte Ben nach einer weiteren Pause.

Rachel freute sich, dass der Junge überhaupt mit ihr sprach und fuhr fort: »Ich weiß, dass manche Sachen im Leben schwer mit anzusehen sind, aber ohne weitere Informationen schaffen wir es nicht, sie zu finden. Möchtest du nicht, dass deine Freundin wieder zu ihren Eltern kommt?« Ben warf ein weiteres Mal den Ball gegen die Wand und fing ihn wieder auf.

»Ihr wart gestern spielen, nicht wahr? Kannst du mir sagen, wo genau ihr wart oder was ihr gemacht habt?« Plötzlich feuerte Ben den Ball weg, hielt sich die Ohren zu und warf sich in gekrümmter Haltung auf die rechte Seite.

»Ich will dazu nichts sagen«, schrie er.

»Ich glaube, wir gehen jetzt lieber, ich möchte ihn nicht überfordern«, sagte Beth, woraufhin sie das Zimmer des Jungen wieder verließen. Rachel hatte volles Verständnis für die belastende Situation, in der sich der Junge befand. Höchste Priorität war es jedoch, das Mädchen zu finden.

»Es kann sein, dass wir noch einmal wiederkommen«, kündigte sie deshalb an, »vielleicht sagt Ben ja doch noch etwas.« Beth nickte zustimmend.

»Ich kann Ihnen vielleicht noch etwas sagen: Als Ben gestern Abend nach Hause kam, waren seine Klamotten völlig vermatscht. Ich vermute, dass die Kinder am Lake Coorong gespielt haben«, gab Beth Rachel zum Abschied mit.

Diese Information war mehr als hilfreich. Rachel und Leroy würden einen Suchtrupp, die Spurensicherung und einen Taucher aus der nächstgrößeren Stadt anfordern, in diesem Fall Mildura, eine Stadt an der Grenze zum Bundesstaat New South Wales. Nur sahen sich die Ermittler einem weiteren Problem gegenüber: Sie benötigten einen Ort, den sie als Basis und Koordinationsstelle nutzen konnten, da das Büro des Sheriffs viel zu klein war. Sheriff Broome hatte dafür Verständnis und schlug die Hopetoun Memorial Hall als vorübergehende Polizeibasis vor. Nach einem Anruf beim Bürgermeister der Stadt waren die drei Beamten unterwegs dorthin.

Die Memorial Hall war ein prächtiger Bau, dessen Fassade jeweils zur Hälfte aus roten Ziegeln und hellem Putz bestand. Das Gebäude war 1923 zu Ehren der im Ersten Weltkrieg gefallenen Soldaten aus der Region um Hopetoun eröffnet worden. Die Halle war etwa zwanzig Meter lang. In ihrem Innern hingen Bilder der Gefallenen sowie eine große Gedenktafel. Rachel wippte ein paar Mal auf dem fast hundert Jahre alten Holzboden hin und her, der bei jeder Bewegung nachgab und knarzte und ächzte wie ein hölzernes Segelschiff auf einem stürmischen Ozean.

»Sehr gut, hier haben wir genügend Platz«, sagte sie nach einer flüchtigen Inspektion des Gebäudes. »Ein Schreibtisch wäre nicht schlecht.«

Auch für dieses Problem wusste Sheriff Broome eine Lösung. Er bat Leroy, ihm in einen kleinen Raum, den Digger's Club Room, zu folgen. Die beiden Männer kamen kurz darauf mit einem schweren Holztisch wieder heraus, dann holten sie noch einen zweiten, den sie daneben stellten.

»So, hier können Sie walten, da drüben ist übrigens eine Toilette«, erklärte Broome und gab Rachel den Schlüssel zur Memorial Hall.

»Danke, Sheriff«, sagte Rachel.

Leroy holte unterdessen sein Notebook aus dem Auto, richtete dann einen Arbeitsplatz an dem Holztisch ein und forderte Verstärkung aus Mildura an. Sheriff Broome, der sich innerlich bereits im Ruhestand befand und jegliche Form von Stress zu meiden pflegte, war sehr erstaunt über solchen Ehrgeiz.

»Beth Aldridge hat uns erzählt, dass ihr kleiner Ben gestern mit völlig matschigen Sachen nach Hause gekommen sei. Sie erwähnte einen gewissen Lake Coorong, ich würde mich an dem besagten Gewässer gern mal umsehen«, sagte Rachel.

Sheriff Broome schien von der Idee wenig überzeugt. Er machte ein abfälliges Gesicht und verschränkte die Arme.

»Ich bin mir nicht sicher, ob da jemand zum Spielen hinmöchte. Das ist kein See im herkömmlichen Sinne, sondern ein stinkendes, eutrophiertes Gewässer«, erklärte er.

Broome führte Rachel zu einer Karte, die an einer der Wände der Memorial Hall hing. Er zeigte ihr die Lage des Lake Coorong und erklärte bei der Gelegenheit die anderen Besonderheiten der Stadt. Die Karte war vergilbt und schon etwas veraltet. Hopetoun wirkte auf der Karte kleiner als heute, der Lake Coorong hingegen war größer. Es gab an seinem Ufer, das mittlerweile kein Ufer mehr war, ein kleines Bootshaus. Der angrenzende Lake Lascelles existierte noch gar nicht.

»Wie entsteht so ein eutrophes Gewässer? Wir sind auf dem Highway an dem ein oder anderen vorbeigefahren«, erkundigte sich Rachel.

»Durch die extreme Hitze und die übertriebene Landwirtschaft, vor allem das Düngen trägt seinen Teil dazu bei«, antwortete Broome. »Glauben Sie mir, zum Coorong möchte niemand.«

»Wie dem auch sei, wir müssen da hin«, sagte Rachel.

»Aber der Lake Coorong ist definitiv die falsche Stelle, um nach dem Mädchen zu suchen«, antwortete der Sheriff.

Rachel hatte kurz den Eindruck, als wollte Broome sie regelrecht davon abhalten, zum Lake Coorong zu gehen, doch das beeindruckte sie nicht weiter. Sie wies ihn an, mit Leroy die Stellung zu halten, um den Suchtrupp aus Mildura als Ortskundiger zur Verfügung zu stehen.

Als Rachel die Memorial Hall verließ, dauerte es einen Augenblick, bis sich ihre Augen an das gleißende Sonnenlicht gewöhnt hatten. Sobald sie wieder etwas sehen konnte, stand plötzlich eine Frau vor ihr, um die sechzig, mit zerzausten grauen Haaren und Sonnenbrille. Sie fasste Rachel sanft an den Oberarmen und redete eindringlich auf sie ein:

»Der Teufel ist zurückgekehrt, nach fast zwanzig Jahren ist der Teufel wieder da. Nimm dich in Acht und suche nicht die Gesellschaft Satans«, sagte die Frau und drückte Rachels Arme immer fester, während sie sprach. Zuerst ein wenig perplex, gelang es Rachel schließlich, sich aus dem Griff zu befreien. Allem Anschein nach war die Frau verwirrt, und Rachel erkundigte sich, ob sie Hilfe benötigte. Als die Frau verneinte, verabschiedete sich Rachel mit einem zögerlichen Winken und ging zu ihrem Wagen, während die Frau begann, aus der Bibel zu rezitieren: »Wer Sünde tut, der ist vom Teufel; denn der Teufel sündigt von Anfang an. Dazu ist erschienen der Sohn Gottes, dass er die Werke des Teufels zerstöre. Habt solche Gesinnung, wie sie Jesus Christus auch hatte! Er lebte in Gestalt göttlicher Herrlichkeit, aber er hielt das nicht wie einen kostbaren Besitz fest, sondern verzichtete darauf, Gott gleich zu sein. Aus freiem Entschluss gab er alles auf und wurde ein Sklave unter uns, er wurde Mensch wie jeder andere und lebte wie ein Mensch.«

Rachel stieg ins Auto und schloss die Tür. Die eigenartige Begegnung ließ sie während der Fahrt zum Lake Coorong nicht mehr los.

Rachel parkte den Wagen am ersten der beiden Seen, der laut Sheriff Broome den Namen Lake Lascelles trug. Das Gewässer war wirklich schön, und Rachel wunderte sich, dass dort nicht viel mehr los war. Nur ein junger Mann saß rauchend im Schatten seines Pick-ups. Als er Rachel kommen sah, stand er langsam auf und klopfte sich das Gras vom Hosenboden.

»Hallo, wollen Sie vielleicht ein Kanu mieten? Ich kann Ihnen einen Sonderpreis machen, es ist nämlich gerade nicht so viel los. Sagen wir zehn Dollar die Stunde, zwei Stunden für fünfzehn«, bot er an.

Rachel musterte den Mann, wobei ihr der markant-beißende, leicht süßliche und alles in allem keinesfalls abstoßende Geruch von Cannabis in die Nase stieg.

»Nein, danke. Ich habe nur ein, zwei Fragen: Sind Sie öfter hier?«

Joe schaute Rachel mit großen Augen an.

»Sind Sie 'n Cop?« Mehr schlecht als recht versuchte er, den Joint hinter seinem Rücken zu verstecken.

»Ja, aber ich bin nicht wegen Ihres Joints da.«

»Oh, ich dachte schon, ich müsste mir Sorgen machen«, lachte Joe erleichtert und nahm einen tiefen Zug.

»Ich wäre Ihnen dankbar, wenn Sie das Rauchen für einen Augenblick unterlassen könnten.«

Joe drückte behutsam den Joint aus und legte ihn auf das Autodach.

»Haben Sie gestern einen Jungen und ein Mädchen hier vorbeikommen sehen? Sie müssen hier entlang zum Lake Coorong gegangen sein«, erkundigte sich Rachel.

»Sie meinen Ben und das Banks-Mädchen? Sie können die Dinge ruhig beim Namen nennen, solche Nachrichten lassen sich in Hopetoun nicht lange geheim halten«, antwortete Joe. »Die beiden sind gestern Nachmittag hier durchgekommen. Ich habe sie noch gefragt, ob sie ein Kanu mieten wollen. Sie sind aber tatsächlich weiter zum Coorong.« Joe zeigte in die Richtung.

»Wie spät war es da, wissen Sie das noch?«

»Ui, das müsste so gegen sechzehn Uhr gewesen sein. Kurz darauf habe ich nämlich Feierabend gemacht. Gestern war nicht viel mehr los als heute.«

»Haben Sie denn den Tag über sonst jemanden hier in der Nähe gesehen?«, fragte Rachel. Joe überlegte kurz, bevor er entschlossen den Kopf schüttelte.

Rachel ließ Joe am Lake Lascelles zurück und peilte den Coorong an. Das eutrophierte Gewässer erinnerte sie an den ausgetrockneten See, den sie aus dem Auto gesehen hatte – mit dem Unterschied, dass hier keine toten Fische herumlagen. Dafür war der See vermutlich schon zu lange ausgetrocknet. Rachel brauchte ein paar Minuten, bis sie das matschige Ufer erreichte, und es dauerte nicht lange, bis sie die ersten Fußspuren entdeckte. Die meisten waren vom sachte schwappenden Restwasser des Sees bereits wieder überspült worden, doch Rachel erkannte an der Größe, dass es sich um Abdrücke von Kinderfüßen handelte. Sie hielt sich bewusst abseits, um eventuelle Spuren nicht zu zerstören, die weitere Arbeit hier würde sie der Spurensicherung überlassen. In einigem Abstand zur Matschlinie folgte sie dem Ufer des Coorong über den harten Boden und suchte die Gegend nach weiteren Spuren ab. Plötzlich stockte sie. Unmittelbar vor ihr ragte etwas aus dem Boden. Rachel ging ein paar Schritte darauf zu, um das Objekt zu untersuchen. Es war ein selbst gebautes Kreuz, das jemand in die Erde gerammt hatte. Darauf steckte ein linker Turnschuh. In Kindergröße. Rachel wollte das Kreuz und den Schuh nicht anfassen, um hoffentlich darauf befindliche DNA eines vermeintlichen Entführers nicht zu verunreinigen. Sie machte ein Foto mit ihrem Handy und untersuchte das Ufer in der Umgebung des Kreuzes. Weitere Spuren gab es nicht. *Die Kollegen würden sich hier einmal näher umsehen müssen*, dachte Rachel.

Sie erkundigte sich telefonisch bei Leroy, ob die Verstärkung aus Mildura bereits eingetroffen sei, doch die Kollegen benötigten noch etwa eine Stunde. Rachel konnte nun entweder hier warten oder das Team in der Basis empfangen und ihm ein vernünftiges Briefing geben, bevor es mit seiner Arbeit begann. Rachel entschied sich für den Rückweg. Mittlerweile war es sechzehn Uhr, und es war vierundzwanzig Stunden her, dass Olivia das letzte Mal gesehen worden war. Die Uhr tickte unerbittlich, und die Wahrscheinlichkeit, das Kind lebendig zu finden, wurde mit jeder Stunde geringer.

Die Memorial Hall glich inzwischen einem echten Polizeibüro. Leroy hatte ganze Arbeit geleistet, auch die Internetverbindung stand. Das war in Australien nicht immer und überall selbstverständlich. Hopetoun befand sich noch so nah an der Zivilisation, dass es an das Kabelnetz angeschlossen war. Doch Australien war groß. Zu jedem Dorf oder jeder vereinzelten Farm im Outback eine eigene Leitung zu verlegen, wäre wirtschaftlich völlig unsinnig gewesen, weshalb die Regierung große Anstrengungen unternahm, die Bürger dort mit Internet via Satellitenverbindung zu versorgen.

Leroy hatte jedenfalls einen Zugang geschaffen, mit dem er problemlos und schnell sogar auf die umfangreiche Datenbank der Polizei in Victoria zugreifen konnte.

»Fangen wir doch mal mit den verurteilten Sexualstraftätern an«, sagte Rachel.

In Victoria mussten Sexualstraftäter der Polizei ihren Wohnort melden und auch im Falle eines Umzugs Bescheid geben.

Leroy suchte in der Datenbank und erhielt einen Treffer, direkt in der Stadt. Der Name des Mannes war Richard Green, und laut Eintrag im System wohnte er direkt am Henty Highway, der Hauptverkehrsader des Ortes.

»Kennen Sie Richard Green?«, fragte Rachel Sheriff Broome, der es sich auf einem Holzstuhl in der Ecke gemütlich gemacht hatte. Broome war es nur recht, dass er die Verantwortung für den Entführungsfall hatte abgeben dürfen.

»Ja, er betreibt ein kleines Café im Zentrum, warum wollen Sie das wissen?«, fragte Broome.

Offenbar hatte er keine Ahnung, dass Green wegen Kindesmissbrauchs verurteilt worden war. Rachel wollte es dabei belassen.

»Ich werde dem Mann kurz einen Besuch abstatten, Sie halten bitte weiter mit Leroy die Stellung, die Verstärkung aus Mildura müsste sehr bald hier sein. Schreibt mir bitte eine Nachricht, wenn es soweit ist.«

Richard Greens Café lag, nein, steckte unscheinbar zwischen einer Bäckerei und einem Bottle Shop, einem lizenzierten Alkoholgeschäft. Es trug den Namen »Café 48.8« und öffnete erst um siebzehn Uhr, womit Rachel ein paar Minuten zu früh dran war. Doch ein Mann, schätzungsweise der Eigentümer, trug bereits Getränkekisten durch die geöffnete Vordertür. Rachel sprach ihn direkt an.

»Sind Sie Richard Green?«, fragte Rachel den Mann. Prüfend blickte er sie über die Getränkekisten hinweg an.

»Ja, und mit wem habe ich die Ehre?«

»Rachel Buchanan von der Polizei.« Rachel hielt dem Mann ihren Dienstausweis hin. Richard stellte die Getränkekiste ab, setzte seine Brille auf und betrachtete den Ausweis wie jemand, der kaum lesen konnte.

»Me-tro-po-li-tan Po-lice Ser-vice. London?«, las Richard langsam und stockend.

Rachel erklärte, dass sie an einem Polizeiaustausch-Programm teilnehme und schlug vor, ins Café zu gehen, damit sie unter vier Augen reden konnten. Richard war einverstanden und ging voraus. Er setzte sich hinter die Theke und ahnte bereits, weshalb die Beamtin aus London ihn aufgesucht hatte.

»Sie sind hier, weil die kleine Olivia Banks verschwunden ist. Und jetzt verdächtigen Sie mich, weil ich ein Kinderschänder bin, stimmt's?«, sagte Richard.

Rachel reagierte etwas perplex, weil Richard so offen zur Sache kam. Sie empfand keinerlei Sympathie oder Mitgefühl für jemanden wie Richard, aber sie konnte sich vorstellen, dass es hart war, sein Leben lang mit einem Stigma durch die Welt zu laufen.

»Ich verdächtige erst mal niemanden. Ich urteile auf Basis von Fakten. Statistiken besagen, dass zwanzig Prozent der Sexualstraftäter rückfällig werden. Wenn überhaupt, wären Sie damit zu zwanzig Prozent verdächtig. Ich frage Sie jetzt erst mal in aller Ruhe und vorbehaltlos, wo Sie sich gestern Nachmittag gegen sechzehn Uhr und danach aufgehalten haben?«

Richard musste nicht lang überlegen.

»Genau wie heute und an jedem anderen Tag der Woche war ich hier, in diesem Laden hinter genau dieser Theke«, sagte er.

»Kann das jemand bezeugen? Ein Mitarbeiter, oder vielleicht ein Gast? Das wäre sehr hilfreich, wie Sie sich denken können.«

»Ja, und er müsste jeden Augenblick durch diese Tür kommen«, antwortete Richard und schaute auf seine Armbanduhr.

Rachel war gespannt. Tatsächlich betrat eine Minute später, um Punkt siebzehn Uhr, ein Mann das Café. Er war eher klein, um die eins siebzig, Mitte fünfzig und Aborigine. Er setzte sich, ohne ein Wort zu sagen, an die Bar und nickte

Richard zu. Vermutlich war das eine Mischung aus Begrüßung und Bestellung, denn Richard holte eine Flasche Bier aus dem Kühlschrank hinter der Theke und reichte sie dem Mann.

»Das ist mein Freund Cowan, ein Stammgast der ersten Stunde. Und das ist eine Polizistin. Mrs Buchanan aus London. Cowan, würdest du der Dame freundlicherweise mitteilen, wo ich gestern um diese Zeit war?«

Cowan drehte langsam den Kopf und schaute Rachel einfach nur wortlos an. In einer energischen Geste wies er plötzlich mit dem Zeigefinger auf den Fußboden, was wohl so viel heißen sollte wie »Richard war hier«.

Richard nickte unterstreichend. »Und Cowan muss es wissen, er ist jeden Tag ab siebzehn Uhr hier und bleibt so lange, bis ich um dreiundzwanzig Uhr den Laden schließe und nach Hause gehe.«

Einerseits war Rachel erleichtert, dass Richard damit erst einmal ein Alibi hatte. Ein potenzieller Verdächtiger weniger, den sie im Hinterkopf behalten musste, vorerst zumindest. Andererseits machte es sie betroffen, dass auch hier ein Aborigine jeden Tag in einer Bar herumsaß und schon nachmittags mit dem Trinken anfing. Als Rachel vor knapp neun Monaten ihr Australien-Abenteuer begonnen hatte und hörte, dass die australischen Ureinwohner in einer Art Parallelwelt lebten und viele von ihnen mit Alkoholproblemen kämpften, hatte sie das für eine Übertreibung gehalten. Irgendwann hatte sie jedoch einsehen müssen, dass die Geschichten der Realität entsprachen, die teilweise sogar noch schlimmer war.

Rachel verließ das Café und wollte gerade wieder in den Wagen steigen, als Richard sie aufhielt.

»Ich habe noch ein Anliegen. Bitte sagen Sie niemandem etwas von meiner Vergangenheit. Für mein Geschäft wäre das katastrophal. Bislang hat glücklicherweise niemand davon erfahren«, sagte er.

Rachel hatte Verständnis für die Situation, und da höchstwahrscheinlich selbst Sheriff Broome nichts von Richards Vergangenheit wusste, hatte vermutlich auch der Rest von Hopetoun keine Ahnung. Rachel versprach, dass sie nichts tun werde, um das zu ändern, und ging zum Auto.

Da es von Leroy noch keine Neuigkeiten gab, beschloss sie, noch einmal bei der Familie Banks vorbeizuschauen. Susan Banks öffnete Rachel niedergeschlagen die Tür, Timothy saß aufgewühlt im Wohnzimmer und schien mit seinem Blick das Telefon hypnotisieren zu wollen. Olivias Eltern klammerten sich an die Hoffnung, jemand könnte sich mit einer Lösegeldforderung an sie wenden. Natürlich war das eine Möglichkeit, und es war wichtig, dass das Ehepaar zu Hause die Stellung hielt für den Fall, dass es ein Lebenszeichen von seiner Tochter bekam. Rachel bewertete die Situation objektiver. Es musste jede Option in Betracht gezogen werden, auch, dass sich Olivia verlaufen hatte, dass sich nie ein Entführer melden würde und – auch das war eine Möglichkeit – dass das Mädchen längst tot war. Den Eltern hätte sie das zu diesem Zeitpunkt natürlich keinesfalls gesagt. Die Hoffnung aufrechtzuerhalten war erst einmal das Wichtigste.

Rachel holte ihr Handy aus der Tasche und öffnete die Bildergalerie. Dann tippte sie auf das Foto von dem Turnschuh auf dem Holzkreuz.

»Oh Gott«, entfuhr es Susan, als sie das Bild sah. »Das ist ihr Schuh. Was soll das?«, schluchzte sie. Timothy bestätigte, dass es einer der beiden Schuhe war, die Olivia am Tag zuvor getragen hatte. Die Gewissheit war wie ein Stich ins Herz. Wie war der Schuh auf dieses Kreuz gelangt? Wer war es, der da sein böses Spiel mit ihnen trieb?

»Wir werden herausfinden, was es damit auf sich hat. Die Verstärkung aus Mildura muss jede Minute hier sein«, sagte Rachel. Das hoffte sie zumindest. Sie warf einen Blick auf ihr Telefon, es war schon fast sechs Uhr abends.

Kapitel 4

Gegenwart

Rachel versuchte, Timothy und Susan Mut zuzusprechen, bis endlich Leroy anrief und verkündete, dass die Kollegen eingetroffen seien. Rachel fuhr unverzüglich zur Memorial Hall zurück, um sie in Empfang zu nehmen. Vor dem Gebäude parkten drei Polizeifahrzeuge: Pick-ups mit dem typischen weiß-blau karierten Muster und einem Überbau über der Ladefläche. In der Memorial Hall befanden sich neben Leroy und Sheriff Broome zwölf weitere Leute, die bereits auf Rachel als Koordinatorin des Polizeieinsatzes warteten. Darunter waren Fachleute der kriminaltechnischen Untersuchung beziehungsweise Spurensicherung, Spezialisten für die Suche von Vermissten sowie ein Taucher.

Rachel stellte sich der Gruppe und ihrem Leiter, einem Mann namens Marcus Owen, vor. Sie erläuterte die Lage, zeigte Owen das Foto mit dem Schuh und den Platz auf der Karte, an dem sie das merkwürdige Gebilde gefunden hatte. Sheriff Broome, der in seiner Laufbahn noch nie an einer so großen Aktion teilgenommen hatte, schaltete sich ein und erklärte Owen auf der Karte an der Wand in der Memorial Hall noch mal die örtlichen Gegebenheiten Hopetouns, um wenigstens etwas zu der Suchaktion beizutragen.

»Sehr schön«, übernahm Rachel wieder das Wort. »An der Stelle, an der ich am Lake Coorong das Kreuz mit dem Schuh gefunden habe, sollte am besten heute noch der Kollege mit der Tauchausrüstung mit der Suche beginnen. Je früher wir eine brauchbare Spur haben, desto schneller finden wir das Mädchen, und Zeit ist die einzige Ressource, die uns nicht endlos zur Verfügung steht.«

Zu Owens Bedauern musste er seiner Kollegin widersprechen. »Das ist leider unmöglich, die Sonne geht gerade unter. Wir müssen damit bis morgen warten. Der Taucher kann unter keinen Umständen im Dunkeln arbeiten. Erstens ist das zu gefährlich, zweitens sieht er praktisch nichts«, sagte er.

Rachel war enttäuscht, musste Owen jedoch recht geben. »Na gut, solange der Rest Ihrer Truppe heute noch mit der Suche beginnt. Und ein Kollege sollte die Familie Banks zu Hause unterstützen. Für den Fall, dass sich ein Entführer meldet.«

Owen mobilisierte seine Leute und teilte sie ein. Zehn Minuten später zogen sie los – gut ausgestattet mit Taschenlampen und Scheinwerfern, um auch im Dunkeln und, falls nötig, die ganze Nacht hindurch suchen zu können.

Rachel merkte, dass ihr die letzte Nacht, in der sie so wenig Schlaf gefunden hatte, noch immer zusetzte. Während des Tages hatte sie sich mit Kaffee über Wasser halten können, nun ließ die Wirkung des Koffeins nach und sie fiel regelrecht in ein Loch. Sie brauchte dringend einen *power nap*, zumal sie wohl auch in der kommenden Nacht nicht viel Schlaf abbekommen würde.

»Kann ich mich vielleicht irgendwo mal kurz hinlegen«, fragte sie Broome.

»Es gibt hier einen Sanitätsraum, da finden sie eine Liege. Mehr Komfort haben wir leider nicht. Das Gebäude war nie dafür vorgesehen, dass hier mal jemand übernachten würde«, antwortete der Sheriff und führte sie in ein karg ausgestattetes Zimmer, in dem sich nichts außer einem roten Notfallkasten an der Wand und der besagten Liege befand.

»Danke schön. Ach, bevor Sie gehen, hätte ich noch eine Frage. Vorhin hatte ich eine eigenartige Begegnung auf der Straße. Eine Frau hielt mich auf. Sie redete davon, dass der Teufel nach knapp zwanzig Jahren hierher zurückgekehrt sei. Wissen Sie, was sie damit gemeint haben könnte? Oder ist die Frau vielleicht geistig nicht ganz auf der Höhe?«

»Nun, wie es sich anhört, haben Sie Bekanntschaft mit Margret gemacht. Wenn man sie auf der Straße trifft, könnte man tatsächlich meinen, sie sei ein bisschen verrückt. Dem ist aber nicht so, sie ist nur sehr religiös, fast schon abergläubisch, vor ihr müssen Sie keine Angst haben«, erklärte Broome.

»Also ist an der Geschichte, die sich vor knapp zwanzig Jahren zugetragen haben soll, auch nichts dran?«, vergewisserte sich Rachel.

Der Sheriff nahm seinen Hut ab und kratzte sich am Hinterkopf. Er war sichtlich verlegen und richtete seinen Blick auf den Boden.

»Nun ja, wie man's nimmt, also eigentlich schon«, sagte Broome.

Rachel schaute ihn an. Sie hielt es für überflüssig, ihm mitzuteilen, dass sie die Geschichte hören wollte, weshalb sie einfach nur den Kopf nach rechts neigte und die rechte Augenbraue hob. Broome verstand, atmete tief durch, um sich zu sammeln, und begann nach einer kurzen dramatischen Pause zu erzählen.

»Es war im September 1996. Das weiß ich noch so genau, weil ich im Januar desselben Jahres hier als Sheriff angefangen hatte. Und weil der Pegel des Lake Coorong in dem Jahr, im Frühling oder Sommer, erstmals begonnen hatte, merklich abzusinken. Die hatten sogar extra diesen Wissenschaftler hergeschickt, der das untersuchen sollte. Der kam von der University of Melbourne. Ein ziemlich arroganter Fatzke. So kam er jedenfalls bei den Leuten hier an. Hat sich aus allem rausgehalten. Sogar seine Kinder hat er zu Hause unterrichtet, weil er sie nicht in die örtliche Schule schicken wollte. Wie auch immer, ich war hier also ganz frisch als Sheriff und hatte mich gerade halbwegs eingelebt. Falls man das einleben nennen kann. Wissen Sie, wenn man nicht von hier ist, hat man es oft schwer, als Fremder Anschluss zu finden. Und das erst recht, wenn man so zurückgezogen lebt wie dieser Wissenschaftler, verstehen Sie? Jedenfalls waren da diese beiden Geschwister, die eines Tages zum Spielen rausgegangen sind. Abends kam der Junge allein wieder zurück, aber er war verstummt. Seine Schwester war verschwunden, niemand hat je wieder etwas von ihr gehört.« Der Sheriff stutzte. »Wenn ich mir das recht überlege, ist die Ähnlichkeit zum aktuellen Fall schon seltsam«, sagte er.

»Das ist wirklich mehr als seltsam. Es wäre schon ein starkes Stück, wenn es Zufall wäre, finden Sie nicht?«, sagte Rachel.

Nach einer kurzen Bedenkpause winkte der Sheriff ab. »Na ja, andererseits ... Wissen Sie, wie hoch die Zahl missbrauchter Kinder in Australien ist? Da ist es wahrscheinlich, dass sich mal zwei Fälle ähneln ...«, sagte Broome.

»Niemand hat gesagt, dass wir es mit einem Missbrauchsfall zu tun haben. Es sei denn, Sie sind auf etwas gestoßen, von dem ich noch nichts weiß«, sagte Rachel und setzte sich auf die Liege.

»Nein, das bin ich nicht. Sobald ich etwas in Erfahrung bringe, werde ich Ihnen das immer direkt mitteilen. Sie sind schließlich die Koordinatorin dieses Einsatzes«, antwortete der Sheriff und setzte den Akubra wieder auf.

»Ich werde der Sache jedenfalls nachgehen. Nach einem kurzen *power nap*. Ich kann gerade wirklich keinen klaren Gedanken mehr fassen«, sagte Rachel.

Broome ging hinaus und schloss die Tür hinter sich. Ein kleines Nickerchen war jetzt auch für ihn genau das Richtige. Außerdem würde sich Leroy bestimmt über ein wenig Gesellschaft freuen.

Einige hundert Meter entfernt war inzwischen ein Police Officer, Frank Towns, im Haus der Banks eingetroffen und hatte dort eine Fangschaltung installiert.

»Wenn der Entführer nun anruft und sie ihn lange genug in ein Gespräch verwickeln, können wir seinen Standort ermitteln. Oder wir bekommen seine Handynummer und bestimmen seinen Standort. Oder wir lokalisieren ihn direkt über eine Satellitenverbindung. Keine Sorge Ma'am, sobald er anruft, ist die Chance, dass wir ihn kriegen, sehr groß«, erklärte der Polizist mit einem entspannten Unterton.

Die beruhigende Art von Towns war genau das, was Susan Banks jetzt brauchte. Ihr Mann Timothy zog es hingegen vor, eine kurze Weile allein zu sein und mit seinem Schmerz klarzukommen. Er ging die Treppe hinauf zu Olivias Zimmertür. Langsam öffnete er sie und trat leise ein, so als läge seine Tochter schlafend in ihrem Bett und er müsse aufpassen, sie nicht aufzuwecken. Er schaute sich im Zimmer um. Es war so eingerichtet, wie man sich das Zimmer einer Zehnjährigen vorstellte. Viel Pink, Poster von Brumbys, den australischen Wildpferden, an den Wänden und in der Luft der Geruch von billigem Parfum. Timothy konnte, nein, er wollte sich nicht vorstellen, dass er seine kleine Tochter niemals wiedersehen würde. Er setzte sich auf Olivias Bett und strich über das Kopfkissen, neben dem links und rechts viele Kuscheltiere verteilt lagen. Timothy nahm ihr Lieblingstier, einen grauen Koala, auf – und augenblicklich stockte ihm der Atem. Er sprang vom Bett auf und gab sich eine Ohrfeige, nur um sicherzugehen, dass er nicht träumte. Unter dem Stoff-Koala hatte ein Schuh gelegen. Olivias rechter Turnschuh. Das Gegenstück zu dem, der auf Rachels Handyfoto auf dem hölzernen Kreuz steckte. Timothy nahm den Schuh und betrachtete ihn. Es gab keinen Zweifel, auch die Größe stimmte, nein, es war tatsächlich Olivias. Wie konnte das sein? Wie war er hierher gelangt? Hatte sie ihn vergessen? Nein. Hatte ihn irgendjemand hierhin gelegt? Wer war seitdem hier gewesen? Seine Frau. Die Polizistin? Noch jemand anderes? Oder hatte der Schuh von Anfang an hier gelegen? War das ein neues Ding unter Jugendlichen, Schuhe mit ins Bett zu nehmen? Timothy wusste es nicht. Das Herz schlug ihm bis zum Hals. Er sprang auf, ging zu Olivias Schrank und sah hinein. Doch das half ihm auch nicht weiter. Er würde seiner Frau, die voller Angst unten im Wohnzimmer saß, erst einmal nichts davon erzählen. Das hätte sie nur noch mehr verstört. Timothy ließ den Schuh unterm Bett verschwinden. Am besten konnte er mit dieser Polizistin oder mit Sheriff Broome darüber sprechen.

Timothy atmete ein paar Mal tief durch, um sich zu beruhigen, dann ging er wieder runter ins Wohnzimmer und setzte sich zu den anderen, ohne sich etwas anmerken zu lassen.

Kapitel 5

1996

Jeff schlich die Kellertreppe hinunter und hielt geradewegs auf den Waffenschrank aus massivem Eichenholz zu, der in der hintersten Ecke des Raumes stand und vor sich hin verstaubte. Sein Vater George ließ den Schrank, in dem er zwei Schrotflinten und zwei Büchsen aufbewahrte, immer offen, was seine Mutter überhaupt nicht gut fand und immer wieder kritisierte. Außerdem verstieß diese Art, Feuerwaffen aufzubewahren, gegen die Vorschriften in Victoria. Waffen und Munition waren unbedingt in getrennten Schränken aufzubewahren, die außerdem abgeschlossen sein mussten.

»Schatz, hier auf die Farm kommt sowieso niemand, der die Waffen stehlen könnte, und von uns wird ja wohl niemand an die Gewehre gehen«, antwortete George dann.

Doch er täuschte sich, was Jeff heute bewies. Er nahm sich eine der beiden Schrotflinten – die doppelläufige Beretta mit dunklem Nussbaum-Schaft – aus dem Schrank und steckte ein Dutzend Patronen in die Tasche. Er wickelte die Waffe in eine Baumwolldecke ein, die er aus seinem Zimmer mitgenommen hatte, dann huschte er die Kellertreppe hinauf und zu seinem

Auto. Seine Mutter und sein Vater hatten nichts bemerkt. Vorsichtig legte Jeff das Gewehr auf die Ladefläche. Was war er stolz auf seinen geliebten Ute, den er von seinem Vater zum achtzehnten Geburtstag bekommen hatte! Das wohl typischste australische Vehikel, das man sich vorstellen konnte, war eine Mischung aus Limousine und Pick-up und bestens für den Einsatz auf einer Farm geeignet. Die Pritsche war groß genug, um etwas zu transportieren, und der Wagen schick genug, um damit vor Freunden oder Mädchen anzugeben. In seinem Fall handelte es sich um einen weißen Subaru Brumby, zwei Jahre alt und in Topzustand. Nur leider gab es in Hopetoun nicht so viele Mädchen, die man hätte beeindrucken können. Jeff setzte sich hinters Steuer und fuhr in die Stadt, um seinen besten Kumpel Timothy abzuholen, aber nicht ohne vorher noch einmal über den Henty Highway im Dorfzentrum zu brettern, dabei das Autoradio laut aufzudrehen und den Motor aufheulen zu lassen, während er an den Geschäften und Cafés vorbeifuhr. Die Passanten schüttelten den Kopf. Jeff Aldridge und sein Freund waren in der Stadt längst als Rowdys bekannt, die gerne mal anderen auf die Nerven gingen. Aber was sollten sie machen, die Jungs ließen sich nichts sagen und der neue Sheriff Broome fühlte sich nicht bemüßigt, etwas gegen die Störenfriede zu unternehmen.

Vor Timothys Haus hupte er ein paar Mal ungeduldig, bis sein Kumpel herauskam.

»Hast du es dabei?«, fragte Timothy und setzte sich ins Auto, während Jeff mit dem Daumen nach hinten auf die Ladefläche zeigte »Na klar, was denkst du denn.«

»Dann lass uns mal losfahren.«

Jeff steuerte den Ute nach Norden, immer weiter ins Outback, wo sie ungestört waren. Sie hatten fünf Kilometer zurückgelegt, als vor ihnen in der Ferne ein Truck auftauchte.

Als der Laster in eine lang gezogene Kurve fuhr, erkannten die Jungs, dass es kein »normaler« Truck, sondern einer der beeindruckenden »Road Trains« war. Die Zugmaschine hatte fünf Trailer angehängt, die mit Kohle beladen waren. Das gesamte Gespann war mit Sicherheit fünfzig Meter lang.

»Yes!«, rief Jeff und drückte aufs Gaspedal.

Hinter dem Road Train scherte er nach rechts zum Überholvorgang aus. Natürlich barg das Vorbeifahren an so einem langen Fahrzeug immer ein gewisses Risiko durch Gegenverkehr, doch die Straße war kurvenarm, gut einsehbar, und mindestens auf den nächsten zwei Kilometern war kein Fahrzeug in Sicht. Langsam schloss der Ute zur Zugmaschine auf, und als sie auf gleicher Höhe waren, lehnte sich Timothy aus dem Fenster der Beifahrertür und machte dem Fahrer ein Zeichen, das imposante Horn zu betätigen. Doch anstatt zu hupen, reagierte der Fahrer unerwartet und zeigte Timothy den Vogel. Timothy versuchte es erneut, diesmal zeigte der Fahrer ihm den Mittelfinger, was den Jungen zutiefst kränkte. Er kam zurück ins Auto und redete auf Jeff ein: »Dem zeigen wir's.«

Jeff zog an dem Truck vorbei und dann so knapp vor ihm auf die linke Spur, dass er den schweren Laster zu einem Ausweichmanöver auf den Grünstreifen zwang, der eher einer Wüste aus rotem Sand mit vereinzelten Grasbüscheln glich. Der komplette Zug donnerte einmal über die Fahrbahnbegrenzung und wirbelte dabei Unmengen von rotem Staub auf. Jeff und Timothy beobachteten das Schauspiel durch die Heckscheibe und lachten laut. Als der Fahrer das Gespann wieder eingefangen hatte, begann er wie wild zu hupen.

»Siehst du, er hat doch noch gehupt«, sagte Timothy und gab seinem Kumpel High Five.

Jeff drückte aufs Gas und fuhr dem Road Train einfach davon. Zehn Minuten später war der Truck außer Sichtweite, und sie verließen den Henty Highway auf der Höhe eines leer stehenden Schafstalls. Jeff fuhr mit dem Ute langsam über den unbefestigten Boden, er wollte sich die Stoßdämpfer nicht ruinieren. Dann parkte er das Auto im Schafstall, hier konnte man es vom Highway aus nicht sehen.

Die Jungs stiegen aus und holten das Gewehr von der Ladefläche. Nachdem sie ein paar Mal sinnlos in der Gegend herumgeballert hatten, kam Timothy auf die Idee, ein paar leere Bierdosen, die im Schafstall herumlagen, als Ziele zu verwenden. Auf zehn Meter Entfernung stellte sich bei jedem Schuss heraus, dass Jeff der bessere Schütze war, denn Timothy traf fast nichts. Schließlich hatten die beiden sämtliche Munition verschossen und fuhren wieder nach Hause.

»Mach dir nichts draus«, sagte Jeff. »Beim nächsten Mal musst du einfach darauf achten, dass du richtig zielst. Kimme und Korn müssen eine Linie bilden, die richtest du auf die Dose und dann … bämm.«

Jeff nahm die Hände vom Lenkrad, um Timothy zu demonstrieren, wie man die Flinte zu halten hatte, während der Ute über den schnurgeraden Highway rollte. Kurz darauf sprang zehn Meter vor ihnen ein Wallaby aus dem Gebüsch auf die Straße. Jeff schaffte es nicht mehr rechtzeitig, die Hände ans Steuer zu legen oder zu bremsen, und überfuhr das Tier. Erst dann brachte er das Fahrzeug mit quietschenden Reifen zum Stehen.

»Scheiße, Mann«, sagte Timothy und stieg aus. Jeff tat es ihm gleich und begutachtete die Schnauze seines Autos. Dank der verchromten Bullenfänger vorm Kühlergrill, die hier in der Gegend fast jeder benutzte, hatte der Zusammenstoß keine Spuren hinterlassen. Nur etwas Blut und Fellreste klebten am Chrom, Jeff nahm ein Taschentuch und wischte es weg.

Zwanzig Meter hinter dem Fahrzeug lag das tote Wallaby. Timothy tippte es mit der Fußspitze an, doch es rührte sich nicht. Das Tier hatte den Aufprall nicht überlebt.

»Was sollen wir damit machen?«, fragte Jeff.

»Liegen lassen, was glaubst du denn? Willst du es mitnehmen und heute Abend auf den Grill werfen, oder was? Willkommen zum leckeren Wallaby-Barbecue«, spöttelte Timothy.

Jeff überlegte kurz. »Ich habe eine bessere Idee«, sagte er. »Hilf mir mal.«

Jeff und Timothy nahmen das Wallaby an den Vorder- und Hinterpfoten, schleppten es bis zum Auto und warfen es auf die Ladefläche. Als sie wieder zurück in Hopetoun waren, dämmerte es bereits. Im Schutz des Zwielichts stellte Jeff den Wagen vor einem unscheinbaren Haus in der Yarrack Lane ab, einer Parallelstraße zum Henty Highway. Die verrückte Margret wohnte hier, eine ultrareligiöse Frau, die sich immer furchtbar über alles und jeden aufregte. In Margrets Küche, deren Fenster nach vorn zeigte, brannte Licht. Es war an der Zeit, Margret mal einen richtigen Schrecken einzujagen.

Jeff und Timothy stiegen auf die Ladefläche des Ute und packten das Wallaby wieder an den Vorder- und Hinterpfoten. Sie holten zwei, drei Mal aus, um den Kadaver in hohem Bogen in Margrets Vorgarten zu werfen. Zu ihrem Bedauern hatten sie dem Tier zu viel Schwung mitgegeben, sodass es nicht im Gebüsch landete, sondern weiter ins Küchenfenster segelte. Die dünne Scheibe zerbrach klirrend, und das Wallaby kam inmitten von Glasscherben hart auf dem Küchenboden auf. Ein lauter, heller Schrei folgte.

»Ach du Kacke«, schrie Jeff.

Reflexartig machten die beiden einen Satz von der Ladefläche und sprangen zurück ins Auto. Mit quietschenden Reifen entfernte sich der Ute vom Tatort und hinterließ eine Staubwolke und eine Margret, die außer sich war vor Angst.

Der nächste Tag war ein Samstag, und das Leben im Dorf kam noch langsamer in die Gänge als sonst. Jeff hatte am Vorabend noch heimlich die Schrotflinte seines Vaters gereinigt und wieder in den Schrank gestellt. Jetzt tat er das, was Achtzehnjährige an einem Samstagmorgen um acht Uhr für gewöhnlich taten: schlafen. Er bekam nichts von dem Tratsch mit, der um diese Uhrzeit bei den Leuten in Hopetoun bereits die Runde gemacht hatte, hörte nichts von dem Wallaby, das gestern Abend durch das Küchenfenster von Margret gesegelt war.

George Aldridge war durchaus ein wenig amüsiert über die Geschichte. Er war, im Gegensatz zu seinem Sohn, bereits wach und stieg gerade die Kellertreppe hinab, um sich auf sein samstägliches Hobby, die Jagd, vorzubereiten und eines der Gewehre zu holen. Seine Frau lag ihm immer in den Ohren, er solle endlich anfangen, sich anständig um die Farm zu kümmern, doch er dachte nicht daran. Er ging lieber mit seinen Freunden auf die Pirsch, weshalb man ihm nachsagte, ein schlechter Farmer zu sein. Er selbst hätte sich nie als solchen bezeichnet, er schob die Schuld für seine niedrigen Erträge lieber auf Umweltschützer, Wissenschaftler und die Regierung, die den Bauern allesamt untersagten, ihre Felder gescheit zu bearbeiten, um der Überdüngung des Bodens und der Eutrophierung der lokalen Gewässer entgegenzuwirken.

Nein, da war die Jagd doch viel angenehmer. George liebte es, Kaninchen zu jagen, und das wiederum wurde von der australischen Regierung sogar explizit befürwortet. Die Tiere waren in Australien eine regelrechte Plage – eingeschleppt von Europäern im neunzehnten Jahrhundert zum Jagdvergnügen.

George nahm die Beretta aus dem Schrank und öffnete die Schublade mit den Schrotpatronen. War letzte Woche nicht noch deutlich mehr Munition darin gewesen? Vielleicht irrte er sich. George steckte eine Packung ein und dachte nicht weiter darüber nach. Oben in der Küche traf er auf Jeff, der sich eine Scheibe Toast mit Vegemite schmierte.

»Hast du schon von der verrückten Margret und ihrer ungewöhnlichen Bekanntschaft mit dem Wallaby gehört?«, erkundigte sich George.

Jeff verschluckte sich prompt an seinem Toast und fragte hustend, was passiert sei.

»Irgendjemand hat ihr das tote Tier durch das Fenster in die Küche geworfen. Jeder kriegt nun mal das, was er verdient. Am Ende sieht sie es vermutlich als Strafe Gottes an«, sagte George und lachte laut auf.

»Hat der Sheriff schon rausgefunden, wer es war? Ich meine, wer ihr das Wallaby durchs Fenster geworfen hat?«, fragte Jeff unsicher.

»Das glaubst du doch wohl selbst nicht. Margret kann froh sein, wenn Broome seinen Arsch an einem Samstag überhaupt aus dem Bett kriegt. Ich muss jetzt zur Jagd, Sohn, mach's gut.«

Jeff war einigermaßen beruhigt. Er aß seinen Toast auf und zog sich an. Timothy und er hatten große Pläne für heute. Sie waren schon ewig nicht mehr im alten Bootshaus am Lake Coorong gewesen, vielleicht war es mittlerweile vermodert genug, um es, aus Spaß an der Freude, komplett abzureißen.

Vom Brötchenholen in der Stadt hatte Colin Pearce diesmal tatsächlich weniger als zehn Minuten nach Hause gebraucht, Rekord. Jetzt stand er mit einer prall gefüllten Brötchentüte in jeder Hand auf der Garagenauffahrt, betrachtete sein Haus und dachte, wie gut er es eigentlich hatte. Er bewohnte ein Heim mitten im Wald, in direkter Nachbarschaft zu einem See, und übte seinen Traumberuf aus. Somit hatte er einen sehr kurzen Arbeitsweg, denn als Biologe untersuchte er die fortschreitende Eutrophierung des Lake Coorong, die sich in den letzten Jahren zu beschleunigen schien. Außerdem hatte er zwei reizende Kinder, den zehnjährigen Jasper und die zwölfjährige Sharon. Ja, die Familie Pearce war glücklich. Wie die meisten anderen

Menschen hatte natürlich auch Colin sein Päckchen zu tragen. In seinem Fall war es seine Frau Annette … Colin verdrängte den Gedanken auf der Stelle, denn er wollte sich diesen schönen Samstagmorgen nicht verderben lassen.

Jasper und Sharon warteten bereits ungeduldig am gedeckten Frühstückstisch auf ihren Vater und rissen ihm förmlich die Brötchen aus der Hand.

»Jetzt mal langsam, hier wird schon keiner verhungern«, sagte Colin, was natürlich ohne Wirkung blieb.

Die Kinder nahmen sich jeweils ein Croissant, schnitten es entzwei und – was ihr Vater persönlich nicht nachvollziehen konnte – schmierten reichlich Vegemite auf die Hälften, um sie sich dann genüsslich in den Mund zu schieben. Colin konnte das dunkle Hefeextrakt nicht leiden und aß sein Hörnchen lieber mit Aprikosenmarmelade.

»Ich habe Margret beim Bäcker getroffen. Jemand hat ihr gestern ein Wallaby ins Küchenfenster geworfen«, erzählte Colin.

»Ein totes?«, fragte Jasper, um kurz darauf einen blöden Kommentar von seiner Schwester zu bekommen: »Nein, ein lebendiges, eins mit Flügeln, Blödmann.« Kleine Brüder konnten manchmal wirklich dumme Fragen stellen.

»Sei nett zu Jasper«, ermahnte Colin sie, aber das war nicht nötig, denn eigentlich kamen die beiden Geschwister bestens miteinander aus, gingen sogar oft zusammen zum Spielen an den Lake Coorong.

»Ich mach doch nur Spaß«, sagte Sharon. »Wer hat denn das Wallaby geworfen?«

»Na ja, es ist zwar nicht bewiesen, aber es gibt eine vage Vermutung …«, sagte Colin. Es war nicht seine Art, jemanden vorschnell zu verurteilen. Jeder in Hopetoun wusste allerdings, dass die beiden Rowdys Jeff Aldridge und Timothy Banks für so etwas am ehesten infrage kamen. Nun, da Jeff einen

Führerschein und sogar ein eigenes Auto besaß, kam es vermehrt zu solchen Vorfällen, was den Verdacht noch verstärkte.

Nach dem Frühstück gingen Sharon, Jasper und Colin zum Lake Coorong. Colin, weil er heute noch eine Probe im Zuge seines Langzeit-Experiments über den See nehmen und analysieren musste, seine Kinder, weil sie spielen wollten.

»Seid zum Mittagessen wieder da. Und pass auf deinen Bruder auf«, rief Colin den beiden hinterher, als sie am Ufer entlang davonliefen.

Er stellte seine braune Ledertasche, in deren Innenseiten eine Menge gläserner Teströhrchen steckten, am mit Gras bewachsenen Ufer des Coorong ab und nahm zwei der Röhrchen heraus. Das Wasser wies, wenn man es gegen das Sonnenlicht hielt, eine leicht bräunliche Färbung auf. Um zu bestimmen, ob sich der Eutrophierungsgrad im Vergleich zur letzten Probe verschlimmert hatte, war jedoch eine chemische Analyse notwendig. Also steckte Colin die Röhrchen in die Tasche und ging zurück nach Hause.

Im Keller seines Hauses hatte ihm sein Arbeitgeber, die University of Melbourne, die für das »Wetlands«-Projekt mit dem Ministerium für Energie und Umwelt kooperierte, ein kleines Labor eingerichtet – und sich dabei recht großzügig gezeigt. In einem relativ kleinen Raum befand sich eine ganze Ansammlung von Analysegeräten, und auf einem Tisch, der sich über die gesamte Rückwand erstreckte, standen Plastikbehälter mit Chemikalien zur Wasseranalyse. Colin setzte sich an den Tisch und mischte die beiden Wasserproben aus dem Lake Coorong abwechselnd mit einigen der Substanzen, um die Röhrchen anschließend vor eine UV-Lampe zu halten, mit einer Farbskala abzugleichen und danach den jeweiligen Farbcode in eine Liste einzutragen. Später würde er die Daten in seinen Computer eingeben und über das neue Kabelinternet an die Universität schicken. Wie sehr sich das Internet doch weiterentwickelt hatte! Colin erinnerte sich noch an den Tag, als 1989, nur sieben Jahre zuvor, das Internet nach Australien kam, damals noch als direkte Verbindung zum wissenschaftlichen Austausch zwischen der University of Melbourne und der University of Hawaii. Jetzt war es praktisch allen Australiern möglich, über die Fernsehleitung auf das Internet, das World Wide Web, zuzugreifen, Inhalte abzurufen und zu verschicken. Die Zukunft hielt Großartiges bereit. Durch die aktuellen Ergebnisse der Wasserprobe wurde Colin ins Hier und Jetzt zurückgerufen, denn die Wasserqualität hatte sich wieder deutlich verschlechtert. Verglich man die Daten aus dem Coorong mit den Werten anderer Seen, die eine ähnliche Entwicklung durchlaufen hatten, würde der See in zehn Jahren nur noch eine stinkende Pfütze sein – eine bedauernswerte Vorstellung. Es musste etwas geschehen.

Sharon und Jasper genossen derweil den See in seiner aktuellen, fast ungetrübten Pracht. Sie hatten sich die Schuhe ausgezogen und wateten in der Nähe des Ufers durch den See. Weiter ins Wasser hinein trauten sie sich nicht, da sie nicht nass werden wollten, und schwimmen wäre aufgrund der um diese Jahreszeit noch recht niedrigen Wassertemperatur nicht möglich gewesen. Sharon kreischte laut auf, als ihr jüngerer Bruder sie mit einer Handvoll Seewasser bespritzte. Sharon ließ sich das nicht gefallen und spritzte zurück, und schon waren die Kinder in eine Wasserschlacht verwickelt, die erst endete, als sich Jasper ans Ufer rettete und davonrannte.

»Wo willst du hin?«, rief Sharon, die sich eigentlich schon zu alt für so einen Spaß fand. Zumindest manchmal. Es gab Tage, da genoss sie es, mit ihrem Bruder zu spielen, und eine Minute später trieb er sie zur Weißglut. Sie war in einem Alter, in dem sie anfing, sich zu schminken und hübsch anzuziehen, und auch die Jungs aus dem Sportverein, in dem sie Volleyball spielte, waren nicht mehr alle nur doof.

»Jasper, bleib stehen«, rief Sharon, doch ihr Bruder lief weiter in Richtung eines Bootshauses, das am östlichen Ende des Lake Coorong lag.

»Ich habe dir gesagt, du sollst stehen bleiben«, rief Sharon, als sie Jasper am Bootshaus einholte, und packte ihn unsanft an der Schulter. »Lass uns zurückgehen.«

»Wenn wir schon mal hier sind, können wir auch mal kurz da reinschauen«, sagte Jasper. Er ging auf die Hütte zu. Sie hatte nur zwei Fenster, das Dach bestand aus größtenteils löchrigen Holzschindeln und die Wände aus morschen Brettern. Sharon wäre lieber nach Hause gegangen und folgte ihm maulend. Jasper ließ sich davon nicht beirren. Vorsichtig öffnete er die quietschende Tür und betrat das baufällige Gebäude, das zur Seeseite hin offen war und dessen Boden zur Hälfte unter Wasser stand. Zwei Boote fanden hier normalerweise nebeneinander Platz, doch gerade stand das Haus leer. Vermutlich würde es auch nie wieder jemand nutzen, denn es war abbruchreif. Auf der landwärtigen Seite war der Fußboden geschlossen. Sofern man von geschlossen reden konnte, denn die Holzplanken waren in keinem guten Zustand, einige fehlten sogar ganz. Die großen Löcher im Plankenboden waren für den neugierigen Jasper Anreiz genug, einmal zu schauen, was sich darunter befand. Vorsichtig krabbelte er darauf, um nicht einzubrechen.

»Komm da runter, das ist gefährlich«, sagte Sharon, die ihrem Bruder ins Bootshaus gefolgt und mittlerweile extrem genervt war.

Jasper krabbelte weiter, und als einige der Bretter nachgaben, wich er nach links aus und peilte einen Spalt an, der ungefähr zwei Meter vor ihm lag. Er steckte den Kopf hinein und erkannte im schwachen Licht, das durch die Löcher und Ritzen fiel, dass sich darunter ein sandiger Boden befand. Jasper stieg durch das Loch nach unten, womit er seine Schwester endgültig zum Ausrasten brachte.

»Komm da sofort wieder raus. Ich werde das später Dad erzählen, und dann bekommst du richtig Ärger.«

Jasper robbte über den sandigen Boden, konnte aber nicht viel erkennen. Außerdem war es hier unten enger und niedriger, als er gedacht hatte, an Aufrichten war nicht zu denken. Schade, dass er seine Taschenlampe, die er zu Weihnachten bekommen hatte, nicht mitgenommen hatte. Dann hätte er diesen kleinen Raum noch eingehender untersuchen können. So war er eher langweilig. Jasper kroch zurück zum Spalt, durch den er heruntergestiegen war, als er plötzlich innehielt. Er hörte eine, nein zwei Stimmen im Bootshaus, die ganz eindeutig nicht seiner Schwester gehörten, sondern zwei Männern. Alles, was er von seiner Schwester hörte, war ein stumpfes Schreien, als würde ihr jemand den Mund zuhalten. Was war da oben los? Wer waren die Männer? Jasper hockte sich auf den Boden. Er traute sich nicht, den Kopf aus dem Spalt zu stecken, um zu schauen, was gerade vor sich ging. Wie erstarrt saß er da. Plötzlich ließ ihn ein lautes Geräusch zusammenzucken. Er konnte durch die Ritzen sehen, dass jemand seine Schwester auf den Holzboden über ihm geworfen hatte. Staub rieselte durch den Boden nach unten auf Jaspers Kopf. Sharon schrie laut auf, dann hielt ihr wieder jemand den Mund zu. Jasper hörte, wie jemand Kleidung zerriss, und am sich durchbiegenden Holzboden erkannte er, dass sich Sharon mit aller Kraft wehrte. Der Junge kauerte sich zusammen, vergrub den Kopf in den Knien und hielt sich mit den Armen die Ohren zu. Er spürte nur den Staub, der weiterhin auf ihn herabrieselte. Bloß nicht bewegen, wer auch immer da oben war und seiner Schwester das antat, durfte ihn hier unten nicht finden.

Jasper hatte keine Ahnung, wie lange er in dieser Position auf dem sandigen Boden gekauert haben mochte. Als er langsam die Augen öffnete, war es jedoch noch hell. Vorsichtig schaute er durch die Ritzen nach oben, seine Schwester war nicht mehr dort. Angestrengt lauschte der Junge, ob noch jemand im Bootshaus war, doch bis auf das Wasser, das sanft gegen die Wände schwappte, war es still. Erst steckte Jasper den Kopf aus dem Spalt im Boden, dann kletterte er ganz hinaus. Wo war seine Schwester? Er blickte sich im Bootshaus um und trat dann vor die Tür. Von Sharon war keine Spur zu sehen. Was sollte er jetzt tun? Orientierungslos rannte er um das Bootshaus herum. Es war niemand hier. Er spürte den Drang, um Hilfe zu schreien, doch er bekam keinen Ton heraus. Es war, als würde seine Stimme einfach im Hals verschluckt werden. Nach einiger Zeit setzte sich Jasper ans Ufer. Während er so dasaß und in die Ferne schaute, breitete sich eine alles verschluckende Leere in seinem Kopf aus. Das Gefühl tat gut, denn es verdrängte die Angst und Verzweiflung, die zuvor so präsent gewesen war.

Kapitel 6

Gegenwart

War es seine Schuld? War Jeff in irgendeiner Form dafür verantwortlich, dass die Tochter seines besten – und auch einzigen – Freundes in Hopetoun verschwunden war? Ihn beschäftigte die Frage mehr und mehr. Natürlich war es sein Sohn, der mit Olivia zum Spielen raus an den Lake Coorong gegangen war, aber hatte er seine Aufsichtspflicht verletzt? Dann hätten Susan und Timothy sich dies ebenso ankreiden können. Jeff wollte auf keinen Fall, dass das Thema zwischen ihm und Timothy stand. Timothy war, mit Ausnahme seiner Familie natürlich, der einzige soziale Bezugspunkt, der ihm im Dorf geblieben war. Nachdem sein Vater die Farm zugrunde gerichtet hatte, war dieser kurze Zeit später an einem Herzinfarkt gestorben, das war vor knapp zehn Jahren gewesen. Seine Mutter war daraufhin fortgezogen und hatte den Kontakt zu Hopetoun komplett abgebrochen, um nicht mehr an diese Schmach erinnert zu werden. Jeden Tag mitzubekommen, wie die Gerüchteküche brodelte, wie die Menschen sich die Mäuler über einen zerrissen und einem zuriefen »Ich habe es dir immer gesagt«, war schwer auszuhalten gewesen. Jeff hatte kein Verständnis für seine

Mutter gehabt und ihr mitgeteilt, dass sie sich erst wieder bei ihm melden solle, wenn sie zur Vernunft gekommen sei. Den Kontakt zu den meisten anderen im Ort hatte er abgebrochen, was aus verschiedenen Gründen auf Gegenseitigkeit beruhte. Jedenfalls nahm Jeff sich vor, mit seinem Freund zu reden. Sie hatten bereits ein Treffen vereinbart.

»Ich muss kurz wohin, Schatz, dauert aber nicht lange«, rief Jeff seiner Frau zu. Er nahm den Autoschlüssel von der Kommode im Flur und verließ das Haus. Als er sich seinem Wagen näherte, bemerkte er, dass etwas anders war als sonst. Das Fenster der Beifahrertür reflektierte nicht, wie normalerweise, das Licht der Straßenlampe. Aus der Nähe erkannte er, warum. Die Scheibe war nicht mehr da. Jemand hatte sie eingeschlagen. Die Splitter lagen auf dem Beifahrersitz und im Fußraum verteilt, doch da lag noch etwas anderes. Jeff öffnete die Tür und tastete vorsichtig danach. Es fühlte sich an wie ein flauschiger Beutel. Er zog das Objekt heraus. Im ersten Moment traute er seinen Augen nicht. Als er das Objekt ins Licht der Straßenlampe hielt, hatte er schlagartig Gewissheit: Es war ein totes Wallaby. Vor Schreck ließ er den Kadaver zu Boden fallen und strich instinktiv die Hände an der Hose ab. Die Augen des Tiers schienen ihn fast vorwurfsvoll anzuschauen. Wie war das Wallaby in sein Auto gelangt? War es gesprungen? Geworfen worden? Es war unter Jugendlichen im ländlichen Australien durchaus üblich, einander makabre Streiche zu spielen und sich tote Tiere in den Garten zu legen. Aber wie taktlos war das bei einer Familie, die gerade eine schwere Zeit durchlebte? Ja, das musste es sein, ein Streich.

»Findet ihr das witzig? Wenn ich euch in die Finger kriege, könnt ihr was erleben! Dann ergeht es euch wie dem Wallaby!«, schrie Jeff ein paar Mal in alle Richtungen, damit es auch jeder mitbekam. Fluchend hob er das Wallaby auf und brachte es in die Mülltonne.

Rachel öffnete die Augen und wusste nicht, wo sie sich befand. Sie benötigte einige Sekunden, um sich zu erinnern, dass sie auf der Liege im Sanitätsraum der Memorial Hall eingeschlafen war. Sie schaute auf die Wanduhr, ihr *power nap* hatte ungefähr eine Stunde gedauert. Zwar fühlte sie sich noch immer nicht ganz erholt, doch sie war zumindest fitter als vorher. Rachel erhob sich von der Liege und schlurfte leicht wackelig in den großen Hallenbereich, wo Leroy noch immer auf seinem Notebook herumtippte. Sheriff Broome war nirgends zu sehen. Das machte aber nichts, wie Rachel fand, denn momentan war er eher hinderlich als nützlich.

»Ah, Rachel, ja, Owen hat sich gemeldet. Der Trupp sucht gerade das Ufer des Lake Coorong ab, das Holzkreuz mit dem Turnschuh haben sie schon mal entdeckt. Außerdem ist die Fangschaltung bei den Banks installiert.«

»Gut, ich werde mal vorbeifahren. Du kannst dich inzwischen doch auch etwas hinlegen«, riet Rachel ihrem Partner, doch der verneinte. Jemand müsse ja schließlich als Ansprechpartner für das Suchteam erreichbar sein.

Auf dem Henty Highway kam Rachel Jeff Aldridge entgegen. Er fuhr viel zu schnell und nahm sie gar nicht wahr. *Der aggressive Fahrstil passt zu seinem Charakter*, dachte Rachel.

Als sie die Garagenauffahrt der Banks erreichte, traf sie Timothy, der gerade in seinen Wagen einsteigen wollte.

»Mrs Buchanan, gut, dass Sie da sind. Bitte warten Sie kurz. Wenn Sie schon mal hier sind, muss ich Ihnen etwas zeigen.«

Timothy verschwand im Haus und kam nach einer Minute zurück.

»Stellen Sie sich vor, den habe ich in Olivias Bett gefunden, unter ihren Kuscheltieren versteckt«, sagte er und gab Rachel den Turnschuh. Erstaunt schaute Rachel auf das Handyfoto und verglich die beiden Schuhe. Es gab keinen Zweifel, es war dasselbe Paar.

»Ich muss Sie das noch mal fragen«, begann Rachel. »Sie sind sich ganz sicher, dass Olivia diese Schuhe gestern beim Spielen getragen hat? Vielleicht hat Sie vorher ein anderes Paar angezogen.«

»Laut meiner Frau hat sie genau diese Schuhe getragen, und meine Frau irrt sich nie. Der andere Schuh war ja auch beim See. Jemand muss diesen hier hergebracht und in Olivias Bett versteckt haben«, antwortete Timothy.

Wenn Timothy mit seiner Vermutung richtig lag, handelte es sich tatsächlich um eine Entführung.

»Sie haben nicht mitbekommen, dass jemand im Haus war, der den Schuh in Olivias Bett versteckt haben könnte?«

Timothy überlegte. »Wir waren heute Morgen bei Jeff und Beth Aldridge. Da könnte jemand hereingekommen sein«, sagte er.

»Gut, dann gehen Sie jetzt bitte nicht mehr in Olivias Zimmer und fassen nichts mehr an«, sagte Rachel. Unverzüglich kontaktierte sie Owen und bat ihn, ein paar seiner Leute vorbeizuschicken, um eventuelle Spuren des Täters im Haus der Banks sicherzustellen. Timothy informierte derweil seine Frau, dass die Spurensicherung bald kommen werde, sagte ihr aber nichts von dem Turnschuh in Olivias Bett. Er bat auch Rachel, nichts zu sagen. Sie willigte zwar ein, versuchte Timothy jedoch davon zu überzeugen, seiner Frau keine Erkenntnisse zu verheimlichen. Doch der ließ sich nicht umstimmen.

»Und jetzt muss ich noch mal los, ich bin spät dran«, entschuldigte er sich und fuhr davon.

Einige Minuten später, in denen Rachel sich gefragt hatte, was für einen Termin Timothy um diese Uhrzeit noch wahrnehmen musste, trafen die drei angekündigten Leute von der Spurensicherung ein. Während sie ihre weißen, fast bis zu den Knien mit Matsch vom Lake Coorong beschmierten

Einmal-Overalls aus- und frische anzogen, wurden sie von Rachel gebrieft. Außerdem übergab sie den Männern den zweiten Turnschuh, den sie in eine durchsichtige Plastiktüte steckten. Dann machten sich die Beamten unverzüglich im Haus an die Arbeit. Fingerabdrücke, DNA-Proben in Olivias Zimmer und das restliche Programm. Wenn Olivias Entführer tatsächlich hier gewesen und dazu noch unvorsichtig gewesen sein sollte, würden sie ihm einen Schritt näher kommen.

Jeff warf seine Kippe auf den Boden und trat sie aus, als sich zwei Autoscheinwerfer näherten. Es war Timothy, der kurz vor ihm hielt und ausstieg. Hier, am Hopetoun Recreation Reserve, einer Sportanlage in der Nähe der Schule, die den südlichsten Zipfel der Stadt bildete, hatten die Männer ihr fast konspirativ wirkendes Treffen vereinbart.

»Warum zum Teufel müssen wir uns hier treffen? Wir sind doch nicht in einem Agentenfilm. Ging es nicht noch weiter außerhalb? Wieso telefonieren wir nicht einfach? Oder treffen uns bei dir oder mir zu Hause?«, fragte Jeff.

»Wie stellst du dir das vor? Unser Telefon ist mit einer Fangschaltung versehen und wird permanent überwacht. Und zu Hause kriegen Susan und Beth am Ende noch was mit. Ich kann mir nicht vorstellen, dass du das willst …«, sagte Timothy.

»Du hast ja recht. Also, zuerst eine Frage: Gibst du mir die Schuld dafür, dass Olivia verschwunden ist?«, fragte Jeff. Er war nicht gut darin, Dinge freundlich zu verpacken, und kam meist ohne Umschweife zum Punkt, was die wenigen Leute, mit denen er zu tun hatte, oft irritierte. Auch Timothy reagierte erstaunt, obwohl er Jeff schon so lange kannte.

»Was? Wie zur Hölle kommst du darauf?«, fragte er.

»Ich meine ja nur, weil Ben zurückkam und Olivia … na ja, nicht«, begründete Jeff.

»Blödsinn, der einzige Schuldige ist ein kranker Spinner. Rate doch mal, was ich in Olivias Bett gefunden habe. Ihren Schuh!«

Jeff blickte ihn entgeistert an. »Weißt du was? Wenn es nach mir ginge, würden wir die Sache wieder selbst in die Hand nehmen«, sagte er. »Das mit der Bürgerwehr war doch gar keine schlechte Idee. Wieso machen wir das nicht auf unsere Art? Diese Britin, Rachel Buchanan – es gefällt mir nicht, dass der Sheriff ihr hier im Dorf so freie Hand lässt. Stell dir mal vor, sie fängt an, tiefer zu graben. Es gibt mit Sicherheit einige Dinge in der Vergangenheit, die sie nicht herausfinden sollte.«

Timothy wurde still. Jeffs Worte gaben ihm zu denken.

»Wir treffen jetzt eine Abmachung«, fuhr Jeff fort. »Wenn die Britin zu tief gräbt und auf unangenehme Dinge stößt, werden wir das Problem auf unsere Art lösen, okay?« Jeff hielt Timothy die Hand hin. Der zögerte erst, schlug am Ende aber doch ein.

»Was verstehst du denn unter ›unserer Art‹?«, fragte Timothy vorsichtig.

»Das werden wir dann sehen, es ist jedoch alles möglich. Behalte immer im Hinterkopf, worauf es am Ende hinausläuft: entweder wir oder die Britin! Ich will auf keinen Fall, dass wir uns all die Mühe in den letzten Jahren umsonst gemacht haben. Ich gehe jedenfalls nicht ins Gefängnis.«

Kapitel 7

1996

Mit seinem Notizbuch unterm Arm setzte sich Colin an den Schreibtisch in dem durch die großen Fenster sehr hellen Wohnzimmer und schaltete den Computer an. Der 486er benötigte einige Minuten zum Hochfahren, während derer die Festplatte im Innern des weißen Plastikgehäuses eine Art kratzendes Quietschen von sich gab. Colin rief das wissenschaftliche Computerprogramm auf, übertrug die Daten vom Notizbuch in die Maske auf dem Bildschirm und drückte auf »Speichern«. Anschließend wählte er sich mit dem Modem, das noch eigenartigere Geräusche von sich gab als die Festplatte, ins Internet ein und sendete den Ordner mit den Daten der Wasserprobe ohne Zeitverlust nach Melbourne. Computer bedeuteten wirklich eine enorme Arbeitserleichterung, doch würden sie jemals aufhören, so einen komischen Krach zu machen?

Als er fertig war, machte er es sich mit einem kühlen Bier im Schaukelstuhl auf der Veranda vor dem Haus gemütlich und genoss die Ruhe. Er war kein Mann, der ständig Trubel oder andere Menschen um sich brauchte, zu den Menschen in Hopetoun pflegte er so gut wie keinen Kontakt. Für sie war er der abgehobene Wissenschaftler, der in seinem einsamen Haus im Wald irgendwelche Dinge machte, die am Ende dazu beitragen würden, dass sie nicht mehr wie gewohnt ihrer Tätigkeit nachgehen konnten, die direkt oder indirekt mit der Landwirtschaft verbunden war, weil die Regierung es ihnen verbieten würde. Deshalb war der Bevölkerung Hopetouns Colins Eremitendasein wohl auch ganz recht. Ja, Colin genügte sich selbst, und er hatte auch kein Problem damit, wenn Sharon und Jasper für mehrere Stunden zum Spielen fort waren. Immerhin hatte er sie jede Woche für eine beträchtlich lange Zeit um sich, da er sie zu Hause unterrichtete. Der Grund dafür lag auch darin, dass er die Lehrer an der Schule in Hopetoun für nicht besonders fähig hielt und nicht wollte, dass sie in der Schule verkümmerten. Ein weiterer Grund, warum Colin bei den Leuten als arrogant angesehen wurde. In Australien stand es im Rahmen des Homeschooling-Programms jeder Familie frei, ihre Kinder zu Hause zu unterrichten – sofern man die notwendigen Kenntnisse mitbrachte. Für Colin als Hochschullehrer war das natürlich keine Hürde. Er ging sogar so weit, seinen Kindern bereits jetzt erste Fahrstunden zu geben – natürlich nur auf kurzen Strecken im Wald, um keine Menschen zu gefährden. Eigentlich war es schon immer sein Wunsch gewesen, seine Kinder selbst zu unterrichten. Doch erst vor einem halben Jahr, nachdem seine Frau Annette endlich in die Psychiatrie eingewiesen worden war und die Kinder vor ihr in Sicherheit waren, hatte er diesen Wunsch realisieren können. Colin konnte sich noch gut an den Alltag erinnern. Wie Annette begann Stimmen zu hören oder Dinge zu sehen, die gar nicht da waren. Eines Nachts war sie schreiend durchs Haus gerannt, weil sie dachte, dass es brannte. Ein anderes Mal lief sie mit dem Messer herum, weil sie glaubte, von bösen Männern verfolgt zu werden. Immer wieder kam es zu solchen oder ähnlichen Vorfällen, die den Kindern große Angst einjagten. Bis Colin entschied, dass seine

Frau in der Psychiatrie besser aufgehoben sei. Danach hatte sich das Projekt in Hopetoun ergeben. Sharon und Jasper schien es hier zu gefallen, zumindest hatten sie sich noch nicht beschwert oder den Wunsch geäußert, nach Melbourne zurückzugehen. Wo blieben die beiden eigentlich? Colin schaute auf die Uhr. Er hatte seinen Kindern gesagt, sie sollten zum Mittagessen wieder zu Hause sein, und das war jetzt. Colin beschloss, sich erst einmal keine Sorgen zu machen und eine logische Erklärung für die Verspätung seiner Kinder zu bemühen. Es war Samstag und es gab keine Termine oder Hausunterricht, die beiden hatten beim Spielen wahrscheinlich einfach die Zeit vergessen. Bestimmt würden sie in ein paar Minuten mit einem schlechten Gewissen auf der Veranda stehen.

Sharon lag wie betäubt auf den harten, kalten Holzplanken im Bootshaus. Nachdem die beiden Männer von ihr abgelassen hatten, krümmte sie sich auf dem splittrigen Boden, ihr Körper war ein einziger, durchgehender Schmerz, und sie schämte sich. Ihr Hemd hing in zwei Fetzen herunter und die Hose war bis zu den Kniekehlen heruntergezogen. Sharon zitterte am ganzen Körper, vor Kälte und Angst.

Die Männer zogen ihre Jeans wieder hoch.

»Was machen wir jetzt mit ihr?«

»Laufen lassen.«

»Und was passiert dann? Das kann ich dir sagen: Sie geht zu ihrem Vater oder, noch schlimmer, zum Sheriff und verpfeift uns.«

Sharon nahm in ihrer Trance wie durch eine Glaskuppel wahr, was die beiden redeten, und lallte etwas vor sich hin. Erst leise, dann auch für Timothy und Jeff vernehmbar, auch wenn sie es nicht verstanden.

»Ich sage nichts, versprochen. Ich möchte nur nach Hause«, brachte Sharon noch einmal deutlich und flehend hervor.

»Hörst du, sie verspricht es!«

»Was würdest du denn in so einer Situation machen? Ich würde bestimmt alles versprechen. Ob ich das nachher halten würde, ist eine andere Sache.«

Sharon konnte langsam wieder klarer denken und hörte sich die Unterhaltung der beiden Männer an. Jetzt keimte Panik in ihr auf, und sie entwickelte einen ungeheuren Überlebenswillen, der sie fast wie von selbst aufspringen ließ. Einen ihrer Peiniger stieß sie dabei ins Wasser des Bootshauses, der zweite, ebenfalls völlig überrumpelt, fiel eine Sekunde später hinterher und landete neben seinem Freund im Wasser. Jetzt gab es für Sharon nur noch eine Option: Raus aus dem Bootshaus und so schnell wie möglich weg von hier. Sie spürte große Kraft in sich und setzte ein Bein vor das andere. Ihre Hose hing noch immer in den Kniekehlen, weshalb sie nur kleine Schritte machen konnte, zum Hochziehen war jetzt keine Zeit, erst musste sie fort von diesem verdammten Bootshaus. Sharon drehte sich um, es war immer noch niemand hinter ihr. Welche Richtung sollte sie ansteuern, nach Osten übers freie Feld, oder am See entlang zurück nach Westen? Am Ufer würde sie sich im hohen Gras vielleicht verstecken können, deshalb entschied sie sich für diese Variante.

Lautes Fluchen drang aus dem Bootshaus. Das Wasser reichte den Männern bis zur Hüfte und sie wateten mühsam bis zu einer kleinen Leiter. Ihre Füße blieben im morastigen Boden immer wieder stecken. Der erste stieg die Leiter empor.

»Komm schon, beeil dich. Wenn wir sie so entkommen lassen, wird sie uns ganz sicher verraten«, schrie er.

Hastig kletterte auch der zweite Mann die Leiter hinauf. Oben angekommen, nahmen sie die Verfolgung auf.

Sharon hatte einen guten Vorsprung herausgeholt, zum ersten Mal war sie richtig froh, regelmäßig im Sportverein zu trainieren. Inzwischen hatte sie auch ihre Hose wieder richtig angezogen. Doch der See war noch lang, und weit und breit war niemand zu sehen, der ihr hätte helfen können. Jetzt waren auch ihre Vergewaltiger hinter ihr her, wie sie sehen konnte. Erneut spürte sie einen Energieschub in sich, der sie antrieb, immer schneller zu rennen. Das Adrenalin in ihrem Körper überdeckte den Schmerz, der sie vorher gelähmt hatte. Sharon drehte sich immer wieder um und sah, dass die Männer langsam zu ihr aufschlossen. Als wäre das nicht schon schlimm genug gewesen, rannte Sharon gerade mitten in einen Bereich des Ufers, in dem über einige hundert Meter viele Steine und Felsbrocken verteilt lagen. Um nicht auf sie zu treten oder darüber zu stolpern, musste Sharon einiges an Geschwindigkeit herausnehmen, wodurch ihre Verfolger ein ganzes Stück Strecke gutmachen konnten. Als sie den felsigen Abschnitt erreichten, kamen sie bedeutend schneller voran als Sharon, da sie volles Risiko gingen und mit großen Sätzen von einer Lücke zur anderen sprangen. So waren die beiden am Ende nur noch gut zwanzig Meter von Sharon entfernt, das Mädchen hörte ihre Schritte bereits und drehte sich in Panik noch einmal um. Während sie den rechten Fuß nach vorn setzte und nicht sehen konnte, wo er aufkam, spürte sie plötzlich einen stechenden Schmerz. Sie hatte den Fuß auf einen Stein gesetzt und war umgeknickt. Vor Schmerzen aufschreiend sackte sie zu Boden. Dass Sharon mit dem Knie auf einem großen Stein landete, nahm sie noch wahr. Als ihr Kopf jedoch auf einen weiteren Felsen prallte, hatte sie bereits das Bewusstsein verloren. Dann wurde es schwarz um sie herum. Einige Sekunden später standen die Männer neben ihrem schwach atmenden Körper.

»Lebt sie noch?«, fragte der eine.

Die Sonne ging bereits unter, als Colin Pearce begann, sich ernsthaft Sorgen um Sharon und Jasper zu machen. Es passte absolut nicht zu ihnen, dass sie so viel zu spät kamen. Mal die

Zeit zu vergessen, das passierte allen Kindern. Aber gleich war es sechs Uhr abends. Gerade wollte er den Sheriff benachrichtigen und die Kinder als vermisst melden, als er zwischen den Bäumen ein Auto zu seinem Haus herauffahren sah. Es war ein Polizeiwagen und Colin bekam weiche Knie. Was passierte hier gerade? Das konnte nichts Gutes verheißen. Colin ging dem Streifenwagen entgegen, bis er auf der Garagenauffahrt hielt. Sheriff Broome stieg aus, grüßte knapp, umrundete das Fahrzeug und öffnete die Beifahrertür. Zum Vorschein kam ein völlig verstörter Jasper. Ohne ein Wort rannte der Junge ins Haus und in sein Zimmer, wo er sich auf das Bett warf.

»Was hat das zu bedeuten? Wieso bringen Sie mir meinen Sohn, und wo ist seine Schwester?«, fragte Colin.

Broome nahm seinen Akubra ab und kratzte sich am Hinterkopf.

»Vor einer halben Stunde bekam ich einen Anruf. Ein Truckfahrer auf dem Henty Highway hatte einen verwirrten Jungen am Straßenrand gesehen. Ich bin direkt losgefahren und hab ihn eingesammelt. Ich habe sofort erkannt, dass es ihr Junge war und habe ihn hergefahren. Ist er eigentlich immer so schweigsam? Er hat die ganze Fahrt über kein Wort gesagt.«

Colin verstand überhaupt nichts. »Wo … wo ist meine Tochter?«, fragte er.

»Also da habe ich wirklich keine Ahnung. Sie müssen demnächst ein bisschen besser auf Ihre Kinder aufpassen. Ich kann ja nicht ahnen, dass Ihre Tochter auch noch irgendwo herumläuft. Waren die beiden zusammen?«, erkundigte sich Broome.

»Ja, sie sollten zum Mittagessen wieder hier sein«, antwortete Colin wie benommen.

»Hm. Dann schlage ich vor, dass Sie Ihren Sohn fragen, wo sich Ihre Tochter versteckt, und sie dann holen gehen. Mädchen in ihrem Alter treiben sich ja gern mal rum, dafür gibt es bestimmt eine einfache Erklärung. Hat sie vielleicht einen Freund«, erkundigte sich Broome.

Colin schüttelte energisch den Kopf.

»Nein, ich möchte sie hiermit als vermisst melden.«

Der Sheriff lächelte gequält.

»Mr. Pearce, das Mädchen ist erst seit heute Mittag verschwunden. Eine Vermisstenanzeige wäre völlig verfrüht. Bewahren Sie Ruhe, Ihre Tochter wird wieder auftauchen. Und wenn Sie morgen immer noch nichts von ihr gehört haben, melden Sie sich noch mal.«

Colin wollte ihn aufhalten, doch der Sheriff winkte nur ab und fuhr davon. Wieso unternahm die Polizei nichts? Mit einer Mischung aus Wut und Hilflosigkeit ging er zu seinem Sohn ins Haus. Sosehr Colin auch auf Jasper einredete, er antwortete nicht. Selbst als er ihn verzweifelt anschrie, blieb der Junge stumm, er lag einfach nur auf seinem Bett und starrte an die Wand. Nach diesem erfolglosen Versuch rief Colin alle Freunde an, die Sharon im Sportverein hatte. Niemand wollte sie heute gesehen haben.

Schließlich sah Colin ein, dass ihm nichts anderes übrig blieb, als seine Tochter selbst suchen zu gehen. Er zog seine Jacke an, da es um diese Jahreszeit nachts noch recht kalt war, und packte die große Taschenlampe ein. Im stockfinsteren Wald leuchtete er hinter jeden Busch und rief immer wieder laut Sharons Namen, bis sich sein Hals rau anfühlte und sein Kehlkopf wehtat. Als er den Wald weitgehend durchforstet hatte, war es fast Mitternacht. Colin beschloss, am Lake Coorong weiterzusuchen und nicht in der Stadt. Während er Schritt für Schritt dem Ufer folgte, leuchtete Colin mit seiner Stablampe immer wieder zwischen das hohe Gras. Er fand nichts, was auf seine Tochter hätte schließen lassen, doch er setzte die Suche fort. Langsam verließen Colin die Kräfte, und seine Verzweiflung nahm in gleichem Maße zu. Als er auch im

Bootshaus am östlichen Ende des Sees keine Spur von seiner Tochter fand, schlug er mit der Taschenlampe das Glas eines der Fenster ein. Danach ging es ihm etwas besser, und er konnte sich wieder auf die Suche konzentrieren, diesmal am nördlichen Ufer des Sees, das ihn wieder zurück in Richtung »seines« Waldes führte.

Gegen halb vier Uhr morgens erreichte Colin sein Haus, enttäuscht von der ergebnislosen Suche, verrückt vor Angst um seine Tochter und vollkommen erschöpft. Er ließ sich in den Schaukelstuhl auf der Veranda fallen und versuchte nachzudenken, einen Plan für das weitere Vorgehen aufzustellen, was ihm jedoch in seiner Verfassung nicht gut gelang. Er würde in ein paar Stunden, wenn das Büro des Sheriffs öffnete, noch einmal Broome kontaktieren und sich dann, wenn nötig, an die nächsthöhere Verwaltungsstelle wenden.

Colin ging noch einmal zu seinem Sohn, der inzwischen eingeschlafen war. Er wusste, dass er jetzt nicht mehr tun konnte und eigentlich versuchen sollte, ein wenig zu schlafen, es gelang ihm jedoch nicht. Kurz spielte er mit dem Gedanken, eine Schlaftablette zu nehmen, entschied sich aber dagegen, da die ihn vollends umgehauen und am nächsten Tag daran gehindert hätte, sinnvoll mit der Suche nach Sharon fortzufahren.

Um neun Uhr klopfte Colin an Sheriff Broomes Tür. Es war Sonntag und der Sheriff hatte eigentlich vor, sein Wochenende zu genießen. Dementsprechend genervt öffnete er die Tür.

»Mein Gott, wie sehen Sie denn aus«, begrüßte ihn der Sheriff. Colin ging auf die unverschämte Bemerkung nicht weiter ein.

»Sie müssen jetzt tätig werden, und zwar sofort. Keiner ihrer Freunde hat Sharon gestern gesehen, ich habe sie die ganze Nacht lang gesucht, aber keine Spur von ihr gefunden. Helfen Sie mir!«

Der Sheriff schaute auf die Uhr. Colin ahnte bereits, was er ihm sagen würde und grätschte dazwischen.

»Kommen Sie mir jetzt nicht mit der Vierundzwanzig-Stunden-Regel. Sie kennen die Statistiken zu Missbrauchsfällen und Entführungen in Australien. Wenn Sie jetzt nichts unternehmen, werde ich die obersten Stellen über ihre Untätigkeit in Kenntnis setzen, das verspreche ich Ihnen. Und glauben Sie mir, über meinen Arbeitgeber in Melbourne habe ich die besten Beziehungen.«

Colin hasste es, andere Menschen unter Druck zu setzen, doch die Extremsituation, in der er sich befand, zwang ihn dazu. Sheriff Broome wiederum ließ sich normalerweise nicht unter Druck setzen. Da er die Stelle in Hopetoun jedoch erst kürzlich angetreten hatte und keinen Ärger wollte, versicherte er Colin, umgehend Verstärkung aus den umliegenden Bezirken anzufordern. Das stellte diesen fürs Erste zufrieden.

Ungeduldig erwartete er den Suchtrupp, der am Nachmittag eintraf. Die zwölf Männer – allesamt Sheriffs oder Deputys – hatten einen Spürhund dabei und machten sich unter der Führung Broomes umgehend auf die Suche, während Colin zu Hause ausharrte und immer wieder erfolglos versuchte, den verstummten Jasper zum Reden zu bringen. Gegen Abend, kurz nach Sonnenuntergang, informierte Broome Colin darüber, dass die Suche bisher erfolglos war. Der Hund habe im Bootshaus angeschlagen, aber das könne auch eine falsche Fährte gewesen sein. Morgen fahre man mit der Suche fort. Auf Colins Vorwurf, dass man die Suche doch ausdehnen könne, antwortete Broome mit dem Hinweis, dass sie schon alles Erdenkliche unternähmen, die Polizeiarbeit müsse der Vater aber schon den Profis überlassen. So setzten diese ihre Suche am nächsten, übernächsten und am Tag danach fort, bis Sheriff Broome das Mädchen schließlich offiziell als Entführungsfall bewertete. Der oder die Täter hätten sie vermutlich mitgenommen – was für Broome den Vorteil hatte, dass der Fall nicht mehr in seinem Zuständigkeitsbereich lag, da sie überall in Australien sein konnte. Vielleicht war sie ja sogar als Prostituierte nach Asien verkauft worden, wer wusste das schon? Ihn kümmerte es jedenfalls nicht sonderlich. Im Gegensatz zu Colin. Als Broome die Suche einstellte, wandte er sich an die Behörden in Melbourne. Sie versprachen, alles in ihrer Macht Stehende zu tun, um das Mädchen zu finden, verwiesen jedoch gleichzeitig wieder zurück auf die Zuständigkeit der örtlichen Behörden – ein Teufelskreis, der Colin fast verzweifeln ließ. Seine einzige Chance war also sein Junge, aus dem er jedoch selbst mit psychologischer Unterstützung und unter Zuhilfenahme von Hypnose nichts herausbekam, er blieb einfach stumm.

Der Sheriff war offensichtlich unfähig oder nicht willens, in dem Fall weiterzumachen. So ergriff Colin schließlich die Initiative und begann selbst zu recherchieren. Der einzige potenzielle Zeuge, auf den er stieß, war der Truckfahrer, der Jasper am Tag des Verschwindens seiner Tochter auf dem Henty Highway aufgefunden hatte. Sheriff Broome weigerte sich zunächst, dessen Kontaktdaten herauszugeben, erklärte sich dann jedoch widerwillig bereit, Colin wenigstens den Namen der Spedition zu nennen, für die der Fahrer arbeitete. Es war eine kleine Spedition in New South Wales. Der Fahrer war schnell gefunden und ein freundlicher Mann, der bereitwillig Auskunft erteilte. Er könne sich noch gut an den Tag erinnern, als er den verstörten Jungen am Straßenrand gefunden habe. Ob er noch jemanden in der Nähe gesehen habe? Nein, keine Menschenseele. Auch nicht viele Autos. Nur an ein Fahrzeug könne er sich noch erinnern, da der Fahrer ihn tags zuvor auf dem Hinweg ausgebremst und ihn mit seinem schweren Road Train in enorme Schwierigkeiten gebracht habe: einen weißen Ute, Modell Subaru Brumby.

Kapitel 8

Gegenwart

Rachel fand die Situation unerträglich. Zu wissen, dass irgendwo in der Nähe ein Kind Angst um sein Leben hatte, machte sie völlig fertig. Trotz ihrer jahrelangen Berufserfahrung wollte sie sich nicht an solche Situationen gewöhnen. Noch schlimmer wurde es, als Marcus Owen und seine Leute die Suche für den Tag einstellten, denn das bedeutete eine weitere Nacht, in der das Kind höchstwahrscheinlich nicht zurück zu seinen Eltern konnte.

Nach dem erfolglosen Tag entschieden Rachel und Owen, den Abend nicht nutzlos verstreichen zu lassen und einen Helikopter zum Absuchen des gesamten Einsatzgebiets anzufordern. Der Helikopter würde mit seiner Wärmebildkamera alles ausfindig machen, was wärmer als die Umgebung war. Das ging sowieso erst, wenn die Sonne untergegangen und der Boden abgekühlt war.

Der nächste Helikopterstützpunkt, der über entsprechend ausgestattete Maschinen verfügte, lag in Bendigo. Der angeforderte Hubschrauber brauchte rund eine halbe Stunde bis Hopetoun. Nach sechzig Minuten intensiver Suche brach die

Besatzung den Einsatz ab und flog zurück. Keine Spur von Olivia.

Nachdem auch der Helikopter abgerückt war, zog sich die Truppe aus Mildura ins »Hopetoun Community Hotel«, das einzige Hotel im Ort, zurück.

Am nächsten Tag freuten sich alle darauf, die Unterkunft wieder zu verlassen, denn das Hotel war abgewohnt und schmutzig und die Betten durchgelegen. Alle im Team hofften, dass sie das Mädchen heute finden würden – allein schon, um nicht noch eine Nacht in der Absteige verbringen zu müssen. Deshalb waren sie heute auch schon früh zur Einsatzbesprechung im provisorischen Hauptquartier in der Memorial Hall eingetroffen. Nun herrschte dort unruhiges Treiben. Zusätzlich hatte sich ein halbes Dutzend Frauen aus Hopetoun eingefunden, um die Polizei mit Kaffee und etwas zu essen zu versorgen. Wenn Rachel den Männern aus dem Ort schon verboten hatte, sich an der Suche zu beteiligen, so wollten doch wenigstens sie einen kleinen Beitrag leisten, der von allen sehr dankbar angenommen wurde. Der einzige, der fehlte, war Sheriff Broome. Ungeachtet dessen besprach Owen mit Rachel und Leroy die Lage.

»Alle bitte mal kurz herhören«, unterbrach Rachel das Gemurmel, woraufhin sich alle, bis auf die Kaffeefrauen, um die veraltete Karte von Hopetoun an der Wand versammelten.

»Ihr habt dieses Gebiet abgesucht, wenn ich das richtig verstanden habe«, sagte Rachel und umrundete mit ihrem Zeigefinger das ungefähre Gebiet um das Ufer des eutrophierten Sees, der zu der Zeit, als die Karte gedruckt wurde, noch viel größer gewesen war. »Und ihr habt nichts gefunden. Darüber hinaus hat sich auch in der Nacht kein Entführer gemeldet. Das heißt, dass wir heute wie geplant den See durchsuchen. Und zwar fangen wir am Fundort des Holzkreuzes an.«

Owen nickte Marc zu, dem Taucher in seinem Team, der einmal kurz den Daumen hochhielt und dann wieder die Arme verschränkte.

»Was ist denn mit den DNA-Proben und den Fingerabdrücken? Gibt es da schon Fortschritte?«, fragte Rachel.

»Darum werden wir uns heute kümmern. Wir haben einen mobilen Scanner für die Abdrücke und ein Biomeme-Gerät für die DNA dabei«, antwortete Owen und zeigte auf den Tisch an der gegenüberliegenden Wand. Rachel schaute interessiert hinüber. Von Biomeme hatte sie bereits gehört. Ein Gerät von der Größe eines Standmixers, an das man sein Smartphone als Display anschließen und so tatsächlich eine DNA-Analyse bekommen konnte. Das Ergebnis musste man dann nur noch mit den Eintragungen in der Datenbank vergleichen, was dank Leroys Einsatz problemlos möglich war. Vielleicht war ja bei der Puppe, den Turnschuhen, der Zigarettenkippe oder den Spuren aus dem Banks-Haus etwas Nützliches dabei. Wie es aussah, waren sie hier in Hopetoun bestens ausgestattet. Wahrscheinlich wären selbst die Kollegen aus ihrem ursprünglichen Revier in London vor Neid erblasst.

»Perfekt, dann los!«

Rachel, Owen und vier weitere Männer fuhren zum See, Leroy hielt in der Memorial Hall die Stellung und unterstützte andere bei der Analyse der Beweismittel, während sich der Rest im Wald auf die Suche nach Olivia machte.

Rachel wollte unbedingt mit zum See, weil sie eine dunkle Befürchtung hatte, die sich hoffentlich nicht bewahrheitete. Jedenfalls wollte sie die Erste sein, die es erfuhr, falls sie doch recht behalten sollte.

In der Nähe der Stelle, wo Rachel am Vortag das Holzkreuz mit dem Turnschuh gefunden hatte, stellte das Team die Autos ab. Marc bereitete sich auf seinen Tauchgang vor und checkte einmal die komplette Ausrüstung: Flossen, Maske, Tarierweste,

Regulator und Pressluftflasche. Seinen Tauchcomputer trug er immer bei sich, denn er nutzte ihn auch als Armbanduhr, weshalb er wusste, dass er einwandfrei funktionierte. Er tauchte seinen Neoprenanzug in eine Wanne mit klarem Wasser, um ihn geschmeidiger zu machen, doch der Wetsuit blieb, wie erwartet, umständlich anzuziehen.

Rachel und Owen wünschten Marc viel Glück, bevor er über das matschige Ufer ins Wasser stakste und seine Flossen anzog.

Das Wasser des Coorong lud wahrlich nicht zum Schwimmen, geschweige denn zum Tauchen ein. Es stank, war maximal zwei Meter tief, und die Sicht betrug wegen der vielen organischen Schwebstoffe nur rund dreißig Zentimeter. Marcs einzige Orientierung unter der Wasseroberfläche, die von unten milchigweiß schimmerte, war sein Kompass, den er am rechten Handgelenk trug.

Von der Stelle, an der er ins Wasser gegangen war, peilte er eine nördliche Richtung an. Marc arbeitete sich dicht über den morastigen Boden vorwärts, indem er die Hände immer ein Stückchen in den Matsch grub und sich dann nach vorn zog. Auf diese Weise konnte er ertasten, ob etwas im Schlamm vergraben lag. Als Marc nach einigen Minuten ungefähr die Mitte des Sees erreichte, markierte er den Punkt mit einer roten Schwimmboje, die er unten im Morast mit einem langen Hering verankerte. Von da aus ging er nach einem bewährten Suchmuster vor: Er nahm die Boje als Mittelpunkt und umrundete diesen in immer größer werdenden Kreisen. So konnte er sicher sein, am Ende den gesamten See abgesucht zu haben.

Die Suche war mühsam und er fand im Schlamm mit Ausnahme von ein paar Glasscherben zunächst nichts. Da er sich in geringer Tiefe befand, würde sein Luftvorrat relativ lange reichen. Als er mehrere Suchkreise abgearbeitet hatte und sich bereits wieder dem Ufer näherte, stieß seine rechte Hand plötzlich auf einen leichten Widerstand. Zuerst dachte Marc, es könnte sich um etwas dickeren Schlick handeln. Als er die Hand jedoch noch tiefer in den Schlamm schob, ertastete er etwas Dünnes, Längliches und Hartes. Marc zog das Objekt heraus und hielt es ganz nah vor seine Tauchermaske, um es im trüben Wasser zu untersuchen. Es war ein Kabelbinder. Marc grub ein wenig tiefer in den Schlamm und stieß auf weitere Kabelbinder, die eine verrottende, aber aufgrund der Kunststoffschicht im Gewebe noch immer intakte Decke zusammenzuhalten schienen. Es kostete Marc einige Anstrengung, das komplette Bündel aus dem Schlamm zu graben, und er verbrauchte eine große Menge Luft dabei. Schließlich gelang es ihm jedoch, zwei Bojen an dem Paket zu befestigen, sie mit Pressluft aus seiner Flasche zu füllen und dem Bündel etwas Auftrieb zu verleihen.

Rachel, Owen und die vier anderen Männer sahen gebannt zu, wie sich Marc an der Wasseroberfläche wieder auf sie zu bewegte und etwas im Schlepptau hinter sich herzog. Als er sich dem Ufer näherte, halfen ihm die beiden, das Bündel aus dem Wasser zu ziehen. Jetzt nahmen sie auch den unangenehmen, fauligen Geruch wahr, der von ihm ausging. Marc, Rachel und Owen zogen das Paket weiter an Land und legten es vorsichtig ab. Marc entledigte sich der schweren Taucherausrüstung und stellte sich zu Rachel, Owen und den anderen Kollegen, die das Bündel nach eventuellen Spuren absuchten und sich nicht recht trauten, es zu öffnen. Sie alle konnten sich denken, was darin lag, und Rachel hasste es, bei dunklen Vorahnungen recht zu behalten.

»So, das wird uns wohl nicht erspart bleiben«, sagte sie schließlich, holte ein Klappmesser aus der Tasche und schnitt vorsichtig einen Kabelbinder nach dem anderen durch. Bevor sie die Decke zurückschlug, versicherte sie sich noch einmal, dass Marc und Owen bereit für das waren, was jetzt kommen würde. Sie waren es. Behutsam klappte sie die Decke auf – und wurde sofort von einem Würgereiz übermannt. Was sie da freigelegt hatte, überstieg alles, was sie in ihrem Leben gesehen hatte, und auch Marc und Owen kämpften damit, sich nicht zu übergeben. In der Decke befand sich eine menschliche Leiche, die auf eine ganz eigenartige Weise verrottet war. Die Haut des Oberkörpers war relativ straff, fast ledrig, und glänzte orange, während sich das Fleisch um die Beine langsam auflöste und an einigen Stellen bereits die Knochen durchschimmerten. Das Kopfhaar war noch gut erhalten, insgesamt erinnerte der Anblick an die Leiche des berühmten Ötzi, der vor Jahrzehnten in Südtirol gefunden worden war. Oder an eine Moorleiche.

»Ist sie das?«, fragte einer der Männer zögerlich. »Die kleine Olivia Banks?«

Zur selben Zeit parkte in Hopetoun ein weißer Ford-SUV mit Melbourner Kennzeichen vor dem Haus der Aldridges. Eine adrett in Stoffhose und weißes Hemd gekleidete Frau stieg aus. Sie mochte um die fünfundfünfzig Jahre alt sein. Selbstbewusst schritt sie auf den Hauseingang zu, wo sie einige Sekunden erfolglos nach der Klingel suchte und dann die Gittertür aufzog, um an die eigentliche Tür dahinter zu klopfen. Beth öffnete.

»Was ist los? Wer sind Sie?«, fragte sie.

Beth bereute sofort, dass sie überhaupt die Tür aufgemacht hatte. Rachel Buchanan hatte sie und die Banks genau davor gewarnt: Journalisten, die bei Entführungs- oder anderen Kriminalfällen, Amokläufen und Tragödien bei den betroffenen Familien und Freunden klingelten und Informationen für ihre Berichterstattung abstauben wollten. »Witwenschütteln« nannte man dieses Vorgehen im Fachjargon, hatte Rachel gesagt. Dementsprechend ungehalten reagierte sie nun auf die fremde Frau: »Ich möchte jetzt nicht mit Journalisten reden«, sagte sie. »Lassen Sie uns einfach in Ruhe.«

Beth wollte gerade die Haustür schließen, als die fremde Frau zu sprechen begann.

»Oh, das ist ein Missverständnis. Ich bin keine Sensationsreporterin. Mein Name ist Trisha Hayes, ich bin Psychologin.«

Beth machte die Tür wieder einen spaltbreit auf und musterte die Frau noch einmal von oben bis unten.

»Und was wollen Sie hier?«, fragte sie schließlich skeptisch.

»Ich wurde hierher bestellt, um mit Ihrem Sohn zu reden. Man sagte mir, er durchleide einen traumatisch induzierten Mutismus«, antwortete die Psychologin.

Beth schaute die Frau schräg an. »Was auch immer das heißen soll«, bemerkte sie schließlich. Warum mussten studierte Menschen immer so unverständlich reden? »Jedenfalls bekommen wir kein Wort aus ihm heraus.«

»Das bedeutet im Prinzip dasselbe«, erklärte Trisha. »Würden Sie mich einmal versuchen lassen, mit ihm zu reden? Ich bin speziell für solche Fälle ausgebildet worden. Ich bekomme bestimmt etwas aus dem Jungen heraus, um es mal mit Ihren Worten auszudrücken. Darf ich hereinkommen?«

Beth hegte zwar immer noch eine gewisse Skepsis gegenüber der Frau, eine offiziell bestellte Psychologin ergab aber durchaus Sinn. Alles, was die Chance erhöhte, Olivia lebendig wiederzufinden, war willkommen.

Beth bat Trisha Hayes ins Haus und führte sie in das Zimmer des Jungen, der nach wie vor auf dem Bett lag, an die Decke starrte und den Eindruck machte, als würde er über schlimmen Gedanken brüten. Trisha fragte Beth nach seinem Namen und stellte sich vor das Bett.

»Es wäre besser, wenn ich allein mit Ben reden könnte«, sagte Trisha zu Beth, die im Türrahmen stand. »Das ist wichtig für den Vertrauensaufbau.«

Widerwillig verließ Beth das Zimmer ihres Sohnes und ließ ihn mit der fremden Frau allein. Doch warum sollte sie sich Sorgen machen? Die Frau war ein Profi und Ben bei ihr sicher in besten Händen.

Trisha schritt langsam durch Bens Zimmer und betrachtete die Wände, die mit Filmpostern und Wimpeln mehrerer Australian-Football-Teams dekoriert waren.

»Aussi Rules, sehr schön. Was ist denn deine Lieblingsmannschaft?«, fragte Trisha.

»Die Roos«, antwortete Ben nach einer Weile.

In den darauffolgenden zwanzig Minuten versuchte die Psychologin, einen tieferen Kontakt zu Ben herzustellen. Mehr als Einwort-Sätze bekam sie jedoch nicht aus ihm heraus. Trisha war sich bewusst, dass Befragungen wie diese für traumatisch belastete Kinder eine große Herausforderung darstellten und man ihnen bis zum nächsten Versuch ausreichend Zeit zur Regeneration lassen musste. Mit anderen Worten: Das Zeitfenster für heute schloss sich. Sie setzte sich zu Ben aufs Bett und versuchte es ein letztes Mal mit einer anderen Methode:

»Ben, du kannst dir denken, warum ich hier bin. Ich weiß, dass du gesehen hast, was mit Olivia passiert ist. Bitte sag es mir. Du musst keine Angst haben.«

Trisha strich Ben über die Haare. Der Junge drehte den Kopf und schaute ihr kurz in die Augen. Für einen Moment hatte sie den Eindruck, als wolle er ihr etwas mitteilen, als lägen ihm die Worte auf der Zunge, doch dann wandte er sich wieder ab und legte sich gekrümmt auf die Seite. *Für heute sollte es das gewesen sein*, dachte Trisha.

Als sie das Zimmer verließ, rannte sie fast in Beths Arme, sie hatte offensichtlich an der Tür gelauscht. Trisha tat ein wenig pikiert, lächelte Beth einen Moment darauf jedoch wieder freundlich an. Wer konnte es einer Mutter verdenken, dass sie wissen wollte, was mit ihrem Kind geschah?

»Ich habe leider noch keinen Zugang zu Ihrem Sohn gefunden. Ich werde wiederkommen. Wenn Ben sich in der Zwischenzeit mitteilen möchte, rufen Sie mich an.«

Trisha schrieb ihre Handynummer auf ein Stück Papier und reichte es Beth. Auf der Garagenauffahrt traf die Psychologin auf Jeff, der gerade von seiner Arbeit bei einem Klempner im Nachbarort Beulah zurückkehrte. Er starrte sie nur abschätzig an und grüßte knapp.

»Wer war das denn?«, fragte er und blickte dem weißen SUV nach.

»Eine Psychologin von der Polizei. Sie ist vor einer halben Stunde hier aufgetaucht und hat Ben befragt. Er hat aber nichts über Olivia gesagt.«

»Vielleicht ist das auch nicht mehr nötig«, sagte Jeff.

»Wie meinst du das?« Beth war alarmiert.

Bevor er antwortete, führte er sie ins Wohnzimmer. Die Nachricht würde sie schwer treffen, und da war es besser, wenn sie sich hinsetzte.

»Sie haben Olivias Leiche gefunden«, begann Jeff. »Ich weiß nicht wo, aber die Nachricht macht gerade in Hopetoun die Runde.«

Neuigkeiten dieser Art, egal ob falsch, richtig oder etwas ausgeschmückt, verbreiteten sich umso schneller, je kleiner ein Dorf war. Hopetoun bildete da keine Ausnahme. Beth fing bitterlich an zu weinen und war in Gedanken bei ihrer Freundin Susan. Wie hätte sie sich jetzt gefühlt, wenn Ben verschwunden wäre?

Beth und Susan verband eine lange Freundschaft. Die beiden kannten sich seit ihrer Kindheit, die sie gemeinsam in Mildura verbracht hatten. Sie waren zusammen in den Kindergarten und später zur Highschool gegangen und hatten sich dort schnell den Ruf als »BFF-Squad«, beste Freundinnen für immer, erarbeitet. Die Mädchen wählten ausschließlich dieselben Kurse, hingen auch nach der Schule miteinander ab und verbrachten darüber hinaus die meisten Abende gemeinsam. Manchen Mitschülerinnen war das Verhalten der beiden beinahe unheimlich.

Selbst als die Freundinnen begannen, sich für Jungs zu interessieren, hatte ihre Freundschaft nach wie vor oberste Priorität. Eines Abends einige Jahre später fand eine Begegnung statt, die alles verändern sollte. Es war Freitag und die beiden jungen Frauen hatten entschieden, noch auf einen Drink in ihre Lieblingsbar im Stadtzentrum Milduras zu gehen. Dass sie an diesem Abend den Männern begegnen würden, die sie später einmal heiraten sollten, ahnten sie nicht. An der Theke kamen sie ins Gespräch mit zwei jungen Männern, die aus einem kleinen Nest namens Hopetoun stammten. Sie stellten sich ihnen als Timothy und Jeff vor. Die Frauen interessierte, was die Männer an einem Freitagabend ausgerechnet nach Mildura verschlug. Jeff war schlagfertig genug, um zu antworten, dass das Schicksal wohl gewollt habe, dass sie sich hier in Mildura begegneten – und hatte damit großen Eindruck auf Beth gemacht. Timothy fungierte für seinen Freund an diesem Abend als Wingman: Er beschäftigte sich mit Susan, damit Jeff freie Bahn mit Beth hatte. Ursprünglich hatte Susan nicht vorgehabt, mit Timothy etwas anzufangen. Als sich in den Monaten nach der schicksalhaften Begegnung in der Bar jedoch abzeichnete, dass sich die Sache zwischen Beth und Jeff zu etwas Ernstem entwickelte, ergriff Susan die Panik. Praktisch ihr ganzes Leben hatte sie mit Beth an ihrer Seite verbracht, sie wussten alles voneinander, und wenn sie nun zu Jeff nach Hopetoun zöge, wäre sie verloren. Also ließ sie sich die Sache mit Timothy noch einmal durch den Kopf gehen und entschied sich letztlich dafür, ihn zu heiraten. Beide Frauen zogen also nach Hopetoun, feierten eine Doppelhochzeit, wurden zur selben Zeit schwanger und führten ein eng aufeinander abgestimmtes Leben. Ein Leben, das durch das Verschwinden der kleinen Olivia nun immer mehr aus den Fugen geriet.

Beth musste los. Susan würde jetzt Beistand brauchen, und sie wollte für sie da sein. Jeff versprach, auf Ben aufzupassen, während seine Frau davoneilte. Sie wurde von Timothy an der Haustür empfangen. Offensichtlich hatte er die Nachricht von dem Fund bereits vernommen, denn er kämpfte mit den Tränen. Auf diese Weise musste Beth wenigstens nicht als Überbringerin der schlechten Nachricht auftreten.

»Es tut mir so leid«, sagte sie und umarmte Timothy, der sich schnell wieder aus der Umklammerung befreite und Beth zu Susan brachte, die im Wohnzimmer gerade einen Nervenzusammenbruch erlitten hatte. Frank Towns, der Polizist, der die Fangschaltung überwachte, hatte ihre Füße hochgelegt und fächerte ihr mit der Fernsehzeitung frische Luft zu.

Beth setzte sich neben ihre Freundin und drückte ihre Hand. Sie sagte nichts, sondern beschloss, einfach nur da zu sein. Es musste sich so grausam anfühlen, das eigene Kind zu verlieren, dass Beth es sich nicht einmal vorstellen mochte.

Rachel betrachtete die Leiche auf der ausgebreiteten Decke.

»Das ist doch nie im Leben Olivia Banks«, sagte sie.

Owen hielt sich ein Taschentuch vor die Nase und ging in die Knie, um die Leiche näher zu betrachten.

»Nein. Es handelt sich zwar auch um ein Kind oder eine Jugendliche, aber die Leiche liegt schon länger im See. Außerdem würde ich schätzen, dass dieser Mensch älter als zehn war«, sagte er.

Marc, der Taucher, hatte ebenfalls etwas beizutragen: »Die Decke war ziemlich tief im Schlamm versunken. Die lag definitiv schon länger hier.«

»Wie lange denn ungefähr? Nach dem Verwesungsgrad zu urteilen?«, erkundigte sich Rachel.

Owen schüttelte den Kopf.

»Das kann ich auf den ersten Blick nicht sagen. Sie müssen sich das vorstellen wie bei einer Moorleiche: Das Seewasser verlangsamt den natürlichen Zersetzungsprozess. Theoretisch kann sie hier schon seit hundert Jahren liegen. Dagegen sprechen allerdings die Kleidung und die Tatsache, dass der See vor noch nicht allzu langer Zeit umgekippt ist.« Owen deutete auf das T-Shirt der Leiche, auf dem eine verblasste, aber deutlich erkennbare Micky Maus abgebildet war. »Wir müssen eine chemische Analyse durchführen, wenn wir das genaue Alter bestimmen wollen.«

»Auf jeden Fall, und bitte so schnell wie möglich. Ihr seid hier ja bestens mit einem Labor ausgerüstet, also legt los«, sagte Rachel.

»Nicht ganz. Die Altersbestimmung können wir nicht vor Ort machen. Wir müssen die Leiche nach Mildura bringen.«

Der Zeitverzug missfiel Rachel. Sie hatte jedoch Verständnis dafür, dass man unmöglich alles mit »Bordmitteln« lösen konnte. Die Analysegerätschaft, die die Kollegen aus Mildura mitgebracht hatten, war bereits eine große Arbeitserleichterung, sie durfte nicht undankbar sein.

Owen verpackte die Leiche sorgfältig wieder in die Decke und lud sie mithilfe der anderen in den Kastenwagen, mit dem sie hergekommen waren. Zwei Kollegen von der Spurensicherung würden den grausigen Fund auf dem schnellsten Weg nach Mildura bringen. Wenn alles glatt lief, würden sie sich noch heute mit dem Ergebnis melden.

Owen, Marc und die zwei verbliebenen Kollegen blieben für einen weiteren Such-Tauchgang am See. Olivia, so einigten sie sich auf eine offizielle Kommunikationslinie, war noch nicht gefunden worden. Bei der Leiche im See handelte es sich um jemand anderen.

Ohne zu wissen, dass sich die Menschen in Hopetoun unterdessen eine alternative Kommunikationslinie zurechtgestrickt hatten und sich das Gerücht vom Fund von Olivias Leiche weiter rege verbreitete, legte Rachel auf dem Rückweg zur Memorial Hall einen Zwischenstopp bei der Familie Banks ein. Als sie im Wohnzimmer stand, stellte sie fassungslos fest, dass hier bereits ausgiebig um Olivia getrauert wurde. Susan Banks lag auf der Couch und war selbst blass wie eine Leiche, Beth Aldridge kniete neben ihr, und Timothy stand etwas abseits mit einer Flasche Bier in der Hand. Frank Towns saß neben dem Telefon und machte einen ziemlich hilflosen Eindruck. Er schien über Rachels Eintreffen erleichtert zu sein.

»Dürfte ich erfahren, was hier los ist?«, fragte sie.

Alle schauten sie erstaunt an.

»Haben Sie noch nicht gehört, was los ist? Sie als leitende Polizistin müssten das doch bereits wissen: Unsere Tochter wurde gefunden«, schluchzte Susan mit tränenerstickter Stimme.

»Wie kommen Sie zu dieser Information?«, fragte Rachel.

»Die Nachricht geht in Hopetoun herum, die Polizei hat ihre Leiche entdeckt«, sprang Beth ihrer besten Freundin bei.

Rachel war sich inzwischen sicher, dass diese Fehlinformation auf den Leichenfund im See zurückzuführen war. Sie fragte sich, wie es möglich war, dass sich ein Gerücht derart schnell verbreiten konnte. So etwas hatte sie noch nie erlebt. Jedenfalls musste sie die Leute hier dringend aufklären.

»Diese Information ist falsch, woher Sie die auch immer haben. Ja, wir haben eine Leiche gefunden. Dabei kann es sich jedoch unmöglich um Olivia handeln, weil sie zu alt ist. Das können wir am Körperbau festmachen, aber auch an der Dauer, die sie im Wasser gelegen haben muss«, erklärte Rachel.

Timothy verschluckte sich an seinem Bier.

»Sie sagten, dass die Leiche des Mädchens im Wasser gelegen hat. Wo genau haben Sie sie gefunden?«, bohrte er vorsichtig nach.

»Ich habe nichts von einem Mädchen gesagt. Bitte vergessen Sie die Information, dass es sich um Olivia handelt«, sagte Rachel. »Und machen Sie sich keine Gedanken, wir suchen weiter nach Ihrer Tochter, das hat für uns höchste Priorität, der Fall der anderen Leiche folgt erst an zweiter Stelle.«

Insbesondere Susan zeigte sich erleichtert, hegte aber dennoch Zweifel.

»Und Sie sind wirklich sicher, dass es nicht Olivias Leiche ist?« Sie richtete sich auf dem Sofa auf, während wieder Farbe in ihr Gesicht kam.

»Ja, da sind wir uns sehr sicher«, antwortete Rachel. »Die sterblichen Überreste werden heute Nachmittag in Mildura untersucht. Danach kann ich Ihnen vielleicht auch sagen, um wen es sich handelt.«

Timothy knallte die Bierflasche auf den Wohnzimmertisch und verließ hastig den Raum, was Susan und Beth auf die große Erleichterung zurückführten, die ihn überkommen haben musste. Rachel blickte ihm dagegen erstaunt nach.

»Es ist gut, dass die Suche weitergeht«, sagte Beth. »Vielleicht hat die Psychologin mit Ben ja auch Erfolg.«

Susan und Rachel schauten einander fragend an.

»Von welcher Psychologin sprechen Sie?«, erkundigte sich Rachel. »Haben Sie eine für Ben bestellt?«

Beth zog die Augenbrauen hoch.

»Nein, die Psychologin haben Sie doch geschickt«, sagte sie.

Rachel hatte keine Ahnung, wovon Beth sprach. Nie hatte sie im Zusammenhang mit diesem Fall eine Psychologin erwähnt, geschweige denn, bestellt.

»Diese Psychologin war also bei Ihnen?«, fragte Rachel.

»Ja, kurz bevor ich hierhergekommen bin. Sie hat mit Ben gesprochen. Gibt es ein Problem? Hätte ich sie vielleicht nicht hereinlassen dürfen?«

Nach einer kurzen Pause, in der Rachel angestrengt nachdachte, antwortete sie.

»Nein, kein Problem. Hat Ben denn mit ihr gesprochen?«

Beth schüttelte den Kopf.

»Wissen Sie, wie die Frau heißt, oder wie ich sie erreichen kann?«, fragte Rachel, und Beth zeigte ihr den Zettel, den sie von der Psychologin erhalten hatte.

»Dr. Trisha Hayes, Diplompsychologin«, las Rachel vor und notierte sich die Nummer. »Ich werde gleich mal mit der Dame Kontakt aufnehmen.«

Rachel setzte sich ins Auto und rief Leroy an, der sich einmal mehr in seiner Funktion als Schaltstelle in der Memorial Hall als nützlich erwies.

»Sag mal, hast Du eine Psychologin engagiert, die sich um Ben Aldridge kümmern soll? Eine gewisse Trisha Hayes«, fragte Rachel vorsichtig.

Leroy verneinte erstaunt. »Was ist mit den Kollegen in Melbourne? Hat McDermott seine Finger im Spiel?«, fragte Rachel. Hätte ihr Chief eine Entscheidung über ihren Kopf hinweg getroffen, hätte sie das sehr respektlos gefunden. Leroy versprach, die Sache unverzüglich zu klären und bei McDermott in Melbourne anzurufen. Fünf Minuten später herrschte Klarheit, und Leroy informierte Rachel darüber, dass niemand je von einer Trisha Hayes gehört hatte. Einerseits war Rachel erleichtert darüber, dass niemand aus den eigenen Reihen dabei war, den Fall zu torpedieren. Andererseits warf das plötzliche Erscheinen einer Psychologin, die niemand kannte, viele Fragen auf, derer sie sich nun zusätzlich annehmen musste. Als wäre die Suche nach Olivia nicht schon belastend genug.

Rachel wählte die Nummer von Trisha Hayes, nach dem zweiten Tuten meldete sie sich.

»Mrs Aldridge, sind Sie es? Hat Ben gesprochen?«, fragte Trisha.

»Nein, Rachel Buchanan von der Polizei in Melbourne, ich leite die Suche nach Olivia Banks. Ich glaube, wir müssen etwas klären.«

Trisha schwieg einen Augenblick. »Gut«, sagte sie schließlich, »ich habe gerade im einzigen Hotel hier im Ort eingecheckt, dem Hopetoun Community Hotel. Treffen wir uns dort in der Lobby?«

Rachel war auf die Antworten gespannt, die die rätselhafte Frau ihr geben würde. Als sie das Hotel betrat, erwartete Trisha sie bereits. Sie hatte es sich in einem der muffigen, mit Bezügen aus den Achtzigern bezogenen Sessel gemütlich gemacht und las eine Ausgabe von »The Australian«, die allerdings vom Vortag war. Spontan fiel Rachel ein, dass dieses Bild symbolhaft für das Hotel stehen konnte: ewiggestrig. In diesem Hotel war auch der Suchtrupp aus Mildura untergebracht, die Kollegen taten Rachel für einen kurzen Moment leid.

Rachel ging langsam auf Trisha zu, um sie eingehend zu mustern. Als Polizistin versuchte sie stets, den Menschen vorurteilsfrei zu begegnen, was ihr in den meisten Fällen auch gelang. Trisha aber war ihr auf den ersten Blick unsympathisch, was sie sich allerdings nie hätte anmerken lassen.

Als hätte die Psychologin Rachel im Augenwinkel gesehen, war sie wenig erstaunt, als die Polizistin plötzlich neben ihr stand und sich noch einmal offiziell vorstellte, bevor sie in dem muffigen Sessel gegenüber Platz nahm.

»Ich hoffe, das Hotel gefällt Ihnen«, begann Rachel die Unterhaltung.

»Ich bin Schlimmeres gewohnt«, antwortete Trisha. Rachel nickte. Sie konnte sich angesichts von Trishas schicker und recht teurer Kleidung zwar nicht vorstellen, dass eine Frau wie sie regelmäßig in solchen Absteigen nächtigte, aber wenigstens konnte sie ihrer knappen Antwort entnehmen, dass sie an Small Talk nicht interessiert war, weshalb sie direkt zur Sache kam.

»Ich habe gehört, dass Sie heute bei Familie Aldridge waren, um den Jungen zum Sprechen zu animieren, ist das korrekt?«

Trisha bejahte.

»Ich würde gern wissen, wer Sie damit beauftragt hat. Die Polizei war es jedenfalls nicht, und Sie müssen zugeben, dass es etwas eigenartig ist, wenn aus heiterem Himmel eine Psychologin auf der Bildfläche auftaucht.« Rachel war freundlich, aber bestimmt, und sie hoffte, dass Trisha nicht mit irgendwelchen Tricks oder psychologischer Gesprächsführung anfing, die bei ihr sowieso nicht funktionierten. Umso mehr erstaunte es sie, dass sie eine sehr direkte Antwort bekam.

»Mir ist es leider nicht gestattet, Ihnen genauere Auskunft über meinen Auftraggeber zu erteilen. Nur so viel: Es ist eine öffentliche Stelle und wir haben das gleiche Ziel«, versicherte Trisha.

Rachel fand diese Antwort äußerst unbefriedigend und wollte sich damit nicht einfach so abspeisen lassen. Zwei oder drei Mal bohrte sie nach, doch Trisha blieb hart.

Welche öffentliche Stelle konnte noch ein Interesse daran haben, den Entführungsfall von Olivia Banks aufzuklären? Und warum war das Ganze so geheim, dass die Polizei nichts davon erfahren durfte? Rachel beschloss, dem später genauer auf den Grund zu gehen. Jetzt zählte erst einmal, Olivia Banks wiederzufinden. Wenn Trisha tatsächlich das gleiche Ziel hatte, konnte Rachel ja vielleicht auch von ihrem Wissen profitieren.

»Wie Sie meinen. Dann sagen Sie mir aber doch wenigstens, ob Sie etwas von Ben erfahren haben.«

Trisha überlegte kurz und kam zu dem Schluss, dass es nicht schaden konnte, ihr Wissen mit Rachel zu teilen.

»Ich habe eine halbe Stunde versucht, Ben zum Sprechen zu bringen, ohne Erfolg. Allerdings hatte ich auch nicht erwartet, dass er direkt in der ersten Sitzung mit mir redet. Interessant aber war, was ich auf der Metaebene wahrnehmen konnte. Während einiger Augenblicke hatte ich den Eindruck, dass er ein für Traumapatienten untypisches Verhalten an den Tag legt. Der Junge weist nicht das typische Fremdeln auf, das Kinder in dieser Verfassung normalerweise an den Tag legen. Er verweigert auch nicht die Kommunikation auf allen Kanälen, zwischendurch hatte ich beinahe den Eindruck, einen flehenden Blick wahrzunehmen. So, als wolle er unbedingt etwas sagen. Ich kann mich allerdings auch täuschen.«

»Wie machen Sie jetzt weiter?«, fragte Rachel.

»Ich werde bis morgen warten und dann noch einen Versuch starten, vielleicht habe ich dann mehr Glück«, antwortete Trisha.

Bevor Rachel wieder ging, vereinbarten die Frauen, sich gegenseitig über Neuigkeiten auf dem Laufenden zu halten – auch wenn Rachel der Psychologin immer noch nicht gänzlich vertraute.

Sie rief noch einmal bei Leroy an und bat ihn, eine schnelle Google-Suche nach Trisha Hayes durchzuführen. Doch sie ergab keine Treffer, das Internet kannte keine Psychologin namens Trisha Hayes. Weder in Australien noch anderswo.

Kapitel 9

1996

Mehrere Wochen waren seit Sharons Verschwinden vergangen, und Colin tappte noch immer im Dunkeln. Die Polizei hatte ihm gesagt, er solle sich damit abfinden, sie nicht mehr wiederzusehen. Doch solange es noch einen Funken Hoffnung gab, würde er nicht aufgeben. Colins private Ermittlungen in Hopetoun, die von Sheriff Broome nicht gutgeheißen wurden, waren allerdings ins Stocken geraten. Der Truckfahrer hatte von einem weißen Ute, Modell Subaru Brumby, berichtet, den er zum Zeitpunkt von Sharons Verschwinden am Lake Coorong gesehen hatte. In Hopetoun gab es jemanden, der so ein Auto besaß: Jeff Aldridge. Colin hatte Jeff einige Wochen zuvor zum ersten Mal auf der Farm zur Rede stellen wollen. Jeff hatte natürlich alles abgestritten, doch Colin war sich sicher, dass er etwas mit dem Verschwinden seiner Tochter zu tun hatte. So folgten in den Tagen und Wochen danach weitere Besuche auf der Aldridge-Farm – bis es Jeffs Vater zu bunt wurde und er Colin mit der Schrotflinte bedrohte. Colin stellte daraufhin die Besuche ein.

Jasper hatte seit dem Verschwinden seiner Schwester trotz etlicher Besuche bei Spezialisten seine Sprache immer noch nicht wiedergefunden. Nun verbrachte er die Tage in seiner eigenen Welt, an Unterricht im Rahmen des Homeschooling war auf unbestimmte Zeit nicht zu denken. Das kam Colin ganz gelegen, denn er hätte dafür auch keine Zeit gehabt. Er war damit beschäftigt, einen neuen Feldzug gegen Jeff Aldridge zu starten, der seiner Meinung nach einzig als Täter infrage kam – diesmal auf juristischem Wege. Ein guter Freund von Colin, Tim Bradshaw, arbeitete als Anwalt für Strafrecht in Melbourne. Zwei- bis dreimal die Woche nahm er die Fahrt von Melbourne ins weit abgeschiedene Hinterland auf sich, um mit Colin das Vorgehen durchzusprechen und eine Strategie für den Kampf gegen Jeff Aldridge zu entwickeln. Tim Bradshaw war sehr direkt und nannte auch unangenehme Wahrheiten beim Namen.

»Auch wenn noch Hoffnung für deine Tochter besteht, so lass dir eines gesagt sein: Um das bestmögliche Ergebnis aus dem Prozess herauszuholen, musst du dich damit abfinden, dass Sharon tot ist. Wir möchten die Jury genau davon überzeugen und das klappt nur, wenn wir beide davon überzeugt sind und das auch so rüberbringen. Nur so kriegen wir Jeff Aldridge dran. Eine Anklage unter dem Vorzeichen ›meine Tochter ist fort, aber ich weiß nicht wo, vielleicht ist sie tot und der Mann dort auf der Anklagebank hat sie umgebracht‹ ist sinnlos«, stellte der Anwalt klar.

Auch wenn es schwer für ihn war, zeigte sich Colin einsichtig und versprach, treu der Linie Bradshaws zu folgen.

Als Erstes musste geklärt werden, bei welchem Gericht sie Anklage erheben würden.

»Das Gesetz schreibt lediglich vor, dass wir die Klage bei einem Gericht im Bundesstaat Victoria einreichen müssen. Bei welchem genau, das entscheiden wir«, sagte Bradshaw.

Da im Fall Sharon Pearce die Staatsanwaltschaft aus Mangel an Beweisen – und zu einem großen Teil auch, weil Sheriff Broome sich nicht für den Fall eingesetzt hatte – keine Anklage wegen Mordes erhoben hatte, war die Klage nicht an den Bezirk gebunden. Bradshaw war der Ansicht, dass ihnen das zum Vorteil gereichen könne, da die Gerichte in großen Städten in Tötungsdelikten zumeist härter urteilten als die Bezirksgerichte in den ländlichen Gebieten. Das besagten die nackten Zahlen der Statistik. Bradshaw hatte sich auch eine Erklärung dafür zurechtgelegt: Der Unterschied bei den Urteilen war wohl darauf zurückzuführen, dass die ländliche Bevölkerung Australiens während der Jahrhunderte durch das harte Leben im Outback abgehärtet und dementsprechend leiderprobt war, ein Mord wurde vielleicht deshalb anders be- und verurteilt als in der Stadt. Colin und Bradshaw entschieden sich für Melbourne.

»Also Anklage wegen Mordes in Melbourne«, fasste Colin zusammen, aber Bradshaw korrigierte ihn.

»Nein, nicht wegen Mordes. Eine Mordanklage kann nur die Staatsanwaltschaft in einem öffentlichen Prozess erheben. Bei uns handelt es sich um eine Zivilklage. Da sprechen wir nicht von Mord, sondern von widerrechtlicher Tötung. Das ist leider in unserem Rechtssystem nicht anders möglich.«

Auch wenn das für Colin unverständlich war, musste er es wohl oder übel akzeptieren.

»In einer Woche werde ich die Klage einreichen«, sagte Bradshaw.

Die Parteien trafen sich an einem Montagmorgen im Gerichtssaal in Melbourne. Jeff Aldridge trat zusammen mit seinem Vater und seinem Anwalt auf, den Tim Bradshaw von früheren Verfahren her kannte. Die Jury setzte sich aus fünf Männern und sieben Frauen zusammen, die Richterin hatte zusammen mit Bradshaw studiert. Alles schien gut für Colin zu laufen. Sein Anwalt ließ mehrere Zeugen aus Hopetoun vorsprechen, deren Aussagen belegen sollten, dass Jeff ein Rüpel war. Ein ehemaliger Lehrer war dabei und ein Nachbar, denen Jeff bereits mehrmals üble Streiche gespielt hatte. Bradshaw war es darüber hinaus gelungen, den Trucker, der von Jeff abgedrängt worden war, zu einer Aussage im Zeugenstand zu bewegen.

Die Verteidigung stützte sich im Wesentlichen auf die Aussagen von Sheriff Broome, der in seinen Ausführungen immer wieder darauf einging, dass es keine Anhaltspunkte für eine Tötung – weder absichtlich, noch unabsichtlich – gab und darüber hinaus bis zum heutigen Tag keine Leiche aufgetaucht sei. Der Sheriff untermalte seine Aussagen sehr eindrücklich. Wohl auch darum, weil er sich keine Fehler bei den Ermittlungen nachsagen lassen wollte, um seine eigene Haut zu retten. So fasste Aldridges Anwalt am Ende zusammen, dass die klagende Seite lediglich dazu imstande gewesen sei, Indizien zu präsentieren, die dazu noch sehr schwach seien, aber keine handfesten Beweise. Ein Freispruch sei deshalb die einzig logische Konsequenz. Tim Bradshaw war natürlich anderer Ansicht, was er in einem flammenden Schlussplädoyer unterstrich. Am Ende war er zuversichtlich, die Jury überzeugt zu haben.

Als die zwölf Mitglieder nach einer halbstündigen Beratung zurückkehrten, herrschte im Gerichtssaal absolute Stille. Die Sprecherin ergriff das Wort und verkündete die Entscheidung, die Colin wie einen Stich ins Herz aufnahm: Elf der zwölf Jurymitglieder hatten für einen Freispruch des Angeklagten gestimmt. Jeff Aldridge entfuhr ein spontaner Jubelschrei, bevor er seinen Vater und seinen Anwalt umarmte. George sah provokant zu Colin herüber, als wollte er sagen »Dir haben wir's gezeigt«.

Colin war im ersten Augenblick völlig perplex. Wie konnte das sein? Vor allem war er verwirrt, weil seines Wissens Jury-Entscheidungen immer einstimmig gefällt werden mussten, doch Bradshaw klärte ihn auf. Es gab zwei Arten von Jury-Entscheidungen: einstimmige und Mehrheitsurteile. Bei Straftaten wie Mord, Betrug, Drogenhandel oder Verbrechen gegen den Staat war ein einstimmiges Jury-Urteil notwendig. Bei allen anderen Entscheidungen, wie in diesem Fall über eine widerrechtliche Tötung, durfte ein Jury-Mitglied abweichen.

Colin war wütend und verzweifelt. Am liebsten wäre er den Aldridges hinterhergerannt und hätte Jeff zusammengeschlagen. Tim Bradshaw redete beruhigend auf ihn ein. Obwohl sie den Prozess verloren hatten, machte Colin Bradshaw keinen Vorwurf.

Während der monotonen Fahrt von Melbourne zurück nach Hopetoun dachte Colin darüber nach, was in den vergangenen Wochen während der Prozessvorbereitung eigentlich mit ihm passiert war. Er hatte die von Bradshaw vorgeschlagene Kommunikationslinie, dass sie vom Tod Sharons auszugehen hatten, dermaßen verinnerlicht, dass sie mittlerweile sein Denken beeinflusste. Mit anderen Worten war er tatsächlich dabei, sich damit abzufinden, dass Sharon tot war. Colin wusste nicht, ob das gut oder schlecht war, doch er konnte sagen, dass es sich zumindest besser anfühlte. Vielleicht war er nun imstande, um seine Tochter zu trauern, doch das würde wohl erst die Zeit zeigen.

Kapitel 10

Gegenwart

Die Nachmittagssonne brannte auf Hopetoun nieder und die Luft über dem heißen Asphalt flirrte. Die Straßen waren wie leer gefegt, nur eine Katze huschte über die Austin Street, um sich unter einer Hecke neben der Memorial Hall einen schattigen, halbwegs kühlen Platz für ihren Mittagsschlaf zu suchen.

Rachel hatte bereits auf den paar Metern zwischen ihrem Auto und dem Eingang der Memorial Hall Sorge, ihre helle Haut könne verbrennen, jedenfalls tat ihr das unfreiwillige Sonnenbad ziemlich weh. Eine rotblonde, hellhäutige Britin auf dem Kontinent, der wohl am heftigsten der Sonne ausgesetzt war … Hatte sie sich ihre Pläne, in Australien zu bleiben, wirklich gut überlegt? In der Halle schien zwar glücklicherweise die Sonne nicht mehr auf sie herab, dafür war die Luft stickig.

»Ah, Rachel, die Kollegen haben gerade die DNA-Analyse der Objekte, die wir gefunden haben, abgeschlossen«, begrüßte Leroy seine Partnerin und führte sie an den Tisch mit den Gegenständen. Die beiden Turnschuhe, die Zigarettenkippe und die Puppe mit dem Strick um den Hals lagen wieder sicher in Plastiktüten verpackt, daneben stand das mobile Erbgutanalysegerät, das der Mann von der Spurensicherung, der von Leroy mit dem Namen Eugene gerufen wurde, gerade ausschaltete.

»Und, was könnt ihr mir sagen?«

»Wir haben jedes der Objekte nach Haaren, Schuppen, Fingerabdrücken oder Körperflüssigkeiten überprüft«, begann Eugene, »und wir haben auch einiges an DNA gefunden.«

Rachel wurde ungeduldig, sie hasste es, unnötig auf die Folter gespannt zu werden.

»Und was ist dabei herausgekommen?«, fragte sie.

»Anhand der Vergleichsproben von Ben und Olivia konnten wir feststellen, dass an der Zigarettenkippe Speichel von Ben klebte und an den Turnschuhen Hautschuppen von Olivia. Die Puppe war frei von jeglicher DNA«, erklärte Eugene.

»Mit anderen Worten: keine Erkenntnisse aufgrund der Erbgutanalyse. Außer vielleicht, dass der kleine Ben Aldridge verbotenerweise geraucht hat«, stellte Rachel enttäuscht fest.

»Tut mir leid«, entschuldigte sich Eugene.

Rachel beruhigte ihn, schließlich war es ja nicht seine Schuld, dass keine Fremd-DNA auf den Proben zu finden war. Damit standen die Ermittlungen immer noch relativ am Anfang, und die Uhr lief unaufhaltsam weiter. Bald waren es achtundvierzig Stunden, seit Olivia verschwunden war.

Rachels Telefon klingelte. Auf dem Display erschien die Nummer von Marcus Owen und sie drückte die grüne Taste. Rachel hörte aufmerksam zu, während Owen einen langen Monolog hielt und Leroy Rachel nichts anderes sagen hörte als eine lange Folge von »Mmhmms«, »Ahas«, »Jas« und »Okays«. Danach legte sie einfach auf.

»Was war das denn für ein Gespräch?«, erkundigte sich Leroy.

»Ein sehr gutes«, sagte Rachel. »Es ging um die Wasserleiche, die wir aus dem Coorong gezogen haben. Die ersten Ergebnisse aus Mildura sind da.«

»Schon?«, fragte Leroy erstaunt.

»Die untersuchen zwar noch, aber die Altersbestimmung haben sie vorgezogen. Sie konnten feststellen, dass die Leiche etwa zwanzig Jahre lang im Wasser gelegen haben muss. Geschlecht: weiblich. Alter der Person: frühes Teenager-Alter. Definitiv nicht Olivia Banks, wie wir bereits vermutet haben. Bleibt die Frage, wer das Mädchen ist«, sagte Rachel.

»Das können wir klären, wenn wir Olivia gefunden haben, das eine hat mit dem anderen ja erst mal nichts zu tun«, sagte Leroy.

Rachel setzte sich an Leroys Schreibtisch und schaute nachdenklich auf den Bildschirm des Laptops. Leroy kannte den Blick, sie grübelte über einer Vermutung.

»Hm. Es ist nicht gesagt, dass das eine mit dem anderen nichts zu tun hat. Sheriff Broome hat mir gestern von einem Fall erzählt, der große Ähnlichkeit mit unserem aufweist. Was ist, wenn wir es mit einem Serientäter zu tun haben? Im September 1996 sind zwei Geschwister, ein Junge und ein Mädchen, zum Spielen an den Lake Coorong gegangen. Das kleine Mädchen verschwand, der Sohn kam zurück, war aber seitdem verstummt. Siehst du die Parallele zu heute? Von dem Mädchen hat nie wieder jemand etwas gehört. Bis heute. Ich wette mit dir, dass die Leiche aus dem Coorong das Mädchen von damals ist«, sagte Rachel.

»Dann hoffen wir mal, dass es Olivia nicht genauso ergeht. Wir sollten uns beeilen, ich habe auf einmal ein sehr schlechtes Gefühl«, sagte Leroy, und Rachel stimmte ihm zu.

»Wenn ich wenigstens den Namen des Mädchens von damals wüsste. Sheriff Broome könnte mit Sicherheit helfen.

Wo ist er eigentlich immer, wenn man ihn braucht? Hast du ihn heute schon gesehen?«

Leroy schüttelte den Kopf.

»Niemand hat den Sheriff heute gesehen. Er geht auch nicht ans Telefon. Aber wenn du Informationen zum Fall von damals haben möchtest, frag doch einfach mich. Ich war zwar damals nicht dabei, aber ich habe Zugang zu unbegrenzten Informationen über die Datenbanken der Justiz und die beste Erfindung der Menschheit: das Internet.«

Leroy verscheuchte Rachel von seinem Stuhl und machte ein paar Lockerungsübungen mit seinen Fingern. »Der Fall hat sich im September 1996 zugetragen, hast du gesagt?«

Als Rachel nickte, sausten seine Finger über die Tastatur, und auf dem Monitor öffneten sich immer mehr Fenster mit Zeitungsartikeln, Einträgen der Ermittlungsbehörden sowie einem Fall, der vor einem Gericht in Melbourne verhandelt, aber verloren wurde. Als Rachel den Namen des Angeklagten las, konnte sie es zuerst nicht glauben: Jeff Aldridge. Leroy und sie sahen sich an. Die nächste halbe Stunde verbrachten sie damit, die gefundenen Dokumente zu studieren und sich in den Fall einzulesen. Leroy gab zu bedenken, dass kein Anspruch auf Vollständigkeit bestehe, da noch nicht alle Akten aus dieser Zeit digitalisiert worden seien. Doch Rachel genügte das Ergebnis fürs Erste.

»Mein Gott, was ist nur in dieser Stadt los. Ich muss dem Vater, Colin Pearce, auf jeden Fall einen Besuch abstatten. Wenn wir testen wollen, ob die Wasserleiche seine Tochter ist, brauchen wir eine DNA-Probe von ihm. Außerdem will ich ihn zu dem Fall von damals befragen. Jeder noch so kleine Hinweis könnte uns auf die Spur von Olivia führen. Wie ist denn die Adresse von Mr Pearce?«

Leroy suchte den Eintrag im Melderegister heraus und Rachel tippte die Adresse in ihr Handy ein, das sich inzwischen als zuverlässiges Navigationssystem bewährt hatte.

»Und bitte versuche noch einmal etwas über die Psychologin Trisha Hayes herauszufinden, ich finde ihr Erscheinen hier immer noch mehr als eigenartig«, verabschiedete sie sich.

Das Handy leitete Rachel von der Austin Street zum großen Kreisverkehr, der das Zentrum des Örtchens bildete, und dann auf den Henty Highway in nördliche Richtung. Als sie das Ortsausgangsschild von Hopetoun passierte, zweifelte sie für einen Moment daran, noch immer auf dem richtigen Weg zu sein. Doch ihr Handy leitete sie immer weiter. Nach einigen hundert Metern forderte das Telefon sie plötzlich auf, nach rechts in ein kleines Waldstück abzubiegen. *Das kann jetzt wirklich nur ein Fehler sein*, dachte sie, doch beim näheren Hinsehen erkannte sie, dass tatsächlich ein Weg in den Wald führte. Ein Weg, der wohl schon länger nicht mehr regelmäßig befahren worden war, aber immerhin ein Weg. Rachel bog ab und folgte ihm etwa hundert Meter in den Wald.

»Sie haben Ihr Ziel erreicht«, ertönte die Stimme aus dem Handy, die danach verstummte.

»Das kann doch nicht sein, wo hast du mich hingeführt, vermaledeites Navigationssystem?«, sagte Rachel und warf ihrem Handy einen vorwurfsvollen Blick zu. Sollte sie wirklich zum ersten Mal von ihm enttäuscht worden sein?

Sie stellte den Motor ab und stieg aus. Um sie herum war nichts als karger Wald. Sie ging einige Meter umher. Durch die hellgrauen Stämme der Eukalyptusbäume sah sie in einiger Entfernung das klare Wasser des Lake Lascelles schimmern. Bestimmt gab es schlechtere Orte zum Wohnen in Hopetoun. Falls jemals irgendjemand hier gewohnt hatte, denn langsam zweifelte sie wieder daran, dass ihr Telefon sie an den richtigen Ort oder wenigstens in die Nähe geführt hatte.

Plötzlich stolperte Rachel auf dem mit Laub und Zweigen bedeckten Boden über etwas Hartes. Verärgert trat sie dagegen, tat sich dabei jedoch noch einmal weh. Sie bückte sich unter

Schmerzen und sah, dass es gar kein Stein war, der Gegenstand steckte fest in der Erde. Rachel schob mit dem Fuß Laub und Erde zur Seite und legte immer mehr Fläche frei. Schnell erkannte sie, dass es sich nicht um einen einzelnen Gegenstand handelte, sondern um die Überreste eines Fundaments, aus dem an einigen Stellen noch Reste einer Wand emporragten, die für den unwissenden Spaziergänger leicht zur Stolperfalle werden konnten. Rachel arbeitete sich mit dem Fuß Meter für Meter vor und hatte am Ende das gesamte Fundament freigelegt. Die Adresse stimmte also, nur das Haus gab es nicht mehr.

Dem Fundament nach zu urteilen war das ehemalige Gebäude relativ groß gewesen, knapp zwanzig Meter breit und sechs Meter tief. Rachel hätte gern gewusst, wie es ausgesehen haben mochte, ob es ein typisch australisches Gebäude aus Holz oder ein massiver Steinbau gewesen war.

Rachel durchschritt den vom Fundament eingerahmten Innenbereich und fragte sich, wie wohl die Raumaufteilung ausgesehen haben mochte. Ein großes Wohnzimmer mit angeschlossener Küche wäre bei diesem Haus ein Traum gewesen. Während sie über die Raumaufteilung von damals sinnierte, schob sie mit ihren Füßen immer mehr Laub und Waldboden zur Seite und stellte bald fest, dass sie auf einer Betonplatte stand. Höchstwahrscheinlich war das Haus unterkellert. Rachels Neugier war geweckt. Wenn es einen Keller gab, wo war der Eingang? Systematisch suchte sie den Boden ab und stieß neben dem, was sie aufgrund einer Aussparung im Fundament als ehemaligen Eingangsbereich des Hauses identifizierte, auf eine Kante. Rachel strich mit der Hand über die gesamte Länge der Kante und legte eine Stahlplatte frei, die zwei mal einen Meter maß und sehr wahrscheinlich den Eingang zum Keller abdeckte. Zuerst versuchte sie, mit den Fingern unter die Platte zu greifen und sie zur Seite zu schieben, doch die Platte war zu schwer. Dann fiel ihr ein, dass alle Dienstfahrzeuge der Polizei im Kofferraum verschiedene Werkzeuge mitführten, mit denen im Notfall Menschen aus gefährlichen Situationen befreit werden konnten. Also holte sie den Kuhfuß aus dem Auto, der sich ohne Probleme unter die Stahlplatte schieben ließ. Mit einigem Kraftaufwand hebelte und stieß sie die Platte zur Seite und legte damit eine Betontreppe frei, die ins Dunkel hinabführte. Ein muffiger Geruch kam ihr entgegen, der sie jedoch nicht davon abhielt, nach unten zu gehen. Die Trockenheit des Bodens hatte auch einen entscheidenden Vorteil: Dort unten erwartete sie bestimmt kein Schimmelpilzbefall, auf den sie allergisch reagierte. Rachel schaltete die Taschenlampe ihres Handys an und leuchtete in den Keller. Die Treppe war nicht lang, nach nur etwas mehr als zwei Metern war bereits der Boden zu erkennen. Mit jeder Stufe wurde der muffige Geruch stärker, dafür waren die Treppe und der Boden frei von Gegenständen, nur eine Menge Staub und verkohlte Holzreste lagen hier herum.

Soweit Rachel im Lichtkegel erkennen konnte, bestand der Keller aus zwei unterschiedlich großen Räumen. Sie befand sich gerade im kleineren von beiden, der komplett leer war. Der größere Raum hingegen war ein wenig spannender. Beim Eintreten konnte sie erkennen, dass an der hinteren Wand ein Tisch stand. Vorsichtig schritt sie darauf zu, ehe sie plötzlich innehielt. Rachel drehte sich um. Kurz dachte sie, sie hätte ein Geräusch gehört, das von oben in den Keller drang. Vielleicht ein Ast, der in den Einstieg gefallen war, oder ein Tier auf Nahrungssuche? Rachel lauschte angestrengt, doch da war nichts, vielleicht hatte sie sich getäuscht. Sie richtete den Blick wieder nach vorn und ging vorsichtig weiter ans Ende des Raumes. Dort leuchtete sie die Wand ab, an der ein Periodensystem der chemischen Elemente hing. Auf dem Tisch lagen Glassplitter und abgeschlagene Reste von Reagenzgläsern herum, einige Scherben waren auf dem Fußboden vor dem Tisch verstreut, wie sie jetzt anhand der Reflexionen sehen konnte. Auf der Mitte des Tischs lag ein Notizbuch. Rachel fragte sich, wie man so etwas einfach hatte vergessen können. Sie schlug es auf und las auf der ersten Seite den Namen seines Besitzers: Colin Pearce. Sie war also wirklich an der korrekten Adresse angelangt. Rachel blätterte das Buch durch, aber außer einer Reihe von Tabellen mit handschriftlich eingetragenen Zahlen stand dort nichts, was für sie von Interesse gewesen wäre. Es wäre doch zu schön gewesen, wenn es sich um ein Tagebuch mit persönlichen Notizen gehandelt hätte. Sie legte das Buch zurück auf den Tisch. Auf den ersten Blick gab es in diesem Keller sonst nichts Interessantes zu entdecken. Plötzlich zuckte Rachel zusammen. Direkt hinter sich hörte sie ein knirschendes Geräusch. Diesmal konnte sie es genau zuordnen, jemand zertrat eine der Glasscherben, die auf dem harten Betonboden herumlagen. Augenblicklich fuhr Rachel herum. Sie erschrak ein weiteres Mal, denn jetzt blickte sie direkt in einen Pistolenlauf, der nur wenige Zentimeter vor ihrer Nasenspitze schwebte. Langsam hob sie das Telefon mit der Lampe nach oben und richtete das Licht direkt auf ein Gesicht, das sie grimmig anschaute und Rachel einen kalten Schauer über den Rücken jagte.

Kapitel 11

1996

Die Tage im Leben von Colin Pearce glichen einander auf frustrierend eintönige Weise. In den Nächten schlief er schlecht bis gar nicht, und wenn er es tatsächlich geschafft hatte, mithilfe einer Tablette einzuschlafen, plagten ihn furchtbare Albträume, die von Sharons Tod handelten. Ja, Colin war inzwischen so weit, dass er vom »Tod« seiner Tochter sprach und nicht mehr von ihrem bloßen »Verschwinden«, was immer die Hoffnung implizierte, sie noch einmal wiederzusehen. Eines Freitagnachts, als Colin grübelnd im Bett lag, erlangte er eine grundlegende Erkenntnis. Er wollte nicht mehr ständig aufs Neue in tiefe Trauer verfallen, wenn er Sharon vor seinem inneren Auge sah. Er musste wieder nach vorn blicken. Doch damit seine Seele Frieden finden konnte, gab es noch eine wichtige Voraussetzung: Er musste seine Tochter beerdigen. Ihre Leiche zu sehen und sich von ihr zu verabschieden, war ihm anscheinend wichtiger, als er gedacht hatte. Nicht aus religiösen Gründen, sondern aus einem tiefen Verlangen heraus. Colin musste Sharons Leiche finden. Trotz des Freispruchs vor Gericht war er nach wie vor von Jeffs Schuld überzeugt. Irgendwie musste er Jeff davon überzeugen, dass er nichts zu befürchten hatte, wenn er ihm den Aufenthaltsort seiner toten Tochter verriet. Colin glaubte, dass es ihm gelingen konnte, und je früher er und seine Tochter Ruhe fanden, desto besser. Ja, er würde noch heute mit Jeff sprechen.

Colin schaute auf den Wecker auf seinem Nachttisch, es war zweiundzwanzig Uhr. Mit ziemlicher Sicherheit würde Jeff an einem Freitagabend um diese Zeit noch nicht im Bett liegen, und er hatte auch eine Idee, wo er ihn finden konnte: in der einzigen Bar in Hopetoun. Während seiner Recherchen für die Gerichtsverhandlung hatte Colin herausgefunden, dass Jeff sich dort regelmäßig am Wochenende mit seinem Freund Timothy Banks betrank. Colin und sein Anwalt hatten versucht, ihn mit dieser Information in den Augen der Jury wie einen verantwortungslosen Trinker aussehen zu lassen.

Colin stand auf und zog sich an. Im Vorbeigehen warf er einen kurzen Blick in Jaspers Zimmer. Der Junge schien tief und fest zu schlafen. Er konnte es verantworten, ihn für eine Weile allein zu lassen.

Um sich ein wenig zu beruhigen, trank Colin ein großes Glas Scotch, bevor er sich mit dem Auto auf den Weg in die Stadt machte. In Hopetoun konnte man es riskieren, sich alkoholisiert hinters Steuer zu setzen, seitdem Sheriff Broome in der Stadt das Gesetz vertrat. Er war vor allem mit Nichtstun beschäftigt, und Colin verachtete Broome für sein laxes Vorgehen im Fall seiner Sharon sogar noch mehr, als er Jeff verachtete.

Colin malte sich immer und immer wieder aus, wie er Jeff ansprechen würde. Wenn er in der Bar saß, würde er ihn bitten, mit ihm vor die Tür zu kommen. Dann würde er ihn nach dem Ort fragen, an dem seine Tochter lag, und ihm im Gegenzug vielleicht sogar etwas Geld dafür bieten. Colin hatte tausend Dollar in seiner Tasche. Wenn es dazu beitrug, dass Jeff ihm Auskunft gab, würde er sogar mehr bezahlen.

Colin stellte seinen Wagen vor der Bar ab. Das White Heart war hell erleuchtet und offenbar gut besucht, denn der Parkplatz davor war voll. Zwischen den Autos entdeckte Colin Jeffs Subaru Brumby, er hatte also mit seiner Vermutung richtiggelegen.

Mit einem leichten Anflug von Nervosität drückte Colin die schwere Holztür auf, und augenblicklich drang das Gemurmel sich unterhaltender Menschen an sein Ohr. Es roch nach Bier, abgestandener Luft, Schweiß und Zigarettenrauch. Colin war schon lange in keiner Bar mehr gewesen und es dauerte eine Weile, bis sich seine Augen an die beißende Luft gewöhnt hatten und er nach Jeff Ausschau halten konnte. Er entdeckte ihn schließlich an der Bar, wo er sich über einem Guinness mit seinem Freund Timothy unterhielt. Seiner Gestik und Aussprache und der Lautstärke der Unterhaltung nach zu urteilen, konnte es unmöglich das erste Getränk sein. *Vielleicht war es doch keine so gute Idee, genau heute mit Jeff zu sprechen*, dachte Colin für einen Augenblick, doch er gab sich einen Ruck. Während er auf Jeff zuging, schauten ihm einige der anderen Gäste in der Bar erstaunt hinterher. Natürlich war die Geschichte von Sharon in Hopetoun bekannt, und somit konnten sich die Leute auch denken, dass das Verhältnis zwischen Jeff und Colin nicht ganz einfach war. Dass Colin überhaupt hier auftauchte, war eine kleine Sensation, die eine gewisse Sprengkraft barg.

Jeff nahm Colin erst wahr, als dieser neben ihm stand und ihn ansprach.

»Jeff, ich möchte mit dir reden«, sagte er.

Langsam drehte sich Jeff um und musterte Colin ungläubig.

»Was wollen Sie hier? Wir haben alles geklärt. Ich will nichts mehr mit der Sache zu tun haben. Ich bin unschuldig, und daran wird niemand mehr etwas ändern. Sie haben schon genug Schaden angerichtet«, sagte er und widmete sich wieder seinem Glas.

»Können wir trotzdem kurz rausgehen? Es ist sehr wichtig für mich! Es gibt nur noch eine Sache, danach belästige ich dich nie wieder, das verspreche ich dir«, sagte Colin und legte eine Hand auf Jeffs Schulter.

»Lassen Sie mich in Ruhe und verschwinden Sie«, raunzte Jeff und schüttelte den Arm ab.

Colins Plan, draußen mit Jeff zu reden, ging nicht auf, es blieb ihm wohl nichts anderes übrig, als es hier drinnen zu tun.

»Na gut, wir können auch hier reden«, sagte Colin und vergewisserte sich, dass niemand zuhörte. Colin redete zwar sozusagen mit Jeffs Rücken, aber zumindest hörte Jeff ihn. Colin begann damit, an Jeffs Mitleid zu appellieren, von dem er hoffte, dass es zumindest noch ansatzweise in dem Jungen zu finden war.

»Hör zu, Jeff, ich möchte dir jetzt etwas als Vater sagen, der seine Tochter verloren hat.«

Jeff stellte sein Glas auf dem Tresen ab und schien Colin tatsächlich zuzuhören.

»Du wirst es noch nicht verstehen. Vielleicht, weil du noch nicht alt genug bist oder du noch nicht selbst Vater bist. Ein Kind zu verlieren, ist das Schlimmste, was einem passieren kann. Ich kann das bestätigen, weil es mir passiert ist. Und ich leide. Ich leide jeden Tag und jede Nacht. Und mein Sohn leidet, auch wenn er es nicht in Worte fassen kann, weil das, was er mit ansehen musste, so schrecklich war, dass es ihm die Sprache genommen hat. Du wurdest vor Gericht freigesprochen, aber wir beide wissen, dass du es warst. Ich will dir nichts Böses, keine Angst, ich will mich einfach nur von meiner Tochter verabschieden. Bitte sag mir, wo du ihre Leiche versteckt hast. Ich flehe dich an!«

Jeff erhob sich langsam, fast provokativ von seinem Barhocker, er schien sehr erbost zu sein.

»Ich zahle dir auch was dafür«, sagte Colin, was bei Jeff jedoch keine Wirkung zeigte, im Gegenteil. Er drehte sich um und baute sich vor Colin auf.

»Glauben Sie ernsthaft, ich würde Ihnen sagen, wo Ihre Tochter ist, selbst wenn ich ihr etwas angetan hätte. Dann könnte ich ja genauso gut ein Geständnis ablegen. Sie kommen hierher und beleidigen mich vor meinen Freunden, was soll das?«

Jeff begann Colin in Richtung Ausgang zu schubsen. Die anderen Gäste in der Bar verfolgten mittlerweile gespannt die skurrile Szene. Colin stolperte über einen Stuhl und fiel auf den Holzboden, von dem er schnell wieder aufstand, ließ sich dann aber weiter von Jeff zum Ausgang treiben. An der Tür stieß Jeff Colin unsanft auf den Parkplatz. Colin landete noch einmal auf dem Boden, der Asphalt schürfte dabei seine Hand auf.

»Und lassen Sie sich hier nie wieder blicken, das White Heart ist mein Revier, verstanden?«, brüllte Jeff ihm nach und verschwand wieder in der Bar.

Colins Plan war gründlich in die Hose gegangen. Was hatte er sich nur gedacht? Wie hatte er annehmen können, dass Jeff ihm diesen Gefallen tun würde?

Colin tupfte sich die blutende Hand ab und verarztete sich so gut es ging mit einem Verband aus dem Erste-Hilfe-Kasten, bevor er zurück nach Hause fuhr. Dort stellte er erleichtert fest, dass die Tür zu Jaspers Zimmer noch immer geschlossen war, der Junge schlief tief und fest. Er selbst war noch zu aufgekratzt, um schlafen zu können. Er trank ein Glas Whisky auf der Veranda, wobei ihm tausend Dinge auf einmal durch den Kopf gingen. Als er ausgetrunken hatte, fühlte er noch immer nicht die nötige Bettschwere, weshalb er zusätzlich eine Schlaftablette einnahm. In Kombination mit dem Alkohol hätte das bestimmt die gewünschte Wirkung. Und er behielt recht, knapp eine halbe Stunde später fielen ihm die Augen zu.

Zu diesem Zeitpunkt hatte Jeff noch lange nicht genug. Gemeinsam mit Timothy saß er im White Heart an der Bar und kippte sein fünftes Guinness. Mittlerweile war es ein Uhr und der Wirt läutete die große Glocke neben der Registrierkasse zur letzten Runde. Timothy und Jeff bestellten jeweils noch ein Getränk und ließen sich damit so viel Zeit, dass sie irgendwann die einzigen verbliebenen Gäste waren.

»Wie kann der Typ es wagen, hier aufzutauchen?«, lallte Jeff.

Timothy bedeutete ihm, leiser zu reden, damit ihn der Wirt nicht am Ende noch hörte, doch der war gerade dabei, in sicherer Entfernung die leeren Gläser einzusammeln und die Tische abzuwischen.

»Was fällt dem ein?«, wiederholte Jeff. »Und das vor den ganzen Leuten hier. Die zerreißen sich doch ohnehin schon das Maul über mich.«

»Er ist verzweifelt, er hat seine Tochter verloren. Versuch dich doch mal in seine Lage zu versetzen. Wir können nur hoffen, dass er uns jetzt in Ruhe lässt und nicht doch irgendwann alles ans Licht kommt«, flüsterte Timothy und vergewisserte sich noch einmal, dass der Barmann tatsächlich nichts von ihrer Unterhaltung aufschnappte.

»Pff, uns in Ruhe lässt. Uns ist gut. *Uns*. Du hast gut reden. *Ich* wurde verdächtigt, ich stand wegen der Scheiße vor Gericht. Sei froh, dass dich nie jemand verdächtigt hat. Eigentlich schuldest du mir was«, sagte Jeff.

Verlegen nahm Timothy einen Schluck von seinem Guinness.

»Aber du hast recht, ich habe keine Lust, dass mich das Thema für den Rest meines Lebens verfolgt. Aber was sollen wir machen?«, ergänzte Jeff.

»Na ja, jetzt sollten wir erst mal Feierabend machen«, sagte Timothy und haute seinem Kumpel auf die Schulter. Die beiden bezahlten, gaben, wie immer, knappes Trinkgeld und gingen zu Jeffs Ute, der mittlerweile allein auf dem verlassenen Parkplatz stand.

»Kannst du wirklich noch fahren, oder soll ich lieber hinters Steuer?«, fragte Timothy, als Jeff torkelnd vor der Fahrertür stand und versuchte, den Schlüssel in der Hosentasche zu finden.

»Ich kann immer fahren. Egal, wie betrunken ich bin, ich habe uns noch immer sicher nach Hause gebracht«, antwortete Jeff.

»Ich meine ja nur.« Timothy macht sich nicht ernsthaft Sorgen, bisher waren sie tatsächlich immer heil angekommen, und Jeff war wirklich schon oft betrunken Auto gefahren. Und was sollte auf der kurzen Strecke nach Hause schon passieren? Abgesehen davon, dass Jeff heute Nacht etwas langsamer und außerdem einen leichten Schlingerkurs fuhr, da er die Markierungsstreifen auf der Straße nicht mehr richtig erkennen konnte, lief auch diesmal alles glatt. Wohlbehalten setzte Jeff Timothy zu Hause ab.

Jeff hatte Mühe, sich auf die Fahrbahn zu konzentrieren, sein Blick wich immer wieder ab. Die Szene in der Bar ließ ihn nicht mehr los, sie hatte einen Gedanken in seinen Kopf gepflanzt, der jetzt seinen Verstand überwucherte und unter dem Einfluss des Alkohols bestens gedieh. Jeff konnte die Vorstellung nicht ertragen, dass ihn die Geschichte mit Sharon sein ganzes Leben lang verfolgen würde. So hatte er sich seine Zukunft nicht vorgestellt. Er musste etwas unternehmen, am besten noch heute Nacht. Und Jeff hatte sich in seinem vom Guinness benebelten Kopf auch schon einen Plan zurechtgelegt.

Zu Hause stellte er den Ute vor der Scheune ab, in der sich neben den Arbeitsgeräten, mit denen sein Vater die Felder beackerte, auch die Werkstatt und ein kleines Ersatzteillager befanden. Er schnappte sich einen der vollen

Zehn-Liter-Benzinkanister aus dem Regal und trug ihn torkelnd nach draußen, wo er das schwere Behältnis unsanft und rumpelnd auf die Ladefläche seines Ute warf. Kurz hielt er inne, hoffentlich hatte er niemanden im etwa zwanzig Meter entfernten Wohnhaus aufgeweckt. Drinnen blieb es dunkel, Glück gehabt.

Jeff setzte sich hinters Steuer und drückte aufs Gas. Mit der nachlassenden Wirkung des Alkohols schien seine Entschlossenheit zu schwinden. Eine Seite in ihm kämpfte dagegen an und sorgte für Abhilfe. So hielt er an der Vierundzwanzig-Stunden-Tankstelle in Hopetoun – dem einzigen Ort in der Gegend, wo man nach zweiundzwanzig Uhr noch etwas kaufen konnte – und besorgte sich eine Flasche Wodka. Er trank mehrere große Schlucke, und wenig später stellte sich wieder die Hochstimmung ein, die ihm absolute Überzeugung verlieh.

Einige hundert Meter hinter der Ortsausfahrt Hopetouns bog er vom Henty Highway rechts in das Waldstück ein und folgte dem Weg, der ihn direkt zu Colin Pearce' Haus führen sollte. Hinter der ersten lang gezogenen Kurve sah er in dem ansonsten finsteren Wald ein Licht. Es war die Lampe, die Colins Veranda auch nachts erleuchtete. Jeff schaltete die Scheinwerfer des Ute aus, um nicht gesehen zu werden. Das Licht auf der Veranda war hell genug, um ihm die Richtung zu weisen. Als er noch etwa dreißig Meter vom Haus entfernt war, schaltete er den Motor ab und ließ den Wagen hinter einen Busch rollen, damit er nicht angestrahlt wurde. Jeff nahm die Wodkaflasche vom Beifahrersitz und leerte sie zur Hälfte. Er stieg aus, während er noch weiter trank. Als er die Flasche fast vollständig geleert hatte, warf er sie in den Busch und schnappte sich den Benzinkanister von der Ladefläche. Das Gehen fiel ihm jetzt schwer, und Jeff torkelte ganz erheblich mit der schweren Last, mit der er es schließlich bis zum Haus schaffte.

»Das wird dir eine Lehre sein. Kommst in meine Lieblingsbar und beleidigst mich vor meinen Freunden«, lallte Jeff.

Umständlich schraubte er den Deckel vom Kanister und übergoss die Veranda mit dem kompletten Inhalt. Der stechende Geruch des Benzins trieb Jeff die Tränen in die Augen. Er entfernte sich zügig ein paar Schritte, um wieder normal atmen zu können. Dann kramte er eine Packung Streichhölzer aus der Tasche, nahm sich ein paar heraus und entzündete sie. Als Jeff das brennende kleine Bündel auf die Veranda warf, dauerte es keine drei Sekunden, bis sich die Flammen über ihre gesamte Fläche ausgebreitet hatten. Selbst erschrocken von der starken Hitze, fiel Jeff hintenüber und robbte ein Stück zurück. Schnell züngelten die Flammen an der Hauswand und erreichten das Dach. Jeff überkam ein fasziniertes Grauen, die Flammen, die nach und nach das gesamte Haus einhüllten, spiegelten sich in seinen vor Erstaunen weit aufgerissenen Augen.

»Du flehst mich an? Du flehst mich an? Das hast du davon!! Du hattest recht, du wirst mich nie wieder belästigen, heute Nacht endet es. Hier und jetzt, in diesem Wald!«, schrie Jeff immer wieder und ging wild gestikulierend vor dem Haus auf und ab. Es kümmerte ihn nicht, dass niemand aus dem Haus kam, um sich aus den Flammen zu retten, die immer höher schlugen und bereits am ersten Baumwipfel der trockenen Eukalyptusbäume im Wald züngelten. Jeff war es gleichgültig, dass sich Colin – gelähmt vom Schlafmittel in Kombination mit dem Alkohol – und sein Sohn im Haus befanden. Er war einfach nur unglaublich erleichtert, dass er von jetzt an nie wieder mit dem Thema Sharon behelligt werden würde, der Fluch war gebrochen. Das war die gerechte Strafe dafür, dass dieser Colin ihn vor Gericht gezerrt und seinen Ruf schwer beschädigt hatte.

Jeff setzte sich in sicherer Entfernung zum niederbrennenden Gebäude auf den Waldboden und beobachtete das

Schauspiel, während er plötzlich einen brennenden Schmerz am linken Arm spürte. Vom Alkohol verlangsamt, hob er den Arm und betrachtete die Stelle. Ein Funke war auf seinem Arm gelandet, er schlug ihn weg. Augenblicklich landete ein zweiter Funke auf seinem Arm, den er ebenso fortschlug. Wo kamen die her? Jeff schaute nach oben. Erschrocken stellte er fest, dass das Blätterdach über ihm vollständig in Flammen stand. Das Feuer hatte vom Haus auf die Bäume übergegriffen und breitete sich nun mit beunruhigender Geschwindigkeit aus. Die Flammen sprangen dabei von einer Baumkrone zur nächsten und arbeiteten sich von oben den Stamm hinunter. Jeff hatte so etwas noch nie gesehen. Der ganze Wald war hellorange erleuchtet, prasselte und stank. Jeff raffte sich ungelenk vom Boden auf, die Blätter dort hatten sich durch den Funkenflug ebenfalls bereits entzündet. Er drehte sich im Kreis und ließ sich bereitwillig von dem diabolischen Schauspiel hypnotisieren. So musste es in der Hölle aussehen, er hatte seinen privaten Holocaust geschaffen.

Als immer mehr Funken auf ihn herabregneten, wich seine Faszination einer aufsteigenden Angst. Plötzlich fiel ihm ein, dass sein Auto noch irgendwo da hinten stand. Panisch wandte er sich um. Tatsächlich waren die Flammen am Boden bereits gefährlich nah an seinen Ute herangekommen. Jeff sprintete los. Mit dem Wodka im Magen wurde ihm von der Anstrengung plötzlich übel, und er musste stehen bleiben, um sich zu übergeben. Als er das Auto erreichte, hatten sich die beiden Reifen auf der linken Seite bereits entzündet.

»Scheiße, so eine verfluchte Scheiße«, brüllte er immer wieder und warf den leeren Benzinkanister in hohem Bogen davon.

Zeit, um die Reifen zu löschen, hatte er nicht. Er musste den Wagen so schnell wie möglich auf Distanz zum Feuer bringen, dann konnte er die Pneus mit dem Feuerlöscher unterm Sitz löschen. Jeff riss die Fahrertür auf, sprang auf den Sitz, drehte den Zündschlüssel um und drückte aufs Gas. Die

Hinterräder drehten aufgrund der fehlenden Traktion auf dem weichen Waldboden durch und gruben sich langsam und stetig immer weiter ein. Jeff kam dadurch zwar nicht von der Stelle, das Feuer am Hinterrad war durch die Reibung aber schon mal gelöscht. Blieb noch das Vorderrad, das inzwischen lichterloh in Flammen stand. Jeff schaltete in den zweiten Gang und drückte vorsichtig aufs Gaspedal. So gelang es ihm, den Ute freizubekommen. Dann gab er Vollgas und raste mit dem Wagen so schnell es ging durch den Wald. Mit dem brennenden Vorderrad, das durch den Fahrtwind noch heller brannte, zog er eine Spur aus brennendem Laub hinter sich her. Am Ende würde bestimmt der ganze Wald abfackeln, doch wen kümmerte das schon, solange Jeff hier nur heil herauskam?

Bei voller Fahrt knallte es plötzlich und der Ute brach nach links aus. Der Reifen war geplatzt und Jeff hatte alle Mühe, das Auto in der Spur zu halten. Schließlich erreichte er das Ende des Waldes, und Jeff riss hastig das Lenkrad herum, sodass er mit quietschenden Reifen auf den Henty Highway schlitterte. Als der Ute mitten auf der Fahrbahn zum Stehen kam, riss Jeff den Feuerlöscher unterm Fahrersitz hervor und sprang so hastig aus dem Wagen, dass er stürzte. Sofort rappelte er sich wieder auf und sprintete zum linken Vorderrad, das inzwischen fast bis auf die Felge abgebrannt war. Jeff entleerte den kompletten Feuerlöscher und erstickte schließlich die Flammen. Die Reifenreste hingen in schwarzen Fetzen von der Felge herab, wie er im Schein des lichterloh brennenden Waldes erkennen konnte.

Jeff nahm sich eine Minute, um zu verschnaufen. Viel mehr Zeit konnte er sich nicht erlauben, denn es wäre fatal gewesen, jetzt von einem anderen Autofahrer gesehen zu werden, mitten in der Nacht mit einem zerstörten Reifen vor einem brennenden Wald.

Jeff fuhr den Wagen an den Straßenrand und wechselte das Rad. Die Rußspuren am linken vorderen Kotflügel entfernte er mit einem Lappen und reichlich WD 40, Jeff hatte immer eine Flasche davon im Handschuhfach.

Als er die Spuren bestmöglich beseitigt hatte, setzte er sich hinters Lenkrad und atmete tief durch. Er war gefühlt wieder nüchtern und betrachtete für eine Weile das Feuer im Wald, das ihn plötzlich überhaupt nicht mehr so begeisterte. Schließlich wendete er den Wagen und fuhr los, er wollte einfach nur nach Hause.

Als er an der Telefonzelle in Hopetoun vorbeifuhr, überkam ihn ein Impuls und er machte eine Vollbremsung. Er legte die Stirn auf das Lenkrad und haderte mit sich. Dann stieg er aus, ging in die Telefonzelle und wählte die 000. Wenige Sekunden später meldete sich eine Frau aus der Notrufzentrale.

»Ich will ein Buschfeuer melden. Das Waldstück am nordöstlichen Ende Hopetouns brennt«, sprach er monoton und langsam in den Hörer. Er gab sich große Mühe zu verheimlichen, dass er getrunken hatte. Dann legte er auf, ohne eine Antwort oder die Rückfrage nach seinem Namen abzuwarten.

In dieser Nacht fiel Jeff einfach so ins Bett. Ohne sich umzuziehen oder zu waschen. Er kippte einfach nur um, und es dauerte nicht lange, bis er eingeschlafen war. Er bekam nichts mehr davon mit, als die Einsatzkräfte der Feuerwehr mit lauten Sirenen durch die Stadt rasten und den Kampf gegen die Flammen im Wald von Hopetoun aufnahmen.

Kapitel 12

Gegenwart

Das Herz klopfte ihr bis zum Hals, und sie hatte große Mühe, das Zittern, das ihren gesamten Körper beherrschte, unter Kontrolle zu halten. Die Mündung des Pistolenlaufs befand sich noch immer wenige Zentimeter vor ihrem Gesicht.

»Würden Sie bitte die Waffe herunternehmen? Es gibt keinen Grund, mich zu bedrohen, Sie kennen mich doch«, sagte sie.

Eine bedrohliche Stille breitete sich im Keller aus.

»Kenne ich Sie wirklich? Ich bin mir nicht sicher, ob eine verantwortungsvolle Polizistin allein in diesen Keller gegangen wäre. Da könnte ja sonst was passieren.«

Während einiger quälend langer Sekunden versuchte Rachel, die Worte ihres Gegenübers zu deuten. Was wollte er damit sagen? War sie nun ernsthaft in Gefahr? Wenn ihr hier etwas passierte, würde sie so schnell niemand finden.

»Das war ein Scherz, machen Sie sich keine Sorgen. Als wenn ich Ihnen jemals etwas tun würde.« Sheriff Broome nahm die Waffe herunter und steckte sie zurück in das Halfter an seinem Gürtel. Rachel fiel ein Stein vom Herzen, mit einem Mal fiel auch die Anspannung von ihr ab und sie konnte wieder durchatmen – obwohl sie eine enorme Wut auf den Sheriff verspürte. Wie konnte er sie nur mit einer Waffe bedrohen? Es fiel ihr immer noch schwer, sich an den australischen Humor zu gewöhnen, der im Vergleich zum britischen noch eine Spur zynischer war. Dafür gab es jedoch eine Erklärung, wie Rachel vor einiger Zeit erfahren hatte: Insbesondere die ländliche Bevölkerung Australiens hatte über die Jahrhunderte hinweg so unter den extremen Wetterbedingungen zu leiden gehabt, dass sie gar nicht anders konnte, als ihre Situation mit einem gewissen Galgenhumor zu ertragen.

»Was zum Teufel haben Sie hier unten verloren?«, fragte Broome. »Die Stahlplatte liegt nicht umsonst auf dem Kellereingang, die ist eigentlich als Schutz für die Spaziergänger gedacht.«

»Ich wollte wissen, was hier unten ist, ich war einfach nur neugierig und habe nach Hinweisen gesucht. Und was machen Sie hier?«, fragte Rachel.

»Ich war auf Patrouille, dann habe ich ein Auto hier gesehen und wurde stutzig. An dieser Stelle parken nicht so oft Leute, müssen Sie wissen. Und ein vermeintlicher Entführer Olivias ist immer noch auf freiem Fuß, da musste ich doch nachschauen. Entschuldigen Sie, dass ich die Waffe auf Sie gerichtet habe.«

Das klang plausibel. »Wo waren Sie eigentlich den ganzen Tag?«, fragte Rachel.

Sie leuchtete noch immer in Broomes Gesicht und konnte seinen pikierten Gesichtsausdruck sehen.

»Wie gesagt, auf Patrouille und davor im Sheriff's Office. Ich habe mir gedacht, dass bereits genug Leute auf der Suche nach Olivia sind, viele Köche verderben ja bekanntlich den Brei. Außerdem habe ich noch andere Dinge zu tun. Das Leben in Hopetoun steht schließlich wegen eines verschwundenen Kindes nicht still«, rechtfertigte sich Broome.

Rachel war entschieden anderer Ansicht, was sie Broome deutlich zu verstehen gab. Außerdem konnte sie gerade jetzt einen *Local* für die ein oder andere Insider-Information sehr gut gebrauchen.

»Wie dem auch sei, es hatte einen Grund, warum ich zu dieser Adresse gefahren bin. Ich suche Colin Pearce. Er soll hier mal gewohnt haben, stimmt das?«, fragte sie und leuchtete kurz zu dem Notizbuch auf dem Tisch. »Zumindest scheint ihm das da zu gehören.«

»Vielleicht gehen wir erst mal wieder hoch, da lässt es sich besser reden«, schlug Broome vor und ging voraus. Oben schoben sie gemeinsam die Stahlplatte zurück auf den Kellereingang, was Broome ins Schwitzen brachte. Er nahm seinen Akubra ab und tupfte sich den Schweiß von der Stirn.

»Zu Ihrer Frage: Ja, Colin Pearce hat hier gewohnt«, sagte Broome.

»Und wo ist er jetzt?«

»Auf dem örtlichen Friedhof, er ist vor knapp zwanzig Jahren zusammen mit seinem Sohn ums Leben gekommen.«

Rachel blickte den Sheriff erstaunt an. »Wie ist das passiert?«

»Es war ein Unglück, ein Buschfeuer. Das ist nichts Ungewöhnliches hier. Damit muss man meiner Meinung nach rechnen, wenn man sich entscheidet, mitten im australischen Busch ein Haus zu beziehen.«

Rachel wurde nachdenklich. Wie tragisch das Ganze doch war. Erst verschwindet die Tochter, dann sterben kurze Zeit später Vater und Sohn.

»Was ist denn mit der Mutter?«, wollte Rachel wissen.

»Keine Ahnung«, antwortete Broome, »die hat hier nie gewohnt. Was wollten Sie eigentlich von Pearce?«

»Im Grunde haben Sie mich darauf gebracht. Sie erwähnten den Fall Sharon Pearce von vor knapp zwanzig Jahren. Ich glaube mittlerweile, dass er mit dem Verschwinden von Olivia

Banks in Zusammenhang steht. Und ich hoffe, dass Olivia nicht dasselbe Schicksal ereilt wie Sharon.«

Broome hatte natürlich bereits von dem Leichenfund im Lake Coorong gehört, ging aber nicht darauf ein. Er wollte nicht, dass man ihm am Ende doch noch Versagen im damaligen Fall nachsagte. Rachel hatte längst realisiert, dass Broome vor knapp zwanzig Jahren nachlässig ermittelt hatte, und es war ihr zuwider, dass der Sheriff nicht zu seinen Fehlern stand. Deshalb konfrontierte sie ihn mit einer weiteren Facette von 1996:

»Eine Sache noch zu Sharon Pearce. Sie wussten, dass Jeff Aldridge in dem Fall damals vor Gericht stand?«

Broome nickte knapp und schaute zu Boden. »Ja, das ist wahr, er stand damals vor Gericht. Colin Pearce hatte ihn angeklagt. Wenn Sie mich fragen, war das von vornherein zum Scheitern verurteilt.«

Rachel war es einerlei, wie der Sheriff die Aussichten auf den Erfolg einer Klage beurteilte.

»Ich muss Jeff noch einmal dazu befragen. Wenn Sie möchten, können Sie mich begleiten«, bot sie an. Sie war jemand, der an zweite Chancen glaubte und jedem die Möglichkeit zugestand, Fehler wiedergutzumachen oder Versäumnisse nachzuholen – egal, wie weit sie in der Vergangenheit lagen. Umso erstaunter war sie, als Broome das Angebot ausschlug und es vorzog, im Sheriff's Office an was auch immer weiterzuarbeiten.

»Man kann einen Esel an den Brunnen führen, aber man kann ihn nicht zwingen, daraus zu trinken«, sagte sich Rachel und schloss die Autotür. Broome war eine Enttäuschung.

Kurz bevor er sein Office erreichte, überkam den Sheriff zum ersten Mal nach so langer Zeit ein schlechtes Gewissen. Broome führte es darauf zurück, dass er kurz vor dem Ende seiner Karriere als Polizist stand und früher oder später ein persönliches Fazit würde ziehen müssen. Was würde von seiner jahrzehntelangen Arbeit übrig bleiben, wenn er erst durch einen anderen Kollegen abgelöst worden war? Als was für einen Sheriff würde man ihn in Hopetoun in Erinnerung behalten?

Rachel klopfte energisch gegen die Haustür der Aldridges. Jeff öffnete, er war mit Ben allein im Haus, da Beth immer noch bei Susan war, um ihr emotionalen Beistand zu leisten.

»Ich muss Sie sprechen, darf ich bitte hereinkommen?«, bat Rachel und stand schon halb im Hausflur.

Die unsympathische Britin zu sprechen, war das Letzte, worauf Jeff Lust hatte, weshalb er sie nur widerwillig ins Wohnzimmer führte. Hatte sie denn nicht schon genug erfahren?

»Mr Aldridge, erinnern Sie sich an einen Fall von vor knapp zwanzig Jahren, als ein zwölfjähriges Mädchen namens Sharon Pearce spurlos verschwand?« Rachel kam direkt zur Sache und beobachtete Jeffs Reaktion genau. Tatsächlich versteinerte sich seine Miene. Er setzte sich auf das Sofa und versuchte krampfhaft, sich nichts anmerken zu lassen, was Rachel durch ihre jahrelange Erfahrung sofort durchschaute.

»Hm«, begann Jeff. »Sharon Pearce, also das ist jetzt wirklich schon ziemlich lange her. Ich kann mich leider an keine Details erinnern. Das können Sie doch nach so langer Zeit nicht verlangen.«

Diese Ausrede war Rachel zu plump.

»Sie wollen mir doch nicht ernsthaft weismachen, dass Sie sich an nichts erinnern? Sie standen deshalb vor Gericht, so etwas vergisst man doch nicht, auch nicht nach zwanzig Jahren.«

Jeff zuckte mit den Schultern.

»Wenn es doch so ist«, sagte er.

Rachel atmete einmal tief durch. »Ich fürchte, dann werde ich Ihre Frau dazu befragen müssen, vielleicht kann sie sich ja erinnern«, sagte sie und wollte sich gerade zum Gehen wenden, als Jeff sie aufhielt. Ihr Bluff hatte funktioniert.

»Okay, okay, warten Sie. Ich habe mit dem Fall von damals nichts zu tun, ich wurde vor Gericht freigesprochen und damit war die Sache für mich erledigt. Meine Frau weiß nichts davon, ich habe es ihr nie erzählt«, sagte Jeff.

»Und das soll vermutlich so bleiben?«, fragte Rachel.

»Ja. Beth ist nicht von hier. Nach der ganzen Sache mit Sharon hat mein Ruf hier ziemlich gelitten. Es wäre für mich unmöglich gewesen, in Hopetoun eine Frau zu finden. Wer hätte denn einen Kerl genommen, der schon mal unter Mordverdacht stand? Beth habe ich in Mildura kennengelernt. Ich habe Angst, dass sie mich verlässt, wenn sie es erfährt«, erklärte Jeff.

Rachel nickte verständnisvoll.

»Und Sie haben keine Angst, dass jemand aus Hopetoun ihr mal davon erzählen könnte?«

»Mit Ausnahme der Banks haben wir nicht viel Kontakt zu den Leuten hier. Susan Banks ist auch nicht von hier, und Timothy würde nie etwas sagen, weil er …« Jeff biss sich auf die Zunge.

»Weil er was?«, hakte Rachel nach, doch Jeff schwieg. »Sie müssen schon mit mir reden, Mr Aldridge. Was ist mit Timothy, hat er auch was mit dem Fall zu tun?«

Jeff kam nicht dazu, auf Rachels Frage zu antworten, weil sie in diesem Moment von der Sirene eines sich nähernden Feuerwehrautos gestört wurden. Jeff rannte zur Tür, um zu sehen, in welche Richtung es fuhr. Der rot-weiße Truck passierte gerade mit ohrenbetäubendem Lärm und Blaulicht sein Haus.

»Die Feuerwehr kommt aus dem Nachbarort, da muss irgendwo ein größerer Brand sein, sonst würden die sich keine Verstärkung holen«, schrie Jeff Rachel zu, die hinter ihm im Flur stand und aus der Tür lugte. Im selben Moment vibrierte Jeffs Handy in der Hosentasche. Seine Frau Beth versuchte, ihn zu erreichen, und er nahm den Anruf an.

»Was? Ich kann dich nicht verstehen, hier fährt gerade ein Feuerwehrauto vorbei und macht einen unglaublichen Lärm«, schrie er ins Telefon und hielt sich dabei das andere Ohr zu. »Wo bist du?«

Als sich die Sirene entfernt hatte, fragte er noch einmal: »Also, wo bist du gerade?«

Jeff hörte seiner Frau schweigend zu, und Rachel stellte einige Theorien auf, was wohl passiert sein konnte, da ihm sämtliche Farbe aus dem Gesicht wich und er sich am Türrahmen anlehnen musste.

»Ich bin in ein paar Minuten da«, sagte er und legte auf.

Einen Augenblick lang wirkte Jeff planlos und verwirrt und hatte so gar nichts mit dem aufbrausenden Jeff gemeinsam, den Rachel kennengelernt hatte.

»Wir …, wir müssen zu den Banks«, begann er schließlich. Rachel schaute ihn immer noch fragend an, bis er von selbst weitere Informationen preisgab: »Bei den Banks brennt es, das Haus steht in Flammen, deshalb die Feuerwehr.«

Ohne zu zögern, rannte Rachel zu ihrem Auto und forderte Jeff auf, bei ihr einzusteigen. Er stand merklich unter Schock, und sie wollte ihn in diesem Zustand auf keinen Fall alleine fahren lassen. Sie fuhren an einem regelrechten Strom von Menschen vorbei, ein ungewohnter Anblick für Rachel, die die Stadt in den vergangenen Tagen eher wie ausgestorben erlebt hatte.

»Wo wollen die denn alle hin? Das sieht ja fast so aus, als wäre das ganze Dorf auf den Beinen«, bemerkte sie.

»Na, dreimal dürfen Sie raten! Nachrichten breiten sich hier aus wie ein Lauffeuer«, antwortete Jeff. Rachel fand den Vergleich in diesem Fall ziemlich geschmacklos. Noch geschmackloser waren für sie allerdings die Horden von Schaulustigen, die sich tatsächlich gerade um das Haus der Banks versammelten und ein Hindernis für das Feuerwehrauto darstellten. Die Szene erinnerte Rachel an den Tag, an dem ihr kleiner Sohn vom Auto überfahren wurde und sie sich erst durch eine Gruppe von Menschen kämpfen musste, um zu dem kleinen Tom zu gelangen, der leblos auf der Straße lag. Vielleicht war das der Grund, warum sie in diesem Moment sehr ungehalten reagierte. Sie stellte den Wagen vor der Menschenmenge ab und stieg aus, wobei ihr unverzüglich beißender Rauch in die Nase stieg. Rachel forderte die Leute auf, zu verschwinden. Wer weiter die Arbeit der Feuerwehr behindere, werde verhaftet. Dann wedelte sie mit ihrem Polizeiausweis herum. Bei den meisten Leuten zeigte das Wirkung, denn sie wichen ein ganzes Stuck zurück, sodass das Feuerwehrauto problemlos zum Haus der Banks vorrücken konnte. Durch die »Schneise« hatte sie jetzt auch freie Sicht auf das Haus der Banks. Die rechte Hälfte der hölzernen Veranda und die Vorderwand standen in Flammen, die darüber hinaus auch schon gefährlich am Dachüberstand züngelten. Timothy stand in einigem Abstand davor und versuchte erfolglos, den Brand mit dem schwachen Strahl des Gartenschlauchs zu löschen. In sicherer Entfernung zum Haus standen Beth und Susan, die sich weinend im Arm hielten, soweit Rachel es durch den Rauch erkennen konnte. Jeff stürmte an ihr vorbei zu den beiden Frauen und nahm Beth in den Arm.

Die Feuerwehrleute begannen sofort mit ihrer Arbeit, brachten Timothy zu seiner Frau und erkundigten sich, ob noch jemand im Haus sei. Glücklicherweise dauerte es keine zwei Minuten, bis die Feuerwehrmänner die Flammen gelöscht hatten. Laut Einsatzleiter Brigade Captain Thorpe wäre das Haus komplett abgebrannt, hätten sie auch nur wenige Minuten länger gebraucht.

»Wer von Ihnen hat den Brand gemeldet?«, fragte Thorpe. Timothy hob die Hand.

»Ich war gerade hinten im Garten, als ich den Rauch gerochen habe. Da bin ich nach vorne gerannt und habe gesehen, dass die Veranda brennt. Dann habe ich sofort die 000 angerufen.«

Rachel wandte sich direkt an Captain Thorpe.

»Eine Veranda geht doch nicht einfach so in Flammen auf«, stellte sie fest.

»Nein, das tut sie nicht. Wenn Sie glauben, dass da jemand nachgeholfen hat, haben Sie ganz bestimmt recht«, sagte Thorpe und hielt einen roten Plastikkanister in die Höhe. »Den haben wir dort hinten gefunden, etwa zwanzig Meter vom Haus entfernt.« Er schraubte den Deckel ab und roch an der Öffnung. »Benzin, eindeutig.«

Captain Thorpe zeigte sich nicht sonderlich verwundert. Die Zahl der Fälle von Brandstiftung in seinem Bezirk und in Australien generell war in den vergangenen Jahren dramatisch gestiegen. Beinahe wöchentlich musste er mit seiner Truppe ausrücken. Erst vor ein paar Tagen hatte es eine Brandstiftung in Mildura gegeben. Ein Mann, der glücklicherweise gefasst werden konnte, hatte einen Wald in der Nähe von Mildura angezündet. Nach einem sechsstündigen Verhör hatte er die Tat gestanden.

Timothy war außer sich vor Wut.

»Brandstiftung. Wenn ich den in die Finger bekomme, breche ich ihm sämtliche Knochen«, schrie er.

»Ich bin dabei. Los, wir suchen den Kerl«, schlug Jeff vor, der einmal mehr dabei war, in Aktionismus zu verfallen, jedoch von Rachel aufgehalten wurde.

»Wir werden erst einmal den Tatort untersuchen und weitere Beweise aufnehmen.«

Rachel nahm Thorpe vorsichtig den Kanister ab und brachte ihn als Beweisstück Nummer eins ins Auto. Owen von der Spurensicherung bat sie, ein paar Leute vorbeizuschicken, um sich einmal umzuschauen. Es war gut möglich, dass der Brandstifter nur zufällig gerade heute und gerade hier das Feuer gelegt hatte. Vielleicht war es aber auch ein Puzzleteil im Gesamtbild.

Rachel wurde abrupt aus den Gedanken gerissen und zuckte zusammen, als sie plötzlich zwischen dem Gemurmel der Schaulustigen eine bekannte Stimme hinter sich hörte, die dazu noch einen ihr bereits bekannten Text aufsagte:

»Der Teufel ist zurückgekehrt, nach fast zwanzig Jahren ist der Teufel wieder da. Hast du es gesehen? Satan versprüht das Höllenfeuer. Er hat es auf das Banks-Haus gespien. Allen Menschen wird am Ende Gerechtigkeit widerfahren.«

Rachel drehte sich um und schaute erwartungsgemäß in die Augen von Margret. Die Frau, die laut Sheriff Broome zwar verrückt wirkte, aber in Wirklichkeit nur ultrareligiös war. Rachel hatte eine Idee. Wenn das wirklich stimmte und Margret klar im Kopf war, konnte sie sie vielleicht zu den Geschehnissen von vor zwanzig Jahren befragen und damit der verschwundenen Olivia einen Schritt näher kommen. Rachel machte sich nichts vor: Sie hatte noch immer keinen Anhaltspunkt, wo sie weitermachen sollte und die Zeit arbeitete weiter unaufhaltsam gegen sie. Vielleicht konnte ihr Margret zumindest einen Anhaltspunkt liefern, in ihrer Situation musste sie sich an jeden Strohhalm klammern.

»Sie sind Margret, nicht wahr?«, erkundigte sich Rachel.

Margret schaute Rachel mit großen Augen an. Sie war sichtlich erstaunt darüber, dass jemand tatsächlich nach langer Zeit mal wieder auf das einging, was sie von sich gab.

»Ja, die bin ich«, stotterte Margret.

Rachel wartete, ob noch etwas folgte, bevor sie weitersprach.

»Ich habe mich gefragt, ob wir uns mal unterhalten können? Ich glaube, Sie können mir bei ein paar Fragen weiterhelfen.«

Verblüfft, dass nicht nur jemand auf sie reagierte, sondern sich darüber hinaus auch noch mit ihr unterhalten wollte, antwortete Margret: »Ja, natürlich, fragen Sie.«

»Nein, nicht hier. Das Umfeld ist, sagen wir mal, nicht recht geeignet«, entgegnete Rachel und blickte zu Timothy und Jeff hinüber, die eng beieinanderstanden und böse zu ihr herüberschauten. Den beiden missfiel eindeutig, dass Rachel Kontakt zu Margret aufgenommen hatte und Rachel hatte kein Interesse daran, ihr Gespräch mit Margret unter Beobachtung zu führen. »Wenn Ihr Zuhause nicht zu weit weg ist, können wir vielleicht dorthin gehen«, schlug Rachel vor. Zunächst war Margret nicht sehr angetan von der Idee, nach einigem Zögern gab sie jedoch ihre Zustimmung.

Margret wohnte wirklich nicht weit vom Banks-Haus entfernt, mit dem Auto theoretisch nur eine Minute. Rachel brauchte jedoch fünf, da sie noch einen Abstecher zur Memorial Hall machte, um den Benzinkanister auf Fingerabdrücke oder DNA-Spuren untersuchen zu lassen.

Margrets Haus war nicht sehr groß, ein eingeschossiger, heller Bungalow, der von einem Dach mit grüner Dachpappe bedeckt wurde. Der Vorgarten war sehr gepflegt, nur der braune, verbrannte Rasen trübte das Bild, was allerdings ein gewohnter Anblick in ganz Australien war.

Neben der Haustür hing Margrets Namensschild, das wie ein Fisch, eines der bekanntesten christlichen Symbole, geformt war. Rachel stutzte, als sie den Nachnamen las: Pearce. Vielleicht war es nur ein Zufall, aber sie trug denselben Nachnamen wie Colin Pearce, der Mann mit dem Haus im Wald.

»Ich habe nicht aufgeräumt, ich empfange nicht so oft Gäste. Ehrlich gesagt ist es schon eine ganze Weile her, dass mich jemand besucht hat. Genau genommen mehr als eine Weile«, entschuldigte sich Margret.

»Das sieht doch alles sehr gut aus«, sagte Rachel. Sie wusste wirklich nicht, wovon Margret sprach, denn das Haus war sehr vorzeigbar. Wie Rachels Mutter, die nach wie vor in Birmingham lebte und sich regelmäßig darüber beschwerte, dass ihre Tochter sich zu selten meldete, gehörte Margret zu der Generation von Frauen, die ein völlig überzogenes Verständnis von Ordnung und Sauberkeit hatten und meinten, sich für jede noch so kleine Unordnung entschuldigen zu müssen.

Margrets Haus bestand aus einer Küche mit angeschlossenem Wohnzimmer, einem Schlafzimmer und einem Bad. Alles war eher konservativ eingerichtet, an den Wänden hingen Bilder mit viktorianischen Motiven von Treibjagden und sonntäglichen Spaziergängen im Londoner Hyde Park und im Flur und im Wohnzimmer standen alte Holzmöbel. Darauf lagen selbst gehäkelte Deckchen, die wiederum als Unterlage für alle möglichen Heiligenfiguren aus Porzellan dienten. Rachel hatte keine Ahnung, welche Heiligen sie darstellen sollten. Margret war offensichtlich Katholikin und hatte somit generell ein anderes Verständnis von Heiligenverehrung als die Kirche von England, der Rachel angehörte.

Margret bat Rachel, im Wohnzimmer auf einem großen, alten Stoffsofa Platz zu nehmen, während sie ihnen einen Tee kochte. Rachel sah sich unterdessen im Raum um und entdeckte etwas Eigenartiges an der Zimmerdecke. Bei genauerer Betrachtung erkannte sie, dass es sich um einen Zeitstrahl handelte, der die Entstehungsgeschichte der Erde darstellte. Der Strahl begann allerdings nicht vor viereinhalb Milliarden Jahren, wie es nach Rachels Schulwissen der Fall hätte sein müssen, sondern ungefähr 4 000 Jahre vor Christus.

Margret war also eine Junge-Erde-Kreationistin – zählte also zu jenen strenggläubigen Christen, die die Bibel wörtlich nahmen und daran glaubten, dass die Erde nicht mehr als gut 6 000 Jahre alt sein konnte.

»Sie bewundern meinen Zeitstrahl«, bemerkte Margret und stellte ein Tablett mit Tee auf den Wohnzimmertisch. »Den habe ich selbst gebastelt, das hat ungefähr zwei Wochen gedauert.«

Bewundern wäre wohl das falsche Wort gewesen, Rachel wunderte sich eher darüber, dass die Junge-Erde-Kreationisten in ihrem Glauben all die wissenschaftlichen Erkenntnisse außer Acht ließen.

»Wie erklären Sie sich eigentlich die Dinosaurier, die vor hundert Millionen Jahren gelebt haben, wenn die Erde erst so jung sein soll.«

»Die Dinosaurier sind nicht so alt. Außerdem sind sie bei der Sintflut vor 4 500 Jahren ausgerottet worden«, erklärte Margret.

Rachel ahnte, dass das Gespräch so in eine ermüdende Diskussion münden würde und kam elegant auf den eigentlichen Grund ihres Besuchs zu sprechen.

»Sie wiederholen immer wieder, dass Satan nach Hopetoun zurückgekehrt sei. Nach fast zwanzig Jahren. Würden Sie mir erklären, was das bedeuten soll?« Rachel hatte entschieden, das restliche Geschwafel über das Höllenfeuer erst einmal nicht anzusprechen. Margret schlürfte einen Schluck Tee und knallte die Tasse zurück auf den Tisch.

»Das ist doch ganz offensichtlich«, sagte sie mit felsenfester Überzeugung. »Vor neunzehn Jahren verschwindet Sharon, ihr Bruder kommt stumm zurück. Dann brennt das Haus der Familie ab. Jetzt wieder: Olivia Banks verschwindet, ihr Freund Ben kommt zurück und sagt fast nichts, und jetzt brennt das Haus der Familie. So viel Pech kann niemand haben, wenn man nicht vom Teufel verfolgt wird«, sagte Margret und wandte sich unvermittelt ab. »Aber das Feuer kann generell auch etwas Reinigendes haben«, sagte sie zu sich selbst.

Rachel glaubte nicht an den Teufel, für sie zählten überprüfbare Fakten – und Zufälle, die vielleicht gar keine waren. »Colin Pearce, der Mann, der damals seine Familie verloren hat, trug denselben Nachnamen wie Sie, das habe ich gerade auf dem Schild neben der Haustür gesehen.«

Margret wandte sich wieder Rachel zu. »Richtig, das liegt daran, dass Colin mein Bruder war.«

Rachel war erstaunt. Und einmal mehr enttäuscht von Sheriff Broome. Warum hatte er ihr auch davon nichts gesagt? Vielleicht hätte sie dann schon vorher das Gespräch mit Margret gesucht und nicht auf eine zufällige Eingebung gewartet.

»Colin Pearce war Ihr Bruder? Dann verstehe ich, warum die aktuellen Ereignisse in Hopetoun in Ihnen noch einmal ganz andere Erinnerungen wecken, als in den meisten anderen hier. Wie war denn Ihr Verhältnis zu Ihrem Bruder.«

Während einer ungewöhnlich langen Pause schaute Margret an die Wohnzimmerdecke und fuhr mit ihren Augen den Zeitstrahl entlang. »Wir waren im Konflikt«, sagte sie schließlich und Rachel wusste nicht genau, wie sie diese Antwort deuten sollte.

»Sie meinen, Sie hatten Streit?«, bohrte sie nach.

»Nein, Streit nicht direkt, wir haben uns gut verstanden. Es war eher der Konflikt unserer Weltsichten. Wir haben in komplett unterschiedlichen Systemen gelebt, die zu großen Teilen unvereinbar sind.«

»Wie darf ich das verstehen?«

»Sie müssen wissen, dass Colin ein Forscher war, ein Mann der Wissenschaft, der auf Zahlen und Fakten vertraut hat. Die Naturwissenschaften waren sein Ein und Alles, und diese Evolutionstheorie hat er zu seiner Religion auserkoren«, erklärte Margret.

»Und Sie hatten ein Problem damit?«, fragte Rachel.

»Sagen wir es mal so: Ich habe nicht verstehen können, dass er nicht an Gott glaubte, ich hatte Angst um ihn. Angst, dass er in die Hölle kommt. Unsere Eltern hätten es am liebsten gesehen, wenn er katholischer Priester geworden wäre, aber es hat sich leider früh herausgestellt, dass er Wissenschaftler werden wollte. Colin wollte das, was in der Bibel stand, nie ernstnehmen. Ich habe immer irgendwie darauf vertraut, dass er eines Tages auf den richtigen Pfad geführt wird und das göttliche Licht ihn erleuchtet. Aber dann hat Satan ihn sich geholt. Gibt es einen besseren Beweis dafür, dass Colin eine falsche Entscheidung getroffen hat?«

Rachel hatte nicht vor, Margrets Ansichten zu kommentieren.

»Wenn Sie sich an damals zurückerinnern, gab es jemanden, der ihrer Familie schaden wollte? Jeff Aldridge stand damals unter Verdacht und dann vor Gericht.«

»Nein, es war Satan, das bestätigt ja auch der Freispruch von Jeff Aldridge. Trotzdem hat sich Colin nicht davon abbringen lassen zu glauben, dass es Jeff war. Beim Freispruch ist für meinen Bruder damals zum dritten Mal eine Welt zusammengebrochen, nach dem Verschwinden von Sharon und der Einweisung seiner Frau«, sagte Margret.

»Was war mit seiner Frau? Sheriff Broome konnte oder wollte es mir nicht sagen. Er hat lediglich erwähnt, dass er sie nie hier in Hopetoun gesehen hat.«

»Das ist wahr, Annette war auch nie hier. Als Colin, Sharon und Jasper nach Hopetoun zogen, um Abstand zu gewinnen, war sie schon in Melbourne in die geschlossene Psychiatrie eingewiesen worden, die Albert Road Clinic, soviel ich weiß. Colin hat das mal beiläufig erwähnt«, sagte Margret.

»Worunter litt Annette denn? Wenn man in die geschlossene Psychiatrie eingewiesen wird, muss es ja schon sehr ernst sein.«

»Wenn Sie mich fragen, war sie von einem Dämon besessen. Es war kein Wunder, dass Satan so leichtes Spiel bei den Pearces hatte. Wenn Sie einen Doktor fragen, wäre die offizielle

Diagnose allerdings Schizophrenie. Colin hätte niemals heiraten dürfen. Ich sag es ja, ihm war der Weg als Priester und ein Leben im Zölibat vorbestimmt. Hätte er nur die Zeichen richtig gedeutet. Oder auf mich gehört. Jetzt ist die ganze Familie tot. Colin, Jasper, Sharon und ihre Mutter«, sagte Margret.

»Annette ist auch tot?«, fragte Rachel.

»Das vermute ich mal. Von ihr hat man schon lange nichts mehr gehört«, antwortete Margret. »Vielleicht hat das reinigende Feuer auch sie ereilt«, sagte sie daraufhin wieder halb zu sich selbst.

Margret war nicht entgangen, dass Rachel jedes Mal, wenn sie Satan oder das Feuer erwähnte, leicht genervt wirkte, weshalb sie ihr noch einen Rat mitgab.

»Ich weiß, dass Menschen wie Sie vielleicht ein etwas gespaltenes Verhältnis zu Gott haben. Vielleicht aufgrund eines Schicksalsschlags oder dergleichen. Machen Sie sich bewusst, dass in jeder schwierigen Situation auch etwas Gutes steckt, Gott lässt nichts ohne Plan geschehen. Stellen Sie sich die Frage, welche positiven Dinge in Ihrem Leben geschehen, und dann fragen Sie sich, ob Sie nicht doch an Gott glauben.«

Mit einem eigenartigen Gefühl verließ Rachel Margrets Haus. Eigentlich war sie verärgert, weil Margret versucht hatte, sie zu bekehren. Rachel war der Ansicht, dass jeder mit seinem persönlichen Glauben glücklich werden sollte und niemand das Recht hatte, seine Mitmenschen von etwas anderem zu überzeugen. Andererseits steckte auch ein wenig Wahrheit in dem, was sie gesagt hatte. Der Tod ihres Sohnes hatte Rachels Verhältnis zu Gott stark negativ beeinflusst. Andererseits war das Ereignis erst der Grund für sie gewesen, nach Australien zu gehen.

Rachel hatte Margret noch gebeten, sich für weitere Fragen bereitzuhalten. Nun beschloss sie, bei Leroy nachzufragen, ob es Neuigkeiten gab. Owen und seine Männer hätten auf ihrer

Suche bisher nichts Neues herausgefunden, lautete Leroys enttäuschende Antwort.

»Hoffen wir einfach, dass wir Olivia jetzt ganz schnell finden. Könntest du für mich noch eine Recherche machen? Finde doch mal bitte heraus, ob und wenn ja, in welcher Psychiatrie in Melbourne eine gewisse Annette Pearce, Witwe von Colin Pearce, untergebracht ist oder war. Oder ob sie vielleicht schon tot ist. Am besten du fängst mit der Albert Road Clinic an. Ich fahre in der Zwischenzeit ins Sheriff's Office und schaue in den alten Polizeiakten nach, vielleicht stoße ich dort auf weitere Hinweise, die uns helfen können.«

Kapitel 13

Gegenwart

Die tief stehende rote Sonne schien Rachel durch die Windschutzscheibe ins Gesicht, und ihr wurde bewusst, dass sich ein weiterer Tag dem Ende neigte. Ein weiterer Tag, an dem sie Olivia Banks nicht gefunden oder auch nur den kleinsten Hinweis auf ihren Aufenthaltsort erhalten hatten. Zum ersten Mal keimte in Rachel eine Spur von Zweifel auf, ob sie das Mädchen noch lebend finden würden. Da Rachel die Hoffnung jedoch niemals aufgab, solange es keine Gewissheit gab, wischte sie den Gedanken schnell beiseite. Sie war eine Kämpferin, das hatte sie spätestens nach dem Tod ihres Sohnes gelernt. Also konzentrierte sie sich lieber wieder auf ihre aktuelle Aufgabe: in den alten Polizeiakten nach Hinweisen zu suchen.

Um zwei Minuten vor sechs parkte Rachel vorm Sheriff's Office. Broome stand vor der Tür und war gerade dabei abzuschließen. »Dienst nach Vorschrift« war Rachels erster Gedanke. Sie konnte sich nicht entsinnen, jemals in ihrer dienstlichen Laufbahn pünktlich auf die Minute Feierabend gemacht zu haben. Mit Sicherheit würde sie sich mit dem, was als Nächstes kam, beim Sheriff unbeliebt machen.

»Broome, warten Sie, bitte schließen Sie noch nicht ab«, rief sie und knallte die Autotür zu.

Der Sheriff schaute auf und verdrehte die Augen, als er seine eifrige Kollegin aus Melbourne auf sich zukommen sah.

»Was gibt es denn bitte schön?«, grummelte er und versuchte, bei allem Genervtsein so freundlich wie möglich zu klingen.

»Ich muss etwas in den alten Polizeiakten nachschauen. Ich fürchte, Sie müssen heute etwas länger machen«, sagte sie.

Broome atmete mit einem Stöhnen aus.

»Kann ich Ihnen nicht einfach den Schlüssel dalassen? Mit den Akten kommen Sie doch auch allein klar. Ich zeige Ihnen, wo sie sind und dann können Sie in aller Ruhe hier stöbern.«

Rachel wollte gerade widersprechen, als sie feststellte, dass der Vorschlag des Sheriffs eigentlich gar nicht so schlecht war. So hatte sie wenigstens die Möglichkeit, ungestört zu recherchieren. Und zwar ohne jemanden in ihrem Nacken zu haben, der ständig nervös auf die Uhr schauen würde, weil er endlich nach Hause in den Feierabend wollte.

Rachel willigte ein und ließ sich vom Sheriff das Archiv zeigen, das sich in einem noch kleineren Raum hinter Broomes Büro befand. Broome betätigte den Lichtschalter, kurz darauf zündeten rappelnd zwei Leuchtstoffröhren, die einen knapp drei Quadratmeter großen Raum in unangenehm grelles Licht tauchten. Darin roch es nach jahrzehntealtem Papier. An der Wand stand genau ein Regal, vor dem man rund fünfzig Zentimeter Platz hatte, um sich zu bewegen, bis bereits die nächste Wand begann. Broome erklärte Rachel das Ordnungssystem: Die Akten waren nach der Chronologie der Fälle von unten nach oben sortiert. Rachel ging in die Knie und schaute im untersten Fach nach. Der älteste Einband war von 1974, die jüngste Akte im zweiten Fach von oben trug die Aufschrift »2013«, eine Akte von 2014 fehlte. Broome war im vergangenen Jahr wohl ein wenig nachlässig gewesen. *Innerlich stellt er sich wohl bereits auf den Ruhestand ein*, dachte Rachel. Das Wichtigste aber war, dass der Ordner des Jahres 1996 noch da war. In ihm erhoffte sie sich, die für den aktuellen Fall relevanten Hintergründe zu finden.

»Eine Besonderheit gibt es: Wir haben in Hopetoun keine eigene Feuerwache, nur ein einzelnes Dienstfahrzeug, das schon ein paar Jahre auf dem Buckel hat und nur in Notfällen zum Einsatz kommt. Die Einsatzprotokolle der Fire Brigade landen automatisch auch hier im Polizeiarchiv«, erklärte der Sheriff.

»Danke für den Hinweis und ihre Unterstützung, ich denke, ab jetzt komme ich allein zurecht«, sagte Rachel.

Broome war froh, dass er wieder gehen durfte, gab Rachel vorher aber noch den Schlüssel. »Ich lasse vorne auf, werfen Sie den Schlüssel einfach in den Briefkasten, wenn Sie fertig sind. Da werde ich ihn morgen früh finden.«

Rachel zog den Ordner von 1996 aus dem Regal und schlug ihn auf. Unwillkürlich musste sie niesen, der Staub auf dem Umschlag war ihr in die Nase gestiegen. Eine der beiden Leuchtstoffröhren im Mini-Archiv flackerte so heftig, dass die ohnehin recht blasse Schreibmaschinenschrift in den Protokollen des Sheriffs noch schwerer zu lesen war. Rachel brachte die Akte in den Nebenraum, dort war die Beleuchtung aber noch schlechter, weshalb sie lieber das Flackern in Kauf nahm und sich zurück ins Archiv begab. Als sie durch die Einträge blätterte, entwickelte sie einen Anflug von Mitleid für Broome, da sie die Fälle fast ausnahmslos langweilig fand. Angefahrene Kängurus, nächtliche Ruhestörung, Schlägerei in der örtlichen Bar und andere Vorfälle, die exemplarisch für das Leben in der Kleinstadt standen. Schwerwiegendere Fälle fand Rachel nicht, zumindest nicht in der Akte von 1996. Fälle, die zumindest statistisch gesehen häufiger hätten auftauchen müssen. Häusliche Gewalt etwa gehörte dazu, Kindesmissbrauch oder dergleichen. Natürlich konnte es sein, dass 1996 aus polizeilicher Sicht ein ruhiges Jahr gewesen war. Deshalb blätterte Rachel die Ordner bis 2013 durch, aber hier war das Bild ähnlich. Entweder war Hopetoun ein für australische Verhältnisse sehr ruhiger Ort, oder Sheriff Broome hatte schludrig gearbeitet und die großen Fälle nicht aufgenommen – aus Faulheit oder welchen Gründen auch immer. Um ganz sicher zu gehen, sah sie auch die Akten aus den Jahren vor 1996 durch, dem Jahr von Broomes Dienstantritt in Hopetoun. Erstaunlicherweise fand sie hier haufenweise Fälle, die man als schwerwiegender hätte bezeichnen können: Trunkenheit am Steuer, Raubüberfall auf die örtliche Tankstelle, häusliche Gewalt, kurzum alles, was Rachel erwartet hatte. Broomes Vorgänger war eindeutig sorgfältiger im Aufnehmen von Fällen vorgegangen, was den aktuellen Sheriff in Rachels Ansehen noch mehr sinken ließ. Doch irgendwie passte das alles ins Bild, das sie von ihm hatte. Die Leuchtstoffröhre fing auf einmal heftig an zu dröhnen und noch stärker zu flackern, für mehrere Sekunden fiel das Licht sogar ganz aus. Rachel dachte sich nichts dabei, sondern nahm sich noch einmal die Akte von 1996 vor. Ihre Hoffnung, sie würde detailliertere Informationen über Sharons Verschwinden finden, zerschlug sich sehr schnell, denn dazu gab es nur eine Notiz. Viel mehr war Broome auch der Einsatz nicht wert gewesen, als Colin Pearce und Jasper ihr Leben bei dem Buschfeuer verloren, nur ein Satz fand sich in der Akte über das Ereignis. Beim Stichwort »Buschfeuer« fiel Rachel plötzlich ein, was der Sheriff ihr vorher über die Akten gesagt hatte: Die Protokolle der Feuerwehr befanden sich ebenfalls hier, da Hopetoun aufgrund seiner Größe keine eigene Wache hatte, wo man sie hätte archivieren können. Vielleicht fanden sich ja in der Feuerwehrakte Hinweise zu der verschwundenen Sharon. Rachel blätterte im Ordner bis ganz nach hinten. Im Papp-Umschlag befand sich ein weiteres Fach, das mit den Worten »Fire Authority« beschriftet war. Rachel nahm die eingelegten Notizen heraus, die eigentlich chronologisch hätten geordnet sein sollen, in diesem Fall jedoch chaotisch abgelegt worden waren. Sheriff Broome hatte auch hier ganze Arbeit geleistet. Es wurde wieder für mehrere Sekunden dunkel, bevor die Leuchtstoffröhren erneut laut zündeten. Rachel schaute sich die Feuerwehr-Notizen an, die von vielen, auch kleineren, Buschfeuern zeugten. Oft wurde die Feuerwehr auch zu Einsätzen gerufen, bei denen sie angrenzende Häuser vor Funkenflug durch Brände schützen musste. Relativ häufig gab es zudem Verkehrsunfälle, die sich mit den Einträgen Broomes allerdings nicht deckten. Sämtliche Feuerwehrprotokolle waren unterzeichnet von Brigade Captain Thorpe, dem Feuerwehrmann, den Rachel heute schon beim Löschen des Brands bei den Banks getroffen hatte. Er war erfreulicherweise sehr sorgfältig, was die Dokumentation betraf, und wie Broome schon lange in der Gegend im Einsatz.

Rachel fand in der Akte das Protokoll vom Einsatz bei Familie Pearce und las sich die Notizen aufmerksam durch. Damals hatte ein Unbekannter die Feuerwehr über den Brand des Hauses beziehungsweise das Buschfeuer verständigt. Von einer Telefonzelle in Hopetoun aus, der einzigen Telefonzelle im Ort. Rachel versuchte, sich die Situation vorzustellen. Vom Standort der Telefonzelle aus war das Haus im Busch nicht im Entferntesten zu sehen. Wie hatte der Anrufer überhaupt von dem Feuer erfahren? Selbst wenn er zu dem Zeitpunkt im Busch gewesen war und sich sofort auf die Suche nach einem Telefon gemacht hatte: Wieso hatte er nicht das Telefon eines Nachbarn in der Nähe benutzt? Wieso hatte der Anrufer anonym bleiben wollen? Rachel betrachtete wieder das an den Rändern vergilbte Stück Papier. Ganz unten fand sie eine mögliche Antwort auf die vielen Fragen. Captain Thorpe hatte seine Einschätzung in Form eines Fazits unter den Bericht geschrieben, in Großbuchstaben und sogar unterstrichen. WAHRSCHEINLICHE URSACHE:

BRANDSTIFTUNG DURCH EINSATZ VON BENZIN ALS BRANDBESCHLEUNIGER.

Rachel war baff. Jemand hatte das Haus der Pearces angezündet. Selbst das hatte Sheriff Broome nicht vermerkt, geschweige denn, Ermittlungen in der Sache aufgenommen. Das war schon ungeheuerlich. Eine Sekunde später ging wieder das Licht aus. Rachel hatte sich bereits an die kleinen Störungen gewöhnt und wartete geduldig darauf, dass die Leuchtstoffröhren wieder knallend zu zünden begannen. Diesmal dauerte die Pause ungewöhnlich lang. Nach etwa zwei Minuten hatten sich Rachels Augen an die Dunkelheit gewöhnt und sie arbeitete sich langsam zum Lichtschalter vor, den sie ein paarmal hintereinander betätigte, ohne dass etwas passierte. Rachel verließ den Archivraum und betrat Broomes Büro, wo das Licht ebenfalls ausgegangen war. Selbst das Standby-Lämpchen am Computermonitor auf dem Schreibtisch war erloschen, der Strom war ausgefallen. *Die alten Leuchtstoffröhren haben den Sicherungen den Rest gegeben*, dachte Rachel, aber wo war der Sicherungskasten? Rachel hatte ihr Handy im Auto vergessen, sodass sie kein Licht zur Hand hatte, und draußen war bereits die Sonne vom Horizont verschwunden. Den Sicherungskasten in einem dunklen, unbekannten Raum zu suchen, hätte wenig Sinn ergeben. Sollte sich Broome doch am nächsten Morgen darum kümmern, er kannte sich schließlich hier aus. Sie würde sich jetzt die Akte von 1996 schnappen, abschließen und zurück in die Memorial Hall fahren. Es dauerte eine Weile, bis Rachel die Akte wiederfand, die sie zuvor im Dunkeln in einem der Regalfächer abgelegt hatte.

Als sie mit dem Ordner in der Hand wieder im Büro stand, erschrak sie fast zu Tode. Nur wenige Meter entfernt stand auf der Schwelle zum Office eine Gestalt. Sie kniff die Augen zusammen. War es nur Einbildung? Rachel wurde schnell vom Gegenteil überzeugt.

»Mitkommen und zwar schnell, wir haben nicht die ganze Nacht Zeit«, sagte die Gestalt. Anhand der Stimme, die merkwürdig verstellt klang, erkannte sie, dass es sich um einen Mann handelte. Er hielt einen länglichen Gegenstand in der Hand, den er auf Rachel richtete, soweit sie erkennen konnte. Sie vermutete, dass es sich um ein Gewehr, vielleicht eine Schrotflinte, handelte.

»Wer sind Sie?«, fragte Rachel, doch der Mann wiederholte nur seine Aufforderung, mitzukommen.

»Was wollen Sie von mir? Wenn Sie reden möchten, können wir das auch hier tun«, versuchte Rachel es noch einmal. Ihr Versuch, Zeit zu schinden, war nicht von Erfolg gekrönt, denn diesmal feuerte der Mann in die Decke des Sheriff's Office, von der einen Augenblick später große Stücke des Putzes herunterfielen. Rachel zuckte erschrocken zusammen. Er schien es tatsächlich ernst zu meinen, wahrscheinlich war es jetzt besser, zu gehorchen. Sie nahm die Hände hoch und ging langsam zur Tür. Der Mann ging vor, die Waffe weiterhin auf Rachel gerichtet. Draußen vor dem Office versteckte er das Gewehr unter seinem langen, im schwachen Licht der Straßenlaterne hell schimmernden Trenchcoat.

»Ich habe Sie immer im Blick. Kommen Sie bloß nicht auf dumme Ideen. Ich werde nicht zögern abzudrücken«, gab er Rachel zu verstehen.

Der Mann trug eine grüne Sturmhaube, es war unmöglich, sein Gesicht auszumachen. In Kombination mit dem langen Trenchcoat, unter dem er mit allen Mitteln seine Waffe zu verbergen suchte, wirkte sein ganzer Auftritt eher lächerlich. Dennoch bekam Rachel es mit der Angst zu tun.

»Los, zu Ihrem Wagen. Sie fahren, und ich gebe Ihnen noch mal den Rat: keine Dummheiten«, sagte der Mann.

Rachel gehorchte. Ihre Hände zitterten und beim Aufschließen der Fahrertür fiel ihr der Autoschlüssel aus der

Hand. Zügig hob sie ihn wieder auf, um den nervös wirkenden Mann nicht unnötig zu verärgern. Eine der ersten Lektionen in der Polizeiausbildung bestand darin, Entführer nicht zu verärgern oder unter Druck zu setzen.

Rachel stieg ein und der Mann setzte sich schräg hinter sie auf die Rückbank, von wo aus er die Mündung der Flinte wieder direkt auf sie richtete. Rachels Herz raste, und sie versuchte, ruhig und gleichmäßig zu atmen.

»Wo fahren wir hin?«, fragte sie, wobei es ihr ganz gut gelang, das Zittern in ihrer Stimme zu verbergen.

»Erst mal raus aus der Stadt, immer den Henty Highway entlang nach Norden. Dann sage ich Ihnen, wie es weitergeht«, sagte der Mann.

Rachel startete den Wagen. Während der Fahrt auf dem Highway fragte sie sich, wer der Mann sein konnte. Da er seine Stimme verstellte und der Trenchcoat seine Körperform kaschierte, konnte sie es nicht mit hundertprozentiger Wahrscheinlichkeit sagen. Ihre Vermutung war allerdings, dass es wieder der Sheriff war. Vielleicht hatte es ihm gereicht, dass sie ihm ständig seine Fehler aufzeigte. Festgelegt hätte sie sich allerdings nicht. Eigentlich war es in dieser Situation auch egal, wer sie gerade entführte. Sie brauchte einen Plan, wie sie dem Mann entkommen konnte, und zwar schnell, denn gleich würden sie den Ortskern von Hopetoun hinter sich lassen. Wenn ihr Entführer ihr im tiefsten Outback etwas antun und sie dort verschwinden lassen wollte, gab es praktisch keine Chance, dass man sie fand. Die Zeit drängte also.

Rachels Waffe befand sich im Handschuhfach, das allerdings abgeschlossen war. Bis sie den Zündschlüssel umgedreht, abgezogen, damit das Fach aufgeschlossen, ihre Waffe herausgeholt, durchgeladen und auf den Entführer gerichtet hätte, hätte der sie schon dreimal erschossen. Die Waffe war also keine Option. Rachel schaute aus dem Fenster und suchte die

Umgebung nach Passanten ab. Sie hätte wie wild anfangen können zu hupen, um auf sich aufmerksam zu machen. Doch weit und breit war niemand zu sehen, Passanten waren also auch keine Option. Außerdem hätte der Entführer sie bei dem Radau vermutlich ebenfalls erschossen.

Rachel fuhr auf die letzte Ampel (in Hopetoun gab es nur zwei) vor der Ortsausfahrt zu, die in diesem Augenblick auf Rot umschaltete. Der Entführer auf der Rückbank wurde merklich nervös und fuchtelte mit der Waffe herum.

»Das schaffen wir noch«, raunzte er, doch Rachel hielt trotzdem an. Sollte sie einfach aussteigen und davonlaufen? Wenn der Entführer ein guter Schütze war, würde er sie wahrscheinlich mit dem ersten Schuss erwischen, und sie hatte keine Lust auf eine Ladung Schrot im Rücken. In diesem Moment tauchten zwei Scheinwerfer im Rückspiegel auf. Der andere Wagen, ein Pick-up, hielt hinter ihr an der Ampel. Vielleicht war das ihre einzige Chance. Rachel begann angestrengt zu überlegen, denn die Ampel würde nicht ewig rot bleiben. Welche Möglichkeiten hatte sie, auf sich aufmerksam zu machen, ohne dass der Entführer es mitbekam? Plötzlich kam ihr die vielleicht rettende Idee: die Bremslichter. Vorsichtig hob sie den rechten Fuß vom Bremspedal und trat immer wieder leicht mit dem Fuß darauf. Kurz, kurz, kurz, lang, lang, lang, kurz, kurz, kurz – der Morsecode für SOS. Selbst wenn der Fahrer hinter ihr das Morsealphabet nicht beherrschte, diesen Code kannte doch fast jeder. Rachel wiederholte den Code so lange, bis die Ampel auf Grün schaltete und der Entführer ihr befahl, weiterzufahren. Erleichtert stellte Rachel fest, dass er nichts von dem Morsecode mitbekommen hatte. Blieb nur noch das bange Hoffen, dass der Fahrer hinter ihr richtig geschlossen hatte, dass etwas mit dem Fahrzeug vor ihm nicht stimmte.

Rachel passierte den Ortsausgang und der Wagen folgte ihnen weiter. Als die Straßenlaternen Hopetouns verschwunden waren, wurde Rachel bewusst, wie dunkel es hier draußen war. Das Hinterland schien ihr Scheinwerferlicht auf unheimliche Weise zu verschlucken wie ein schwarzes Loch. Auf einmal befahl der Entführer, die nächste Straße rechts abzubiegen. Rachel kannte die Einfahrt, sie führte in den Wald zu dem Ort, wo einst das Haus von Colin Pearce gewesen war. Warum sollte sie dorthin fahren? Sie verringerte die Geschwindigkeit, blinkte und bog in den Weg ein. Mit einem Anflug von Verzweiflung nahm sie zur Kenntnis, dass der Pick-up-Fahrer ihre Bremspedal-Botschaft anscheinend nicht verstanden hatte, denn er fuhr weiter geradeaus. Nun war sie also wieder auf sich allein gestellt. Rachel hatte die schlimmsten Befürchtungen. Warum sollte ein bewaffneter Mann sie unter Zwang nachts in den Wald bringen, wenn nicht, um sie verschwinden zu lassen. Sie stellte sich innerlich auf einen Nahkampf ein, während sie den Wagen immer weiter in Richtung der Ruine des Pearce-Hauses steuerte.

»Hier halten Sie an«, sagte der Entführer, als sie ankamen.

Er zwang Rachel, aus dem Wagen auszusteigen und die Scheinwerfer eingeschaltet zu lassen, damit sie ihnen den Weg leuchteten. Dann trieb der Mann Rachel mit der Flinte vor sich her bis zur schweren Stahlplatte, die den Eingang zum Keller des Pearce-Hauses verdeckte.

»Was haben Sie mit mir vor?«, fragte Rachel.

»Das werden Sie bald erfahren«, sagte der Mann und holte einen Spitzhammer aus der Innentasche seines Trenchcoats. Anstatt damit auf Rachel einzuschlagen, was sie durchaus für möglich gehalten hätte, überreichte er ihr das Werkzeug.

»Los, schieben Sie die Platte zur Seite«, sagte er.

Für einen kurzen Moment schoss es Rachel durch den Kopf, dass sie die Stahlplatte nach ihrem ersten Besuch mit Sheriff Broome gar nicht erst wieder auf das Loch hätte schieben müssen. Ihr gelang es trotz der zitternden Hände, die Spitze des Hammers unter die Stahlplatte zu schieben und diese so weit nach oben zu hebeln, dass sie mit den Händen darunter fassen und die Platte zur Seite schieben konnte. Ihre Kraft führte Rachel darauf zurück, dass sie voller Adrenalin war. Einen kurzen Augenblick schaute sie auf den Hammer. War es möglich, diesen als Waffe zu benutzen und ihren Entführer damit außer Gefecht zu setzen? Die beiden trennten ungefähr zwei Meter, dazwischen lag die Öffnung mit der Treppe. Würde sie einen Sprung schaffen? Vermutlich eher nicht. Bevor sie auf der anderen Seite gelandet wäre, hätte der Entführer längst abgedrückt.

»Und jetzt da runter«, sagte der Mann und deutete mit dem Lauf der Flinte auf die Kellertreppe.

Über eines war sich Rachel im Klaren: Sie durfte auf keinen Fall da hinunter. Wer hätte sagen können, was er dort mit ihr anstellen würde.

»Na mach schon, ich hab nicht den ganzen Tag Zeit. Je eher wir die Sache hinter uns bringen, desto besser. Ich verspreche Ihnen, es wird auch nicht wehtun …«, begann der Mann, konnte seinen Satz jedoch nicht beenden. Zuerst hörte Rachel einen dumpfen Schlag, dann ließ der Mann die Flinte fallen, sackte auf die Knie und kippte vornüber. Rachels Blick folgte dem schlaffen Körper, der hart auf der Treppe landete und die ersten drei Stufen in Richtung Keller hinabrutschte, bevor er reglos liegen blieb. Überrascht schaute Rachel auf. Vor ihr stand eine Frau, die einen schweren Ast in ihren Händen hielt, wie sie im Zwielicht undeutlich erkennen konnte. Die Frau befand sich außerhalb des Lichtkegels der Autoscheinwerfer.

»Ich hab mir schon gedacht, dass Sie in Schwierigkeiten stecken. Ich meine, der Mann hat Sie mit einer Waffe bedroht. Ich war mir erst nicht sicher, ob der Ast dick genug ist, um ihn k. o. zu schlagen, aber glücklicherweise war er es.«

Die Frau ließ den Ast auf den Boden fallen und trat in den Lichtkegel. Rachel kniff ungläubig die Augen zusammen, bis sie erkennen konnte, wer jetzt vor ihr stand. Es war Trisha Hayes, die Psychologin.

»Mrs Hayes?«, stellte Rachel sicher. »Waren Sie das vorhin in dem Pick-up? Haben Sie mein SOS verstanden?«

»Nein, was für ein Pick-up? Ich war hier nur spazieren, ein wenig abendliche Waldluft schnuppern«, antwortete Trisha.

»Auf jeden Fall muss ich mich bei Ihnen bedanken. Wer weiß, was der Kerl mit mir da unten angestellt hätte.« Rachel schaute auf den Mann hinunter, dessen Körper verdreht auf der Treppe lag.

»Offenbar haben Sie sich hier einen Feind gemacht«, bemerkte Trisha.

»Ich fürchte, ich habe mir in der kurzen Zeit hier mehr als einen Feind gemacht, aber normalerweise komme ich ganz gut damit klar, wenn Leute mich nicht mögen«, sagte Rachel.

»Normalerweise versuchen Leute ja auch nicht, Sie zu entführen oder einzusperren, wage ich mal zu behaupten«, argumentierte Trisha. »Haben Sie eine Ahnung, wer das da unten sein könnte?«

»Nein, aber ich bin gespannt, es herauszufinden.«

Rachel hob die Schrotflinte auf, die der Mann hatte zu Boden fallen lassen, kippte den Lauf und nahm die Patronen heraus. Sie wollte ganz sichergehen, dass mit der Waffe in den nächsten Minuten nicht doch noch etwas Schlimmes geschah. Immerhin konnte ihr Entführer wieder zu sich kommen und an das Gewehr gelangen, wenn sie ihn vom Treppenabgang an die Oberfläche zogen.

Die Füße des Mannes lagen auf dem oberen Treppenabsatz. Rachel bat Trisha, sich das rechte Bein zu schnappen, sie selbst umklammerte das linke. Mit einem kräftigen Ruck zogen die beiden Frauen den schweren, schlaffen Körper des Mannes nach oben und drehten ihn um, sodass er auf dem Rücken lag. Die Sturmmaske bedeckte jetzt nur noch die obere Hälfte des Gesichts, was allerdings genug war, um seine Identität weiterhin zu verbergen. Rachel legte zwei Finger auf seine Halsschlagader und nahm erleichtert zur Kenntnis, dass er zwar einen schwachen Puls hatte, aber noch am Leben war. Sie befand es nicht für nötig, einen Krankenwagen zu rufen. Erst einmal wollte sie das Geheimnis lüften und herausfinden, wer sich unter der Maske verbarg.

»Dann wollen wir mal schauen, wer du bist«, sagte Rachel, was Trisha sehr begrüßte, denn auch sie wollte wissen, wen sie soeben mit einem Ast in die Welt der Träume befördert hatte.

Rachel hob den Kopf des Mannes ein Stückchen an, sodass sie ihm ohne Probleme die Sturmhaube vom Kopf ziehen konnte. Sie atmete einmal tief durch.

Kapitel 14

1996

Als die Feuerwehr den Einsatzort erreichte, stand bereits das gesamte Wäldchen in hell lodernden Flammen, die in den schwarzen, rauchigen Himmel hinaufstiegen. Brigade Captain Thorpe gab seinen Leuten unverzüglich den Befehl, das Feuer vom Ostende des Waldes her anzugreifen. Das hatte zum einen den Vorteil, dass ihnen der Wind so im Rücken stand und der Löschangriff ein geringes Risiko barg. Für einen Angriff gegen die Windrichtung, wie ihn die Feuerwehr im Normalfall bei Buschbränden durchführte, schlugen die Flammen zu hoch und der Rauch war zu dicht, Thorpe wollte seine Männer dieser Gefahr nicht aussetzen. Zum anderen befanden sie sich bei einem Angriff von Osten mit den Fahrzeugen näher am Lake Coorong, aus dem sich direkt enorme Mengen an Löschwasser abpumpen ließen. Dass überhaupt ein See mit ausreichend Frischwasser zum Löschen zur Verfügung stand, stellte in Australien schon einen echten Glücksfall dar – davon abgesehen, dass der Anlass alles andere als glücklich war.

Thorpes oberste Priorität als Feuerwehrmann lag darin, Menschenleben zu retten. Er wusste natürlich, dass im Wald ein Haus stand, und die Menschen daraus zu retten, war für den Moment das Wichtigste. Als er jedoch das Gebäude sah, das weit im Gehölz und von Flammen umschlossen war, schwand seine Hoffnung rapide. Ein direktes Vorrücken bis zum Haus der Familie Pearce war den Männern nicht möglich. Plötzlich blendete ein heller Feuerball im Wald die Feuerwehrleute. Ihm folgte ein heftiger Knall, der aus dem Wald schallte. Der Benzintank des Autos in der Garage war explodiert und hatte den Brand des Hauses noch einmal beschleunigt. Ein verzweifelter Versuch, mithilfe von Löschwasser eine Schneise in den Wald zu spritzen, missglückte. Das Feuer war so heiß, dass es das Wasser jedes Mal binnen Sekunden wieder verdampfte. Wären die Männer durch die nur kurz offen stehende Schneise gelaufen, hätte sich der Wald für sie in eine tödliche Falle verwandelt. Sie konnten nur zusehen, wie das Haus der Familie Pearce im Wald niederbrannte, und sich darauf konzentrieren, einen Wundstreifen anzulegen, sodass das Feuer nicht auf eine benachbarte Baumreihe oder die Felder nebenan übergreifen konnte. Schließlich mussten die Männer mit ansehen, wie die hölzerne Tragkonstruktion des Pearce-Hauses, die als brennendes Gerippe bis zum Schluss stehen geblieben war, in sich zusammenfiel. Thorpe hoffte, dass niemand mehr im Haus war. Vielleicht waren die Bewohner ja verreist oder hatten es rechtzeitig herausgeschafft.

Als sich das Feuer den kompletten Wald wie eine gefräßige Bestie einverleibt hatte und nur noch ein paar verbliebene Glutnester vor sich hin rauchten, war die Sonne bereits aufgegangen. Die Feuerwehrleute spritzten jetzt tausende Liter Wasser auf den Waldboden, um einen Weg in den Wald zu schaffen. Nachdem Captain Thorpe sich vergewissert hatte, dass der Boden ausreichend abgekühlt war, gab er seinen Männern den Befehl zum Vorrücken.

Zügig, aber dennoch vorsichtig setzten die Männer auf dem schwarzen Boden einen Fuß vor den anderen und bewegten sich zwischen den verkohlten Baumstämmen hindurch. Diese erinnerten an überdimensionierte abgebrannte Streichhölzer, die jemand gleichmäßig verteilt hatte. Dort, wo vorher das Haus der Pearces gestanden hatte, war jetzt nur noch ein verkohlter Berg, daneben ein ausgebrannter Blechhaufen, der nur ansatzweise als Autowrack zu erkennen war.

Thorpe warf einen ersten flüchtigen Blick auf die Reste des Hauses. Mit seinem geschulten Blick brauchte er nicht lange, um sich traurige Gewissheit zu verschaffen: Zwischen den Trümmern lagen menschliche Überreste. Obwohl es nicht das erste Mal war, dass Thorpe verbrannte Leichen sah, jagte ihm der Anblick auch diesmal einen kalten Schauer über den Rücken. Thorpe verständigte über Funk die Einsatzzentrale, zusätzlich zum Sheriff sollten die Kollegen auch noch einen Bestatter vorbeischicken.

Derweil untersuchten der Captain und sein Trupp die Umgebung, auf die wohl keine andere Beschreibung mehr zugetroffen hätte als »verbrannte Erde«. Nur der steinerne Weg, der einmal bis zum Haus geführt hatte, war noch als solcher zu erkennen. Plötzlich rief einer der Kameraden Captain Thorpe zu sich, er hatte etwas gefunden. Es handelte sich um Glasscherben. Ein Schriftzug verriet, dass es sich um eine zerbrochene Wodkaflasche handelte. Ein paar Meter entfernt lag ein weiteres Objekt, das die Aufmerksamkeit der Männer auf sich zog: ein unförmiger rot-schwarzer Fladen. Thorpe zog einen Kugelschreiber aus der Jacke und pikte in die weiche Masse, die leicht nachgab. Wie er vermutet hatte, handelte es sich um geschmolzenes rotes Plastik, das an den meisten Stellen verkohlt war. Thorpe schob den Kugelschreiber unter den Fladen und drehte ihn um. Auf der Unterseite konnte er, leicht verzogen, noch eine Prägung erkennen, »Exxon« stand darauf, der Schriftzug des Mineralölkonzerns. Der rot-schwarze Haufen war also mal ein Plastik-Benzinkanister gewesen. Für Thorpe reichte dies bereits, um sich ein Bild über die Brandursache zu machen, die Kameraden des Captains waren derselben Ansicht. Thorpe war gespannt, was der neue Sheriff zu seiner Theorie sagen würde. Außerdem fragte er sich, warum er sich nicht schon längst hatte blicken lassen. Wenn es in seinem Revier ein Buschfeuer gegeben hätte, wäre er als Sheriff vermutlich als Erster am Einsatzort gewesen.

Nachdem Timothy kurz nach dem Aufstehen gehört hatte, wie seine Eltern sich beim samstäglichen Frühstück über den Brand des Waldes im Nordosten des Städtchens unterhielten, schwang er sich, ohne etwas zu essen, auf sein Crossrad und fuhr so schnell er konnte zur zwei Kilometer entfernten Aldridge-Farm. Er mochte sich irren, doch über dem ganzen Ort hing wie eine Dunstglocke der Geruch nach verbranntem Holz.

Als er die Aldridge-Farm fast erreicht hatte, sprang er bei voller Fahrt von seinem Crossrad und ließ es allein weiterfahren, bis es von der Hecke vor dem Haus unsanft gebremst wurde. Timothy stürmte auf die Veranda und lief direkt in die Arme von Jeffs Vater George, der eine Schrotflinte geschultert hatte und offensichtlich gerade unterwegs zur Hasenjagd war.

»Nicht so stürmisch, junger Mann«, sagte er. »So früh schon wach? An einem Samstagmorgen? Ist alles in Ordnung bei dir?«

»Ja, Sir, bei mir ist alles in Ordnung«, antwortete Timothy knapp.

»Jeff liegt noch in der Koje. Du kannst ja mal versuchen, ob du ihn wachbekommst«, sagte George und klopfte Timothy im Vorbeigehen auf die Schulter.

»Das mache ich, Sir, vielen Dank«, sagte Timothy und stürmte ins Haus.

Jeff lag in seinem stark nach Alkoholausdünstungen und Rauch riechenden Zimmer auf dem Bett.

»Hey, aufwachen«, brüllte Timothy und schüttelte seinen Freund unsanft, bis er sich zu regen begann.

Jeff stöhnte zunächst nur, öffnete dann jedoch langsam die Augen, um sie wegen des grellen Lichts direkt wieder zu schließen.

»Was willst du? Lass mich schlafen«, brachte Jeff gequält hervor.

»Ich will wissen, ob du was mit dem Brand zu tun hast«, stellte Timothy Jeff zur Rede.

»Was für ein Brand soll das sein? Hast du eine Meise? Hau ab und komm später wieder, ich muss schlafen.«

»Hier wird jetzt nicht geschlafen. Colins Haus und der ganze verdammte Wald sind heute Nacht abgefackelt, und ich will wissen, ob du etwas damit zu tun hast!«

»Was soll ich denn damit zu tun haben. Nach der Kneipe weiß ich von nichts mehr«, sagte Jeff.

Timothy lief im Zimmer auf und ab und schlug aufgebracht mit voller Wucht gegen den Schrank, sodass ihm die Hand wehtat.

»Scheiße! Nach der Aktion von Colin in der Kneipe gestern ist das einfach nur eine große Scheiße. Was glaubst du denn, wen man verdächtigen wird, die Bude angezündet zu haben!?«

»Beruhige dich, Mann, das war doch nur ein Buschfeuer, willkommen in Australien, das passiert hier ständig! Du wohnst doch nicht erst seit gestern hier«, raunzte Jeff.

»Ach ja? Colin und sein kleiner Sohn sind tot, Junge. Passiert das auch ständig? Was hast du denn gestern gemacht, nachdem du mich zu Hause abgesetzt hast? Und riech mal an deinen Klamotten, stinkt irgendwie nach Rauch, oder? Dein ganzes verdammtes Zimmer riecht nach Rauch, das ist doch kein Zufall!«

Jeff setzte sich auf. Augenblicklich fing sein Kopf an zu hämmern. Er roch an seiner Hose, Timothy hatte recht. Langsam dämmerte ihm, was passiert war, auch wenn er sich nur noch bruchstückhaft an die vergangene Nacht erinnern konnte.

»Und was jetzt?«, fragte Jeff schließlich.

Timothy schaute ihn ratlos an.

Sheriff Broome saß in der Hollywoodschaukel auf seiner Terrasse, schob genüsslich den letzten Happen seines Vegemite-Sandwiches in den Mund und blätterte im »Australian« bis zum Sportteil vor. Bevor er nach der Kaffeetasse griff, wischte er sich die Druckerschwärze der Zeitung an der Hose ab. Wie herrlich so ein sonniger Samstagmorgen doch war. Als hätte ihn jemand gehört und absichtlich diese ruhige Kulisse zerstören wollen, klingelte einen Augenblick später sein Telefon. Genervt quälte sich Broome aus der Hollywoodschaukel und schlenderte in den Flur, wobei ihm kurz schwarz vor Augen wurde.

»Ja?«, meldete er sich, um einen nicht übertrieben höflichen Eindruck zu machen.

Am Telefon war Sam, der Wirt des White Heart. Es tue ihm leid, dass er den Sheriff stören müsse, aber er rufe an, um einen Vorfall zu melden. Dann erzählte er ihm von der Begegnung von Colin Pearce und Jeff Aldridge am vergangenen Abend in seiner Bar. Am liebsten hätte Broome dem Wirt gesagt, dass er sich gar nicht vorstellen könne, wie egal ihm der Vorfall sei, doch er hörte weiter geduldig zu. Nur Sams letzter Satz ließ den Sheriff aufhorchen: »Vielleicht hat dieser Vorfall ja etwas mit dem Brand zu tun.« Dann legte Sam auf.

»Mit welchem Brand?«, schoss es Broome durch den Kopf. Natürlich hätte er sich nie die Blöße gegeben, Sam danach zu fragen. Schließlich war er der Sheriff und immer über alles informiert. Nur hatte er tatsächlich noch von nichts gehört, nur der Gestank nach verbranntem Holz, der über dem Ort lag, hatte ihn stutzig gemacht. Er legte den Hörer zurück auf die Gabel. Auf halber Strecke zur Terrasse musste er kehrtmachen, da das Telefon ein weiteres Mal klingelte. Diesmal war es die Feuerleitstelle. Der Mann am Telefon erklärte Broome die Sachlage. Sein erster Gedanke war, dass er den Samstag jetzt wohl abschreiben konnte. Widerwillig warf er sich in seine Uniform und fuhr zum Wäldchen, wo er von Captain Thorpe empfangen wurde und sich alles noch einmal in Ruhe erläutern ließ.

Kurze Zeit später trafen die Bestatter am Brandort ein. Sie bahnten sich mithilfe der Feuerwehrleute einen Weg über den noch immer mit Glutnestern gespickten Waldboden und sammelten das, was von der Familie Pearce in ihrem Aschegrab übrig geblieben war, ein, bevor sie die sterblichen Überreste fortbrachten. Die Routine sah vor, dass die Leichen erst dann offiziell gerichtsmedizinisch untersucht wurden, wenn der zuständige Sheriff einen Tod durch Fremdverschulden nicht ausschließen konnte. In diesem Fall bedeutete das, dass das Buschfeuer auf natürliche Weise ausgebrochen sein musste – für Broome die einfachste und angenehmste Lösung. Der Sheriff erkundigte sich, ob Thorpe bereits eine Vermutung zur Brandursache habe, worauf der Captain ihm die zerbrochene Flasche sowie den geschmolzenen Benzinkanister zeigte.

»Ich bin ziemlich sicher, dass das Feuer durch Brandstiftung entstanden ist, und der Inhalt dieses Kanisters wurde als Brandbeschleuniger verwendet«, erläuterte Thorpe.

Broome hörte aufmerksam zu, wollte aber einfach nicht glauben, dass es in seinem Dorf einen Brandstifter geben sollte. So legte er sich seine eigene Theorie zurecht, die, seiner Meinung nach, viel plausibler war, wovon er den Captain zu überzeugen versuchte.

»Ich denke eher, dass die Scherben der Flasche für den Brand verantwortlich sind. Sie wissen ja, wie das ist, wenn das Sonnenlicht durch Glas gebündelt wird. Das Feuer hat sich dann ausgebreitet.«

Thorpe schaute den Sheriff ungläubig an.

»Es gab gestern Nacht kein Sonnenlicht, das durch das Glas hätte gebündelt werden können«, widersprach er.

»Ich habe auch nicht behauptet, dass das Feuer gestern Nacht entfacht wurde. Der Brand ist gestern Nachmittag ausgebrochen. Er schwelte dann vor sich hin und hat nachts den kompletten Wald und das Haus entzündet. Fertig.«

Thorpe wurde langsam ungehalten, der Sheriff machte keinen besonders guten ersten Eindruck auf ihn. Im Gegenteil stellte er sich als einen Mann dar, der nicht an der Wahrheitsfindung interessiert zu sein schien.

»Brände breiten sich bei dieser Trockenheit in Minuten aus, da schwelt nichts stundenlang vor sich hin. Wie erklären Sie sich außerdem den Benzinkanister?«

Broome gefiel es nicht, dass der Captain seine Autorität als Sheriff nicht respektierte, sondern auf Konfrontationskurs ging.

»Bitte überlassen Sie die abschließende Bewertung mir, das überschreitet ihre Kompetenz«, sagte Broome. »Schicken Sie mir einfach Ihren Bericht zu. Den hefte ich dann ab, dann haben Sie wenigstens Ihre Meinung zu Protokoll gegeben.«

Dann drehte sich Broome um und ließ einen verärgerten Brigade Captain zurück, der nur aus dem Grund keine Widerworte gab, weil er in Zukunft wohl noch öfter mit dem Sheriff zusammenarbeiten würde und es sich nicht gänzlich mit ihm verscherzen wollte.

Auf dem Rückweg zum Auto rechtfertigte Broome immer wieder sein Verhalten vor sich selbst. Gerade als neuer Sheriff musste er allen anderen Leuten, mit denen er regelmäßig dienstlich zu tun haben würde, zeigen, wer in diesem Bezirk das Sagen hatte. Schließlich wollte er sich von denen nicht auf der Nase herumtanzen lassen. Um später nicht von eventuellen »Sünden« eingeholt zu werden, mussten seine Entscheidungen jedoch auf Fakten beruhen, die er auch später noch guten

Gewissens rechtfertigen konnte. Um sicherzugehen, dass das bei der Bewertung des Waldbrands auch der Fall war, beschloss Broome, dem Hinweis von Sam aus dem White Heart zu folgen und beim Aldridge-Jungen vorbeizuschauen. Natürlich nur, um festzustellen, dass er nichts mit dem Brand zu tun hatte.

Als Broome das weiße »Willkommen«-Schild an der Einfahrt der Aldridge-Farm sah, waren Timothy und Jeff gerade damit beschäftigt, die Spuren der gestrigen Nacht in Jeffs Zimmer zu beseitigen. Timothy musste seinem Freund helfen, da der noch immer unter einem üblen Kater litt und er selbst nicht wollte, dass Jeff weiterhin irgendwelcher Dinge beschuldigt wurde, da diese am Ende vielleicht auch noch auf ihn zurückfallen würden.

»Scheiße, der Sheriff«, rief Timothy, als er zufällig aus dem Fenster schaute und Broomes Wagen auf den Hof fahren sah. Hektisch stopften sie Jeffs nach Rauch stinkende Kleidung in einen Müllsack. Da auch Jeffs Bettwäsche stark nach Feuer roch, zogen sie das Bett ab und stopften den Bezug gleich noch dazu. Den Sack ließen sie in aller Eile vorübergehend unter Jeffs Bett verschwinden.

Sheriff Broome stellte seinen Wagen neben Jeffs Ute ab. Flüchtig musterte er das Auto, als sein Blick am Kotflügel hängen blieb. Er ging in die Knie und schaute sich seine Entdeckung genauer an. Am Lack klebte etwas Schwarzes, das aussah wie Ruß. Broome strich darüber und roch an seinem Zeigefinger. Kein Zweifel, es war Ruß. Außerdem musste der Kotflügel einer großen Hitze ausgesetzt gewesen sein, da der Lack an einigen Stellen Bläschen geworfen hatte. Einen Augenblick später kamen Jeff und Timothy aus dem Haus gerannt. Jeff schwante nichts Gutes, als er den Sheriff an seinem Auto sah, er räusperte sich.

»Hallo Jungs. So früh schon wach an einem Samstag? Als ich in eurem Alter war und freitags trinken gewesen bin, durfte man mich am anderen Morgen bis mittags nicht ansprechen«, sagte er.

Timothy und Jeff schauten einander verlegen an. Woher nur wusste der Sheriff, dass die beiden am Vorabend trinken gewesen waren?

»Sie wissen ja, Morgenstund hat Gold im Mund«, antwortete Jeff mit einem gestellten Grinsen.

Der Sheriff nickte bedächtig. »Ihr wart gestern noch im White Heart, hab ich gehört«, sagte er.

Die Jungs nickten.

»Seid ihr sicher, dass ihr es dabei nicht ein wenig übertrieben habt?«

Verlegen blickten die beiden zu Boden.

»Macht euch nichts draus, wie gesagt, in eurem Alter war ich genauso«, sagte Broome. Er setzte seinen Akubra ab und kratzte sich am Hinterkopf. »Ihr wart gestern Nacht nach dem Besuch im White Heart nicht zufällig noch am Wäldchen oder habt etwas von dem Brand mitbekommen?«

Jeff und Timothy schüttelten den Kopf. »Was für ein Brand?«, stellte Jeff sich dumm.

»Das Wäldchen ist abgebrannt. Vermutlich aufgrund einer Scherbe von einer kaputten Wodkaflasche. Na, ihr wisst ja, das ist Australien.«

Jeff und Timothy nickten zustimmend.

»Ich meine, so was passiert ja öfter, als man denkt, der Wagen hatte ja offensichtlich auch einen Brandschaden, oder?«, sagte Broome und wies mit seinem Akubra auf den Kotflügel.

Das war der Moment, in dem Jeff ein Anflug von Panik überkam. Wenn er sich jetzt keine gute Erklärung für den Schaden an seinem Ute einfallen ließ, steckte er in der Patsche. Angestrengt dachte er nach, doch ihm wollte in seinem verkaterten Gehirn einfach nichts einfallen. Zum Glück sprang Timothy ihm nach wenigen Augenblicken zur Seite:

»Ich fürchte, dafür bin ich verantwortlich. Vor einer Woche habe ich mit Jeffs Wagen auf dem Supermarktparkplatz einen Burnout mit Öl gemacht. Das ist leider schiefgelaufen, das Öl hat angefangen zu brennen und der Reifen hat Feuer gefangen. Zum Glück konnte ich den Brand aber schnell wieder löschen.«

Für Sheriff Broome klang die Erklärung plausibel, denn Burnouts mit Öl hatten sich in den vergangenen Jahren unter – fast ausschließlich männlichen – Jugendlichen in Australien zu einem absoluten Trend entwickelt. Jeder, der cool sein wollte, machte mit. Das Vorgehen dabei war gleichermaßen simpel wie bescheuert: Man entleerte einen Liter Motoröl jeweils über den Rädern der Antriebsachse eines Fahrzeugs, trat dann im ersten Gang aufs Gaspedal. Dadurch drehten die Räder extrem schnell durch, fingen an zu qualmen, und schließlich drehte das ganze Auto Pirouetten. Nicht selten passierte es, dass sich das Öl durch die bei der Reibung entstandene Hitze entzündete. Broome hatte sogar schon erlebt, dass ein Fahrzeug dabei nicht mehr rechtzeitig gelöscht werden konnte und einfach explodierte.

»Dann will ich euch mal glauben. Und passt auf, dass ich euch bei den Öl-Burnouts nicht erwische«, sagte Broome und verabschiedete sich. Die Burnouts waren zwar nicht direkt illegal, aber wegen des Öls auf zumeist fremden Parkplätzen erstatteten die Eigentümer häufig Anzeige wegen Sachbeschädigung und manchmal auch Umweltverschmutzung.

Sheriff Broome war zufrieden, denn mit der Aussage von Jeff und Timothy, die er gar nicht weiter hinterfragen wollte, hatte sich die Angelegenheit für ihn erledigt. Die beiden Jungs wiederum zeigten sich deutlich erleichtert, als der Sheriff vom Hof fuhr. Nun gab es niemanden mehr, der sie je wieder wegen Sharon Pearce oder einer anderen Angelegenheit, die damit in Verbindung stand, behelligen würde. Sie hatten ein für alle Mal ihre Ruhe. Eigentlich war das ein Grund, heute Abend noch einmal richtig feiern zu gehen, waren sich die beiden einig.

Kapitel 15

Gegenwart

Rachel packte die Sturmmaske des Mannes, der immer noch regungslos vor ihr lag, am schlaffen oberen Ende und zog sie ihm mit einem Ruck vom Kopf. Ohne Kopfschutz wirkte der Mann beinahe nackt und verletzlich. Trisha schaute ihm mit angemessenem Erstaunen ins Gesicht. Sie hatte den Mann schon einmal gesehen und konnte sich auch erinnern, wo. Er war ihr entgegengekommen, als sie das Elternhaus von Ben zum ersten Mal verlassen hatte.

Rachel war im Gegensatz zu Trisha weniger überrascht. Hätte sie darauf wetten müssen, wer ihr Entführer war, hätte sie diesen Menschen mit Sicherheit in die engere Auswahl genommen. Wut war das in ihr vorherrschende Gefühl.

Vor ihnen lag Jeff Aldridge. Hätte er Rachel wirklich in den Keller gesperrt und dort vielleicht sogar erschossen? Was war sein Motiv? Hatte Jeff am Ende etwas mit der Olivia-Geschichte zu tun? Rachel überkam ein schrecklicher Verdacht.

Sie kniete sich neben Jeff und legte ihm die Handschellen an, die Trisha aus dem Wagen geholt hatte. Dann begann sie, ihm leichte Ohrfeigen zu verpassen, um ihn aus der Bewusstlosigkeit zu holen. Anfangs zeigte er keine Reaktion, weshalb sie ein wenig fester zuschlug.

Schließlich öffnete Jeff die Augen und starrte Rachel ungläubig an, bevor sein Blick auf Trisha fiel. Als er wieder vollständig orientiert war, setzte er sich auf und wunderte sich, dass seine Hände aneinandergekettet waren.

»Mr Aldridge, Sie sind vorläufig festgenommen«, sagte Rachel.

»Halt, das können Sie nicht tun, ich habe auch meine Rechte«, sagte Jeff und zappelte heftig, während er von Rachel zum Auto gebracht wurde. Trisha öffnete ihr die hintere Tür des Wagens.

»Wo bringen Sie ihn jetzt hin«, fragte die Psychologin, als Jeff sicher auf der Rückbank verstaut war.

»Zur Memorial Hall in Hopetoun, da haben wir eine vorübergehende Polizeistation eingerichtet«, antwortete Rachel.

»Wenn Sie nichts dagegen haben, würde ich gern mitkommen«, bat Trisha.

Zuerst war Rachel nicht begeistert, doch dann kam ihr die Idee, dass eine Psychologin beim Verhör vielleicht ganz nützlich sein konnte.

»Na schön, fahren Sie mir hinterher. Wo steht eigentlich Ihr Auto?«

»Dort drüben, etwa hundert Meter von hier zwischen den Bäumen.«

Im Auto redete Jeff ununterbrochen von der Rückbank aus auf Rachel ein. Er sei unschuldig, sie solle ihn freilassen, er habe einflussreiche Freunde, und seine Frau und sein Sohn brauchten ihn. Rachel schaltete auf Durchzug und sprach die ganze Fahrt über kein Wort mit ihm. Obwohl sie stets versuchte, ihre Vorurteile zu verbergen, war Jeff ihr seit seinem skurrilen Auftritt bei der »Bürgerwehr« von Anfang an seltsam aufgefallen. Jetzt hatte sie die offizielle Bestätigung dafür, dass mit ihm definitiv etwas nicht stimmte, dass er ein Geheimnis hütete, für dessen Wahrung er sehr weit zu gehen bereit war. Ein Geheimnis, das über die Tatsache hinausging, dass er zwanzig Jahre zuvor vor Gericht gestanden hatte.

Als Jeff von Rachel und Trisha in die Memorial Hall eskortiert wurde, begrüßten ihn Leroy und Marcus Owen mit kleinen Augen. Beide machten einen insgesamt sehr erschöpften Eindruck, der Dauereinsatz ging auch an ihnen nicht spurlos vorüber. Der Rest von Owens Suchtrupp hatte sich für heute bereits ins Hotel zurückgezogen, die Arbeit im Dunkeln fortzusetzen, wäre wenig zielführend gewesen. Ohnehin war Owen langsam dabei, die Hoffnung aufzugeben. Weder hatten sie bisher eine brauchbare Spur von Olivia gefunden, noch hatte sich ein Entführer gemeldet. Vielleicht war es langsam an der Zeit, der bitteren Realität ins Auge zu schauen: Olivia Banks war vermutlich längst tot.

»Wir müssen hier einen provisorischen Vernehmungsraum einrichten. Leroy, ich brauche einen von deinen Schreibtischen«, sagte Rachel.

Leroy hatte seine Partnerin selten so aufgebracht erlebt, weshalb er schnellstmöglich einen der Tische freiräumte und ihn in die Mitte der Memorial Hall schob. Rachel platzierte Jeff an der einen Seite des Tisches auf einem der harten, unbequemen Holzstühle und setzte sich auf die ihm gegenüberliegende Seite. Die grelle Schreibtischlampe, die jetzt die einzige Lichtquelle in der Halle war, stellte sie so auf den Schreibtisch, dass sie Jeff direkt ins Gesicht leuchtete.

»Wieso wollten Sie mich umbringen?«, begann Rachel.

Owen und Leroy, die die Szene von der Stuhlreihe an der Wand aus beobachteten, wechselten fragende Blicke. Trisha setzte sich zu den beiden und verschränkte die Arme. Vielleicht würde das Verhör von Jeff maßgeblich dazu beitragen, dass ihr Plan aufging.

Sheriff Broome hockte derweil zu Hause im Wohnzimmer auf der Couch und starrte die gegenüberliegende Wand an. Um diese Zeit wäre er unter normalen Umständen bereits im Bett gewesen, doch in seinem Kopf ratterte es unentwegt. Die Ereignisse der letzten vierundzwanzig Stunden hatten ihm mächtig zu denken gegeben.

Sein ganzes Leben lang hatte er stets den einfachsten Weg gewählt. Hatte immer darauf gebaut, dass sich die Sachen von selbst erledigten, ohne dass er sich anstrengen musste. Letztlich war diese Einstellung auch der Grund dafür gewesen, dass er sich nie eine Frau gesucht, dass er nie geheiratet hatte. In ein paar Monaten, wenn er erst in Pension war, wäre es zu spät, seine Fehler und Versäumnisse wiedergutzumachen, zumindest auf beruflicher Ebene. Wenn er endlich aktiv werden wollte, war genau jetzt der richtige Zeitpunkt. Broome war entschlossen, keine Zeit mehr sinnlos verstreichen zu lassen. Von jetzt an würde er Rachel bei ihren Ermittlungen nach besten Kräften unterstützen.

Broome holte eine frisch gebügelte Uniform aus dem Kleiderschrank und zog sie an. Er ging zu seinem Schreibtisch, wo er seine beiden Waffen lagerte, eine Pistole und einen Revolver – ein Schmuckstück mit seinem eingravierten Namen, das ihm die Bezirksregierung zum fünfundzwanzigsten Dienstjubiläum überreicht hatte. Der Schlüssel zur Schublade lag unter dem Teppich versteckt. Als er ihn gerade in das Schloss stecken wollte, sah er, dass jemand es aufgebrochen hatte. Er riss die Schublade auf, und seine Befürchtung bewahrheitete sich: Der Revolver war nicht mehr da. Wie und, vor allem, wann war das passiert? Er hatte nicht einmal bemerkt, dass jemand ins Haus eingebrochen war. Weder an der Tür noch an den Fenstern waren Einbruchspuren. Wie dem auch sein mochte, um das Problem der verschwundenen Waffe würde er sich später kümmern müssen.

Während Broome über den Henty Highway zur Memorial Hall fuhr, überkam ihn ein fast wehmütiges Gefühl. Seine gesamte berufliche Laufbahn hatte er gewissermaßen auf den Ruhestand hingearbeitet, und ausgerechnet jetzt wurde ihm bewusst, dass er das alles hier bald schmerzlich vermissen würde.

Als er die Memorial Hall betrat, wusste er das Bild, das sich ihm bot, zuerst nicht einzuordnen. Es dauerte einige Sekunden, bis er begriff, dass Jeff gerade verhört wurde. Rachel nahm die Ankunft des Sheriffs zufrieden zur Kenntnis und nickte ihm kurz zu. War er am Ende doch zur Vernunft gekommen? Rachel unterbrach das Verhör, nahm sich Broome zur Seite und klärte ihn darüber auf, was passiert war. Der Sheriff besorgte sich einen Stuhl und nahm neben Rachel Platz. Sie war sich sicher, dass Broome eine Hilfe sein konnte, da er Jeff schon so lange kannte.

Broome setzte seinen Akubra ab und legte ihn bedächtig auf den Tisch. Die Geste hatte beinahe etwas Staatsmännisches.

»Ich denke, es ist an der Zeit, reinen Tisch zu machen. Du weißt bestimmt, was ich damit meine«, sagte der Sheriff und hoffte, damit einen Zugang zu Jeff zu finden.

»Gar nichts weiß ich«, raunzte Jeff und verschränkte die Arme. Er war sichtlich irritiert über den Kurswechsel des Sheriffs, der ihn jahrzehntelang durch seine Untätigkeit gedeckt hatte. Rachel sprang dem Sheriff bei.

»Wieso wollten Sie mich in den Keller des Pearce-Hauses bringen?«, fragte sie.

Sie sah es Jeff an, dass er sich zunehmend in die Enge gedrängt fühlte und krampfhaft versuchte, die richtigen Worte zu finden.

»Ohne meinen Anwalt sage ich gar nichts. Ich will jetzt auf der Stelle meinen Anruf, ich kenne meine Rechte«, brachte er schließlich hervor.

Rachel war gereizt. Jeff hatte bestimmt zu viele amerikanische Krimiserien geschaut, in denen alle Verhafteten ständig den einen ihnen zustehenden Anruf forderten. Sheriff Broome brachte ungefähr das zum Ausdruck, was Rachel gerade durch den Kopf ging, und haute auf den Tisch.

»Du kennst doch gar keinen Anwalt. Jetzt beantworte die Frage von Mrs Buchanan«, schrie Broome, »oder es könnte sein, dass ich danach noch die ein oder andere Frage zu zurückliegenden Ereignissen habe.«

Rachel beobachtete aufmerksam, wie Jeff plötzlich zu blinzeln begann und sich kleine Schweißperlen auf seiner Stirn bildeten. Es wäre äußerst brenzlich für ihn gewesen, wenn das Buschfeuer noch einmal auf die Tagesordnung gerufen worden wäre. Also beschloss er, das kleinere Übel zu wählen und sich zur Entführung Rachels zu äußern – ohne darüber nachzudenken, dass auch das weitere Fragen nach sich ziehen würde.

»Na gut, wenn Sie darauf bestehen«, begann Jeff. »Ich habe Sie entführt, weil ich Ihnen ein bisschen Angst machen wollte. Sie sollten einfach nur Olivia finden und nicht weiter in der Vergangenheit rumwühlen. Olivia hat mit den Sachen, die sich früher einmal vielleicht oder vielleicht auch nicht ereignet haben, nichts zu tun.«

»Was haben Sie denn zu verbergen, dass ich nicht darauf stoßen soll?«, fragte Rachel.

Jeff schaute den Sheriff an.

»Ich habe alles dazu gesagt. Jetzt will ich meinen Anwalt sprechen«, sagte er.

Rachel, die noch immer in einer gereizten Grundstimmung war, begann vor Ärger innerlich zu brodeln. Ein Wutausbruch ihrerseits hätte keinem der Anwesenden geholfen, weshalb sie entschied, etwas frische Luft zu schnappen.

»Ich bin gleich wieder da, dann unterhalten wir uns weiter. Und ich fände es sehr begrüßenswert, wenn Sie mir dann etwas über Ihre Vergangenheit erzählen würden«, sagte sie und ging nach draußen. Auf dem Gehweg lief sie ein paar Mal auf und ab. Zu gern hätte sie jetzt eine Zigarette geraucht, doch das tat sie so selten, dass sie sich nie welche kaufte. Die Lösung für ihr Problem trat einen Augenblick später zu ihr vor die Memorial Hall: Trisha Hayes. Die Psychologin holte eine Schachtel Lucky Strike aus ihrer Handtasche und nahm eine Zigarette heraus. Sie bot auch Rachel eine an, die sich nicht lange bitten ließ.

»Wenn Sie möchten, kann ich es bei diesem Jeff mal mit Hypnose probieren. Das wäre zwar, streng genommen, nicht ganz legal, aber meiner Meinung nach heiligt der Zweck in diesem Fall die Mittel. Es geht immerhin um das Verschwinden eines Kindes. Glauben Sie mir, ich bin ziemlich gut darin«, sagte Trisha.

Rachel sog den Rauch der Zigarette tief ein.

»Vielen Dank, ich weiß Ihr Angebot sehr zu schätzen. Aber nein, ich glaube, ehrlich gesagt, nicht, dass Jeff Olivia entführt hat. Es ist aber wahrscheinlich, dass der Schlüssel zur Lösung des Rätsels in der Vergangenheit liegt. Das werde ich auch so aus ihm herausbekommen.«

»Wie Sie wollen, das Angebot steht jedenfalls«, antwortete Trisha.

Rachel warf die halb aufgerauchte Zigarette auf den Bürgersteig und trat sie aus. Dabei fiel ihr auf, dass Trishas Pumps relativ hohe Absätze hatten. Bevor sie wieder hineingingen, ergriff sie die Chance, die Psychologin auf die eine oder andere Ungereimtheit anzusprechen, die ihr nicht aus dem Kopf ging.

»Was wollten Sie vorhin noch mal im Wald?«, fragte Rachel.

»Sie meinen, als ich Sie gerettet habe? Spazieren gehen und frische Luft schnappen«, sagte Trisha.

»Finden Sie Ihr Schuhwerk dafür nicht etwas unpassend? Mit den Absätzen versinken Sie doch ständig im unbefestigten Waldboden. Mich würde das rasend machen«, sagte Rachel.

»Ich hatte leider meine Wanderschuhe nicht dabei. Normalerweise gehe ich immer mit angemessenem Schuhwerk in den Wald.«

»Aber es war ein schöner Zufall, dass Sie gerade in dem Moment an der Ruine des Pearce-Hauses vorbeikamen, als Jeff mich in den Keller treiben und sonst etwas mit mir anstellen wollte«, sagte Rachel.

Trisha hatte längst verstanden, worauf Rachel hinauswollte.

»Sie müssen schon mir überlassen, wo ich meine Freizeit verbringe. Ich bin Psychologin und wir wissen, dass der Wald dem Menschen guttut. Egal zu welcher Tageszeit. Deshalb war ich dort. Und so groß ist er auch nicht. Als ich gesehen habe, dass sich zwei Autoscheinwerfer näherten, bin ich dort hingegangen. Ich bin nun mal neugierig«, erklärte Trisha.

»Dann sagen Sie mir bitte noch eines: Warum gibt es von Ihnen als Psychologin im allwissenden Internet keinen einzigen Eintrag? Mein Kollege Leroy hat ein wenig recherchiert. Tut mir leid, ich bin nun mal neugierig. Allein schon von Berufs wegen.«

Kurz herrschte Eiseskälte zwischen den Frauen, bis Trisha sich entschloss, auf Rachels Frage einzugehen:

»Ich verstehe, sie gehören schon zu der Generation, für die nichts existiert, was nicht auch im Internet zu finden ist. Aber glauben Sie mir, ich stehe vor Ihnen, aus Fleisch und Blut, und es gibt mich. Und ich werde Ihnen erklären, warum Sie über mich im Internet nichts finden: In der Forensik haben wir sehr viel mit psychisch kranken Straftätern zu tun. So gern ich meinen Job mag und so sehr ich an meine Arbeit glaube: Würden Sie wollen, dass ein ehemaliger Vergewaltiger, mit dem Sie beruflich mal in näherem Kontakt standen, Ihre

Adresse kennt? Sie werden von keinen meiner Kolleginnen und Kollegen Informationen im Internet finden. Das ist lediglich der Sicherheit des klinischen Personals geschuldet.«

Rachel musste sich eingestehen, dass das plausibel war. Obwohl sie gewillt war, ihr bis auf Weiteres zu vertrauen, behielt sie einige Restzweifel, was Trishas Person anbelangte.

In der Memorial Hall blickte Sheriff Broome Jeff starr in die Augen und wirkte dabei so entschlossen wie noch nie.

»Was ist los mit Ihnen, Sheriff? Diese Seite von Ihnen ist mir völlig fremd. Wir kennen uns doch jetzt schon seit zwanzig Jahren und haben uns immer gut verstanden, oder nicht?«, flüsterte Jeff.

»Das tut nichts zur Sache. Du solltest dich kooperativ zeigen und auf die Fragen von Rachel Buchanan antworten. Je eher wir das klären, desto früher kommen wir alle hier raus und desto eher finden wir Olivia.«

Jeff schüttelte den Kopf.

»Ich sag es noch mal: Denk dran, dass du vielleicht noch die ein oder andere Leiche im Keller versteckt hast«, sagte Broome und lehnte sich nach vorn.

»Ich wurde damals freigesprochen, mir kann keiner was, und zweimal wegen der gleichen Sache angeklagt zu werden, geht nicht«, sagte Jeff und setzte ein süffisantes Grinsen auf.

»Ich rede nicht von Sharon Pearce. Ich rede von dem Buschfeuer, bei dem ihr Vater und ihr Bruder ums Leben kamen.«

Während der Sheriff weiterredete, verfinsterte sich Jeffs Miene zusehends. »Du kannst mir nicht erzählen, dass Timothy und du damals einen Öl-Burnout gemacht habt, der für den Schaden an deinem Ute verantwortlich war. Außerdem gab es da die Aussage von Sam aus dem White Heart und einen Benzinkanister im Wald. Das wird ausreichen, um dich zu verdächtigen, und vergiss nicht, es geht dann um zweifachen Mord. Aber am schlimmsten wird vermutlich für dich sein, wenn deine Frau Beth davon erfährt.«

Jetzt war es der Sheriff, der ein süffisantes Grinsen aufsetzte. Jeff schüttelte abermals den Kopf.

»Sie Schwein, Sie verdammtes Schwein, das ist Erpressung!«, sagte er rasend vor Wut.

»Da bin ich anderer Meinung«, entgegnete der Sheriff.

Jeff wiederholte ein paar Mal seine Aussage, warf noch mit weiteren Flüchen und Schimpfwörtern um sich und wurde dabei immer lauter. Als er nach einer Weile einsah, dass ihn sein Verhalten nicht weiterbrachte, beruhigte er sich und änderte seine Strategie: Er begann den Sheriff anzuflehen und an sein Mitleid zu appellieren.

»Das können Sie mir nicht antun, bitte, Sie würden damit meine Familie zerstören«, sagte Jeff.

»Jeder bekommt das, was er verdient. Was er verdient, verstehst du? Wir alle haben Sünden begangen, die uns früher oder später einholen.«

»Meine Güte, imitieren Sie jetzt die verrückte Margret? Gott wird euch alle richten? Ihr werdet in dem Höllenfeuer verbrennen? Schön, wenn Sie wollen, dass ich etwas über meine Vergangenheit erzähle, machen wir weiter.«

Broome erhob sich von seinem harten Holzstuhl, um Rachel wieder hereinzuholen. Er hatte das Gefühl, Jeff weichgeklopft zu haben, und wollte damit vor ihr glänzen. Er öffnete die Tür der Memorial Hall und sah, wie Rachel in einiger Entfernung mit Trisha plauderte. Broome schritt die drei Stufen zum Bürgersteig hinunter und ging auf die beiden Frauen zu. Er war so auf die Frauen fixiert, dass er nicht merkte, wie einen Moment später der Motor eines Pick-ups startete, der in einer Parklücke auf der gegenüberliegenden Straßenseite abgestellt war.

Der Motor des Fahrzeugs heulte laut auf und beschleunigte das schwere Gefährt, das sich jetzt mit quietschenden Reifen vorwärtsbewegte. Der Fahrer hielt direkt auf Broome zu und machte keine Anstalten, den Wagen abzubremsen oder dem Sheriff auszuweichen. Broome, der jetzt merkte, dass etwas nicht stimmte, war zunächst noch in dem Glauben, dass der Fahrer das Lenkrad im letzten Augenblick herumreißen würde. Als er im Bruchteil einer Sekunde das entschlossene Gesicht hinter der Windschutzscheibe erkannte, das von der Straßenlaterne angeleuchtet wurde, durchfuhr ihn jedoch ein Anflug von Todesangst. Der Fahrer meinte es ernst, er würde nicht bremsen oder Broome ausweichen. Vor den entsetzten Augen von Rachel und Trisha rammte der Pick-up den Sheriff, dessen Kopf mit einem blechernen Knall gegen die hohe Motorhaube des Pick-ups schlug. Für Rachel sah es so aus, als hätte der Aufprall Broome bereits das Genick gebrochen. Spätestens jedoch, als der Wagen mit dem Sheriff vorm Kühlergrill gegen die Wand der Memorial Hall fuhr, war Rachel überzeugt, dass der Mann diesen Crash nicht überlebt haben konnte. Der Pick-up hatte Broome regelrecht in die Wand gedrückt, in der sich nun eine tiefe Delle befand.

Einen Moment später legte der Fahrer den Rückwärtsgang ein und drückte aufs Gas. Als der Wagen mit quietschenden Reifen wieder zurücksetzte, hing Broomes lebloser Körper am Frontschutzbügel wie eine makabre Kühlerfigur. Rachel und Trisha hatten sich inzwischen hinter einem massiven, gusseisernen Laternenpfahl in Sicherheit gebracht – für den Fall, dass ein eventuell erfolgender weiterer Anlauf ihnen gelten sollte. Doch der Wagen fuhr jetzt rückwärts auf die Straße. Als er den Bordstein hinabrollte, löste sich Broomes Körper und fiel mit einem dumpfen Schlag zu Boden. Rachel versuchte angestrengt, den Mann hinterm Steuer zu erkennen, ohne Erfolg. Trisha ging es ähnlich, sie versuchte außerdem, den Fahrer durch lautes

Rufen zum Aufgeben zu überreden, was allerdings ohne Erfolg blieb. Ohne zu zögern und anscheinend völlig kaltblütig legte er den Vorwärtsgang ein, drückte aufs Gas und fuhr mit dem zwei Tonnen schweren Fahrzeug über den Sheriff, als wollte er sichergehen, dass er ihm auch tatsächlich den Garaus gemacht hatte.

Kaum war der Pick-up hinter der nächsten Kurve verschwunden, wagten sich Rachel und Trisha hinter der Laterne hervor und rannten zu Broome, dessen Gesicht blutüberströmt war, wie sie bereits von Weitem erkannten. Das Blut rann aus mehreren Wunden im Kopf und sammelte sich in einer langsam größer werdenden Lache auf dem Bürgersteig, die das Licht der Straßenlaterne reflektierte. Als sich die beiden Frauen neben Broome knieten, sahen sie, dass sein Brustkorb zerquetscht zu sein schien, außerdem hatte er einen offenen Bruch am Unterarm. Rachel fühlte an seinem Handgelenk nach einem Puls, konnte aber keinen finden. Auch Broomes Atmung hatte ausgesetzt. Rachel legte Broomes reglosen Körper flach auf den harten Asphalt und begann sofort mit einer Herz-Lungen-Massage. Fünfzehnmal Druck aufs Brustbein, viermal Beatmung und Wiederholung. Angesichts dessen, dass Broomes Brustkorb zerquetscht war, hatte sie keine Ahnung, ob die Maßnahme überhaupt etwas bringen konnte. Sie machte trotzdem so lange weiter, bis dunkles Blut aus Broomes Mundwinkeln zu laufen begann und sie einen Augenblick später mit jedem Druck auf seinen Brustkorb eine kleine Blutfontäne auslöste. Einige Sekunden später geschah etwas Unglaubliches: Broome hustete kurz und versprühte dabei eine gehörige Menge Blut auf Rachels Hemd, was ihr in diesem Augenblick egal war. Undeutlich und röchelnd wiederholte Broome einige Male etwas, das Rachel erst nicht verstehen konnte, beim letzten Mal aber deutlich hörte: »Aldridge und Banks«. Dann versiegten seine Worte, er war tot.

Leroy kam aus der Memorial Hall gerannt. Als er Sheriff Broomes leblosen Körper sah, zuckte er zusammen. Wenn er als Schreibtischhengst mit richtigen Leichen konfrontiert wurde, musste er passen.

»Ach du Scheiße!«, entfuhr es ihm.

»Ruf einen Krankenwagen«, rief Rachel ihm zu, und er verschwand wieder im Gebäude, was ihm ganz recht war.

Rachel glaubte nicht, dass ein Notarzt den Sheriff noch retten konnte, das konnte wohl nur ein Wunder, doch sie würden sowieso einen Mediziner brauchen, um seinen Tod festzustellen.

Fünfzehn Minuten später war die Ambulanz vor Ort und der Notarzt bestätigte, was Rachel bereits wusste. Broome hatte keine Chance gehabt. Als sie den ersten Schock überwunden hatte, versuchte sie wieder einen klaren Gedanken zu fassen und das durch die vielen Eindrücke entstandene Chaos in ihrem Kopf zu ordnen. Hatte sie das Kennzeichen des Fahrzeugs wahrgenommen? Zumindest nicht bewusst. Sie versuchte vergeblich, sich zu erinnern. Dann fragte sie Trisha, ob sie vielleicht einen Blick auf das Nummernschild hatte werfen können. Sie antwortete, dass der Wagen mit ziemlicher Sicherheit kein Nummernschild besessen habe.

Leroy war über diese Information wenig erfreut, da er somit keinen einzigen Anhaltspunkt hatte, um mit der Suche nach dem Fahrer zu beginnen, und weiße Pick-ups gab es in der Gegend zuhauf. Rachel wies Leroy an, dennoch die Melderegister durchzugehen, schließlich hätten sie mit den wenigen Informationen keine andere Wahl.

»Die letzten Worte des Sheriffs waren ›Aldridge und Banks‹. Aldridge ist hier. Wollte er damit sagen, dass er Timothy Banks hinterm Steuer erkannt hat?«, fragte Rachel.

Jeff, der noch immer mit Handschellen gefesselt in der Memorial Hall saß, meldete sich zu Wort.

»Das glauben Sie doch nicht wirklich«, sagte er. »Timothy würde keiner Fliege was zuleide tun.«

Rachel schaute Jeff schräg an.

»Das habe ich von Ihnen auch gedacht, und dann haben Sie mich mit einer Waffe bedroht, entführt und wollten mich in ein Kellerloch zerren«, konterte sie. Daraufhin hielt Jeff den Mund.

»Ich werde Timothy auf jeden Fall herbringen. Etwas hat Broome mir über ihn mitteilen wollen und ich möchte wissen, was es ist. Irgendetwas stimmt da nicht. Haltet ihr hier die Stellung. Wenn was ist und ihr Anhaltspunkte zum Besitzer des Pick-ups findet, gebt mir umgehend Bescheid.«

Als Rachel durch das leere, dunkel und kalt wirkende Dorf zum Haus der Banks fuhr, beschlich sie ein mulmiges Gefühl. Deshalb machte sie einen kleinen Umweg, um bei den Aldridges nach dem Rechten zu sehen. Plötzlich trat sie mit voller Kraft auf die Bremse. Im ersten Moment konnte sie nicht glauben, was sie da am Straßenrand sah: Ein weißer Pick-up ohne Nummernschilder stand verlassen auf dem Grünstreifen. War es das Fahrzeug, mit dem vor nicht einmal einer halben Stunde der Sheriff auf brutale Weise umgebracht worden war? Rachel stieg aus und blickte sich zögerlich um. War hier jemand? Gleich neben dem Wagen befand sich ein dunkles Gebüsch, in das sie vorsichtig hineintrat, um zu testen, ob sich vielleicht jemand darin versteckte. Die Luft war rein. Rachel umrundete das Auto und legte die Hand auf die Motorhaube. Sie strahlte noch Wärme ab, der Wagen war vor nicht allzu langer Zeit bewegt worden. Außerdem entdeckte sie ein paar Blutspuren, die jemand hastig versucht hatte fortzuwischen.

Vorsichtig schaute Rachel auf die Pritsche und in den Innenraum des Fahrzeugs. Nichts. Plötzlich raschelte das Gebüsch und sie fuhr schlagartig herum. Hatte sie vorhin etwas übersehen? Eine dicke Beutelratte sprang aus dem Geäst und

Rachel erschrak. Als das Tier sie entdeckte, schaute es sie neugierig an und rannte dann über die Straße davon. Rachel war erleichtert. Sie ging nach vorn zur Fahrertür und zog behutsam an dem Griff, indem sie ihn an den Außenkanten umschloss, um keine Fingerabdrücke zu verwischen. Dabei erlebte sie die nächste Überraschung, der Pick-up war offen. Sie suchte mit einem flüchtigen Blick noch einmal die Umgebung ab, um sicherzugehen, dass niemand dort war, und stieg ins Auto, wo sie sich im Innenraum umschaute. Der Zündschlüssel steckte nicht im Schloss und lag auch nicht auf der Sonnenblende. Mit Ausnahme von ein paar Geldstücken fand sie nichts Interessantes, auch das Handschuhfach war leer. In einer kleinen Schublade unter dem Autoradio entdeckte Rachel schließlich etwas Verdächtiges: eine Tablettenpackung mit der Aufschrift »Aprophilid – Antihyperkinetikum«. Als plötzlich Rachels Handy klingelte, glitt ihr die Packung aus der Hand und landete im Fußraum. Es war Leroy.

»Was gibt's?«, fragte sie.

»Ich habe gerade eine E-Mail bekommen«, antwortete Leroy.

»Das muss ja dringend sein, ich bin doch sowieso gleich wieder zurück.«

»Mit der Information wollte ich nicht warten, sie wird dich bestimmt interessieren. Du wolltest, dass ich herausfinde, wo Annette Pearce ist. Du weißt, die psychisch kranke Frau von Colin Pearce, die in der Psychiatrie in Melbourne untergebracht war. Um direkt zur Sache zu kommen: Da ist sie nicht mehr. Und man weiß dort auch nicht, wo sie sich aufhält.«

Rachel brauchte ein paar Sekunden, um die Tragweite dieser Information zu begreifen. Sie bat Leroy, das Telefon an Trisha weiterzureichen. Sie benötigte dringend die Hilfe einer Spezialistin.

»Ich habe den Wagen gefunden, mit dem Sheriff Broome überfahren wurde. Er ist verlassen, aber ich habe ein Päckchen Aprophilid darin gefunden. Wogegen wird das Medikament verabreicht?«

»Das ist ein Neuroleptikum. Wir verschreiben es Patienten, die unter Schizophrenie leiden.«

Für Rachel reichte diese Information, Leroy anzuweisen, eine Fahndung nach Annette Pearce herauszugeben. Das bedeutete, dass Marcus Owen seine Leute, die jetzt vermutlich schon im Hotel schliefen, aufwecken musste. Der Suchtrupp durfte keine Zeit verlieren, denn offensichtlich erhärtete sich der Verdacht, dass Colin Pearce' Witwe, die Mutter der toten Geschwister Sharon und Jasper, etwas mit dem Verschwinden von Olivia zu tun hatte.

Dennoch fuhr sie bei den Banks vorbei, um Timothy mitzunehmen, denn noch immer standen die letzten Worte des Sheriffs als ungelöstes Rätsel im Raum. Zunächst mit Unverständnis begleitete Timothy Rachel schließlich zurück zur Memorial Hall, wo er neben seinem Freund Jeff Platz nahm und verwundert auf dessen Handschellen blickte.

»Bin ich jetzt auch als Verdächtiger hier? Werden Sie mir auch Handschellen anlegen?«, fragte Timothy.

»Das kommt darauf an, was Sie mir mitzuteilen haben. Sheriff Broome ist tot, und er ist auf nicht sehr angenehme Weise ums Leben gekommen. Seine Leiche wurde gerade weggebracht«, sagte Rachel.

»Und was habe ich damit zu tun?«

»Nun ja, Ihr Name war das Letzte, was er gesagt hat.«

Panisch begann Timothy zu überlegen. Was sollte das alles? Wieso saß sein Freund Jeff neben ihm in Handschellen? Hatte Rachel am Ende herausgefunden, dass sie die kleine Sharon umgebracht hatten und sein Freund Jeff das Haus der Familie angezündet hatte? Und wieso, in Gottes Namen, war der Sheriff tot?

Schweißperlen bildeten sich auf Timothys Stirn, er fühlte sich wie im falschen Film. Wie lange würden er und Jeff ihr zerbrechliches Konstrukt aus Lügen noch aufrechterhalten können, ehe es wie ein Kartenhaus über ihnen zusammenbrach und sie unter sich begraben würde? Er dachte daran zurück, wie Jeff und er sich vor knapp zwanzig Jahren gefreut hatten, dass sie nach dem Tod der gesamten Familie Pearce nie wieder mit dem Tod Sharons konfrontiert werden würden. Vielleicht hatten sie sich zu früh gefreut.

Kapitel 16

Gegenwart

Der schrille Klingelton von Marcus Owens Handy riss Timothy aus seinen Gedanken. Der Leiter des Suchtrupps, dessen Leute sich bis auf einen bereits ins Hotel zurückgezogen hatten, hielt weiterhin die Stellung in der Memorial Hall. Er zog sein Handy aus der Tasche und drückte die grüne Taste. Am anderen Ende der Leitung sprach ein aufgebrachter Frank Towns, der noch immer die Fangschaltung im Haus der Banks überwachte. Towns war so nervös, dass sich seine Stimme überschlug und Owen Mühe hatte, ihn zu verstehen.

»Frank, jetzt noch mal ganz langsam, was ist los?«

Towns holte einmal tief Luft und antwortete dann in halbwegs verständlichem Englisch: »Bei den Aldridges brennt es!«, rief er.

Die Nachricht sorgte schlagartig für Aufruhr in der Memorial Hall.

»Macht mich los, ich will zu meiner Familie«, brüllte Jeff immer wieder, während sein Freund Timothy aufsprang und planlos in der Halle umherlief. Rachel fing Timothy wieder ein, setzte ihn zurück auf seinen Stuhl und versuchte so gut es ging, die Situation unter Kontrolle zu bringen.

»Alle bleiben hier und beruhigen sich erst einmal. Leroy, du verständigst die Feuerwehr, falls noch nicht geschehen, und ich fahre zu den Aldridges.«

»Darf ich mitkommen?«, fragte Trisha vorsichtig.

Rachel verneinte mit der Bitte, sie möge beruhigend auf Jeff einreden, dem Rachels Plan ganz und gar nicht gefiel, da er bei seiner Familie sein wollte und noch immer lautstark protestierte. Doch das kam für Rachel nicht infrage, immerhin hatte Jeff sie entführt, mit einer Waffe bedroht und seine Rolle im Gesamtzusammenhang des Falls war noch nicht abschließend geklärt. Rachel machte sich umgehend auf den Weg und nutzte die kurze Fahrtzeit, um die Puzzleteile in ihrem Kopf zu ordnen. Es gab also in der Vergangenheit ein verschwundenes Mädchen und einen Brand, bei dem der Vater und der verstummte Sohn ums Leben gekommen waren, während die schizophrene Mutter bereits in der Psychiatrie saß. Knapp zwanzig Jahre später verschwand ein weiteres Mädchen und ihr Spielkamerad kehrte praktisch verstummt zurück. Dann war da noch der Sheriff, der überfahren worden war, und die brennenden Häuser zweier Männer, die in dem Fall vor zwanzig Jahren irgendeine Rolle gespielt hatten. Nicht zu vergessen, die Entführung von Rachel durch Jeff, der nicht wollte, dass sie weiter in der Vergangenheit herumwühlte. Letzteres gab Rachel zunehmend zu denken, wichtiger war jedoch noch immer Olivia. Und genau da kam wieder Annette Pearce ins Spiel. In Rachel setzte sich immer mehr die Vermutung fest, dass Annette Olivia entführt hatte. Höchstwahrscheinlich, um ihre eigenen toten Kinder zu rächen. Mehr denn je war Rachel entschlossen, die Wahrheit herauszufinden. Sie wollte unbedingt wissen, ob sie richtig lag.

Bereits aus einigen hundert Metern Entfernung sah Rachel den hellen Feuerschein des brennenden Aldridge-Hauses, und auch einige Schaulustige waren bereits vor Ort. Es waren zwar nicht so viele, wie zuvor beim Brand des Banks-Hauses, doch immer noch zu viele für Rachels Geschmack. Schaulustige hatten an keinem Einsatzort der Welt etwas verloren.

Rachel stellte den Wagen in einigem Sicherheitsabstand zum brennenden Gebäude ab und sprang aus dem Fahrzeug. War bei den Banks quasi nur eine Wand vom Feuer betroffen gewesen, sah es hier wesentlich schlimmer aus. Alle vier Außenwände brannten lichterloh, und das Feuer war bereits dabei, sich über die Bläschen werfende Dachpappe auszubreiten. Das Haus strahlte eine so enorme Hitze ab, dass die Schaulustigen einen relativ großen Abstand hielten. Unter ihnen waren Frank Towns und Susan Banks, die nach Ausbruch des Feuers von Beth Aldridge verständigt worden waren. Plötzlich fiel es Rachel ein:

»Wo sind Beth und der kleine Ben? Sind sie noch im Haus?«, rief Rachel Susan und Frank zu, die von dem flammenden Haus wie hypnotisiert schienen.

»Ja, die sind noch drinnen. Es ist zu gefährlich für uns, sie da rauszuholen. Wir müssen auf die Feuerwehr warten, die haben Spezialisten für so was«, antwortete Towns.

Rachel schaute sich verzweifelt um. Beth und ihr Sohn würden sterben, wenn sie nicht schnellstmöglich jemand aus dem brennenden Haus holte. Von der Feuerwehr war noch nichts zu hören oder zu sehen. Und selbst wenn sie in ein paar Minuten hier sein würde, konnte es bereits zu spät sein. Rachel musste selbst hinein.

»Macht Platz, lasst mich vorbei«, schrie sie einige der Schaulustigen an, die wie die Ölgötzen herumstanden und nur widerwillig und verständnislos zur Seite gingen.

Rachel sprang über eine Hecke in den Garten eines Nachbargrundstücks, wo ein kleiner Plastikpool stand, der bis oben hin gefüllt war. Rachel ließ sich in das Wasser fallen und wälzte sich ein paarmal darin, bis sie komplett durchnässt war. Sie sprang zurück über die Hecke und rannte triefend zum brennenden Haus. Einige Augenblicke blieb sie vor der Haustür stehen. Sie atmete fünf- oder sechsmal tief durch und hielt danach die Luft an. Den Trick kannte sie vom Schnorcheln, durch eine bewusst herbeigeführte Hyperventilation konnte sie den Atemreiz länger unterdrücken. Sie musste unbedingt vermeiden, in der brennenden Hölle etwas von dem Rauchgas einzuatmen.

Der Flur stand bereits in Flammen, und während Rachel vorsichtig einen Fuß vor den anderen setzte, hielt sie sich schützend die Arme vors Gesicht, um sich vor der Hitze abzuschirmen. Das Wasser in ihrem Gesicht war bereits verdunstet und die Kleidung an Rachels Körper dampfte. Lange würde sie es hier nicht aushalten, sie musste jetzt eine Entscheidung treffen, wen sie zuerst retten sollte: Beth oder den kleinen Ben? Die Mutter, die es in Rachel immer noch gab, musste nicht lange überlegen. Rachel peilte die Treppe an, die vom Flur zu Bens Kinderzimmer hinaufführte. Nach der Hälfte der Stufen ging ihr die Luft aus und sie atmete so vorsichtig und so tief wie möglich in der Armbeuge ein. Fast oben angekommen, fiel ein Bild von der Wand im Treppenhaus und landete auf ihrem Fuß. Vor Schreck schrie sie laut auf und atmete noch einmal tief ein, bevor sie die letzten Stufen nahm und die Tür zu Bens Zimmer auftrat.

Der Junge lag reglos auf dem Bett, über ihm hingen Rauchschwaden.

»Ben, aufwachen. Komm schon, Junge! Wir müssen hier raus!«, rief sie und schüttelte den Körper des Jungen, doch er machte keine Anstalten, aufzuwachen.

Rachel musste Ben wohl selbst hinausschaffen. Sie warf seinen schlaffen Körper geübt mit einem Rettungsgriff über die Schulter, wie sie es im Erste-Hilfe-Kurs bei der Polizei gelernt hatte und trug ihn aus dem Zimmer. Im Treppenhaus musste sie behutsam vorgehen und aufpassen, dass sein Kopf nicht gegen das Geländer schlug. Auf der Hälfte der Treppe schlug ihr plötzlich die Hitze des Feuers entgegen und sie stellte fest, dass die gesamte Feuchtigkeit aus ihrer Kleidung verdunstet war. Jetzt hieß es, keine Zeit zu verlieren. Noch ein paar Meter und sie hatte es geschafft. Mit dem Jungen über den Schultern war Rachel nicht in der Lage, in der Armbeuge Luft zu holen. Ihr blieb nichts anderes übrig, als den immer dichter werdenden Qualm einzuatmen. Stark hustend legte sie das letzte Stück zurück. Als sie endlich durch die Haustür nach draußen trat, legte sie Ben in einem großzügigen Sicherheitsabstand zum Haus behutsam ab und hustete sich heftig aus. Einen Moment lang hatte sie das Gefühl, ihre komplette Lunge aus dem Hals hinauszuhusten. Nur am Rande und völlig ungerührt registrierte sie, dass die immer größer werdende Menschenmenge vor dem Haus ihre Heldentat mit Applaus bedachte. Erfreut stellte sie fest, dass einige Schaulustige vier oder fünf Wassereimer vor das Haus gestellt hatten. Rachel entleerte zwei davon über ihrem Kopf und ging wieder in Richtung Haustür.

»Was haben Sie vor? Sie wollen da doch nicht noch einmal rein!? Das Haus kann jeden Moment einstürzen, das kann ich nicht zulassen«, versuchte Frank Towns sie aufzuhalten.

»Gehen Sie zur Seite, Beth Aldridge ist noch da drin. Wenn ich sie da nicht heraushole, wird sie sterben.«

Frank Towns stellte sich Rachel in den Weg, die versuchte, ihn zur Seite zu stoßen.

»Wir haben zwei Möglichkeiten: Entweder ich gehe jetzt da rein und hole die Frau raus, oder Sie! Na?«, keuchte Rachel.

Kurz schien Towns zu überlegen, dann ging er zur Seite und ließ Rachel passieren.

»Das habe ich mir gedacht. Wenn Sie schon nicht helfen wollen, kümmern Sie sich wenigstens um den Jungen«, rief Rachel und sprintete los.

Ohne groß nachzudenken, wagte sie sich ein zweites Mal in das Inferno. Vor lauter Qualm konnte sie inzwischen nicht mehr als ein oder zwei Meter weit sehen, sie arbeitete sich jedoch tapfer ins Wohnzimmer vor, wo sie Beth vermutete. Die Methode, durch die Armbeuge einzuatmen, funktionierte kaum noch und der Rauch brannte ihr in Lunge und Augen. Erleichtert stellte sie fest, dass Beth tatsächlich auf dem Sofa im Wohnzimmer lag. Und Ernüchterung machte sich in ihr breit, als sie begriff, wie schwierig es sein würde, sie hinauszuschaffen. Sie drang bis zum Sofa vor und versuchte, die Frau zu schultern. Unter normalen Umständen wäre es Rachel vielleicht sogar gelungen, den Rettungsgriff auch bei Beth anzuwenden, doch der dichte Rauch machte es ihr unmöglich, eine derartige körperliche Anstrengung zu vollbringen.

Plötzlich hörte Rachel im Flur ein lautes Krachen. Sie drehte sich um. Durch den Qualm schimmerte schwach ein Feuerschein, ein Balken war von der Decke herabgestürzt, stand quer und versperrte jetzt den Weg hinaus durch den Flur. Jetzt wäre es Rachel auch ohne jemanden auf dem Rücken unmöglich gewesen, durch die Vordertür hinauszukommen. Sie hustete und duckte sich, da in der Nähe des Bodens bisher noch am wenigsten Rauch herumwaberte. Wie sollte sie nun aus dem Haus gelangen? In aller Eile schmiedete sie einen Fluchtplan: Sie sah die einzige Möglichkeit zu entkommen darin, dass Wohnzimmerfenster einzuschlagen und in den Garten hinauszusteigen. Rachel tastete sich zu der Kommode an der Wand und suchte nach einem möglichst schweren Gegenstand, mit dem sie das Glas einwerfen konnte. Ein bronzener Kerzenständer war genau das Richtige. Mit voller Wucht warf sie das ein Kilogramm schwere Geschoss in die Scheibe. Für einen kurzen Augenblick leuchteten die Flammen, die sich inzwischen über den hölzernen Fußboden vom Flur ins Wohnzimmer vorarbeiteten, vom frischen Sauerstoff genährt hell auf und es wurde noch ein paar Grad heißer. Rachel untersuchte das Loch in der Scheibe, das leider nicht annähernd so groß war, dass ein Mensch hindurchgepasst hätte, sie musste das Glas weiter einschlagen. Als sie sich im Wohnzimmer nach einem weiteren geeigneten, möglichst schweren Gegenstand umschaute, wurde sie plötzlich von einer Explosion umgerissen. Einige Gaskartuschen für Campingkocher, die in der Küche in einem Schrank unter der Spüle gelagert gewesen waren, hatten der Hitze nicht länger standgehalten und waren explodiert. Rachel landete, von der Druckwelle umgerissen, hart auf dem Boden und brauchte einige Augenblicke, um sich wieder zu fangen und zu atmen. Der Rauch brannte jetzt erneut merklich in ihrer Lunge. Sie durfte hier nicht liegen bleiben. Wenn sie das Bewusstsein verlor, war alles zu spät. Als sie sich wieder aufrichten wollte, wurde ihr schwarz vor Augen und sie sank zurück auf den Boden, wo sie wie in Trance liegen blieb. Das Gesicht auf den Teppich gepresst, sah sie die Flammen langsam immer weiter auf sich zukommen. Auf eigenartige Weise schien sich plötzlich ein Schalter in ihrem Kopf umzulegen. Auf einmal machte es ihr nichts mehr aus, hier zu liegen und den sicheren Tod auf sich zukommen zu sehen. So würde ihr Leben also enden. Hier, in Australien, in einem brennenden Haus. Zugegeben, es gab angenehmere Arten zu sterben, doch wenn es so sein sollte, würde sie sich ihrem Schicksal fügen. Immerhin hatte sie die Vorsehung heute schon einmal verschont, als sie dank Trisha Hayes nicht von Jeff Aldridge in ein dunkles Kellerloch gesperrt worden war. Irgendwann hatte man sein Glück vielleicht aufgebraucht wie einen Kredit.

Rachel hatte keine Zeit mehr, den Gedanken zu Ende zu führen. Auch diesmal sollte die Fügung es gut mit ihr meinen, ihre Zeit war noch nicht gekommen. Nur Sekunden, bevor sie vollends das Bewusstsein verlor, nahm sie wie im Nebel wahr, dass jemand von außen die Scheibe einschlug und sie einige Augenblicke später vom Boden aufhob. Es fühlte sich an, als würde sie aus dem brennenden Haus schweben, als würde sie aus der Hölle emporsteigen und ins Licht gleiten.

Es stellte sich heraus, dass das Licht die Scheinwerfer eines Krankenwagens waren. Gerade noch rechtzeitig, um Rachel und auch Beth zu retten, waren die Einsatzkräfte eingetroffen und auf

Drängen von Frank Towns unverzüglich in das Haus gestiegen, um Rachel und Beth zu retten. Jetzt befand sich Rachel zusammen mit Ben und seiner Mutter in der Ambulanz, und alle bekamen von den Sanitätern jeweils eine Sauerstoffmaske aufs Gesicht gedrückt. Mit jedem Atemzug schien es Rachel, als löse sich der sie umgebende Nebel ein Stück weiter auf, ihre Wahrnehmung wurde zusehends klarer. Was war das da gerade in dem brennenden Haus? Was für ein erschreckendes Gefühl hatte sie da auf dem Boden überkommen? War sie ernsthaft bereit gewesen, ihr Leben loszulassen und sich ihrem Schicksal hinzugeben? Diese Erkenntnis war für sie umso schlimmer, als sie sich vorgenommen hatte, niemals aufzugeben. Sie beruhigte sich damit, dass ihr Körper sie höchstwahrscheinlich hatte schützen wollen.

Ben atmete schnell, kurz und panisch, er musste vom Sanitäter beruhigt werden, um nicht zu hyperventilieren. Beth lag auf der Trage und war immer noch nicht bei Bewusstsein. Rachel versuchte, ruhig und tief zu atmen. Als sie Brigade Captain Thorpe auf der Fläche vor dem noch immer brennenden Haus entdeckte, riss sie sich die Maske vom Gesicht und sprang unter Protest ihres Sanitäters aus dem Krankenwagen.

»Captain, Captain, einen Augenblick, bitte, ich muss Sie sprechen«, rief sie Thorpe zu.

Der Captain lotste sie zu einer vom Brand entfernt gelegenen Stelle, um in Ruhe mit ihr zu sprechen.

»Können Sie mir etwas zur Brandursache sagen?«

Thorpe schüttelte den Kopf.

»Vor fünf Minuten habe ich sie bewusstlos aus dem brennenden Haus getragen, und jetzt wollen Sie mich schon festnageln«, sagte Thorpe. »Wollen Sie sich nicht erst mal erholen? Sie brauchen Sauerstoff.«

»Sie waren es, der mich aus dem Haus getragen hat? Dann bedanke ich mich sehr herzlich bei Ihnen, Sie haben mir das Leben gerettet. Ich müsste aber trotzdem wissen …«

»Schon gut, Sie geben ja doch keine Ruhe. Wir können das Haus erst untersuchen, wenn das Feuer gelöscht ist und die Trümmer abgekühlt sind. Dort drüben lag allerdings auch wieder ein Kanister, weshalb ich Brandstiftung für sehr wahrscheinlich halte. Hier konnten wir aber leider nicht rechtzeitig zur Stelle sein. Wir können nur noch verhindern, dass der Brand auf die Nachbarhäuser übergreift.«

»Verstehe«, sagte Rachel.

»Es war übrigens sehr mutig von Ihnen, dass Sie ins brennende Haus gerannt sind. Und sehr dumm«, sagte Thorpe.

»Was sollte ich denn machen, ich konnte die beiden doch nicht verbrennen lassen«, sagte Rachel.

»Das müssten Sie mal den Schaulustigen hier erzählen. Das ist eine Plage hier, war aber auch noch nie anders«, kommentierte Thorpe.

Thorpe hatte natürlich recht, und Rachel stellte sich ohnehin die ganze Zeit über die Frage, warum niemand auch nur irgendetwas getan hatte. Rachel konnte sich das nur dadurch erklären, dass die Familie Aldridge nicht sonderlich beliebt war. Doch selbst dann hätte jeder normale Mensch geholfen. Rachels Handy klingelte, es war Marcus Owen.

»Ja?«

»Owen hier, wie sieht es mit dem Hausbrand aus, ist die Feuerwehr schon da?«

»Ja, vor einigen Minuten eingetroffen, das Haus brennt kontrolliert ab, es gibt nur zwei Verletzte«, antwortete Rachel.

»Wenigstens nicht noch mehr Tote. Wir sind jetzt an der Stelle, wo Sie den Pick-up gefunden haben, und schauen uns überall um«, sagte Owen.

»Und, haben Sie weitere Hinweise gefunden?«

»Nein, der Wagen ist nicht mehr da.«

Kapitel 17

Gegenwart

»Sie müssen mich zu meiner Frau und meinem Sohn lassen, ich muss ihnen helfen!« Jeff wiederholte immer wieder lautstark seine Bitte, und obwohl Leroy ihm bereits mehrmals zu verstehen gegeben hatte, dass er die Memorial Hall nicht verlassen durfte, gab er keine Ruhe. Trisha ging die ganze Situation ziemlich auf die Nerven – zusätzlich zu der Anspannung, die sie ohnehin schon plagte. Sie verfolgte ihren eigenen Plan, und der lief gerade gar nicht wie beabsichtigt. Als Trisha es auf ihrem Stuhl nicht mehr aushielt, beschloss sie, draußen eine Zigarette zu rauchen. Owen war mit einigen Leuten abgerückt, und in der Memorial Hall saßen noch Leroy, ein Kollege, der zum Schutz hiergeblieben war, Timothy und der nölende Jeff.

»Kann ich Sie kurz allein lassen? Ich muss mal an die frische Luft, ein bisschen den Kopf freibekommen«, sagte Trisha. Leroy nickte freundlich und versicherte ihr, sie könne sich ruhig Zeit lassen, sie würden in der Zwischenzeit die Stellung halten.

So gut hatte sich eine Zigarette lange nicht angefühlt. Trisha genoss jeden Zug und betrachtete die verlassenen Straßen. Die Kleinstadt wirkte wie ausgestorben, doch im Licht der viktorianisch anmutenden Straßenlaternen versprühte sie einen gewissen Reiz, wie sie sich eingestehen musste.

Dies war ihr letzter Gedanke, bevor sie einen dumpfen Schlag spürte und kraftlos zusammensackte. Trisha bekam nicht mehr mit, wie sie in einen weißen Pick-up geschleift wurde, der sie ein ganzes Stück aus dem Ort hinausbrachte. Der Halbmond reflektierte genug Licht, sodass man auch ohne Scheinwerfer mehrere hundert Meter weit sehen konnte – genau die richtige Voraussetzung, wenn man nachts mit dem Auto auf der Straße war und nicht entdeckt werden wollte. Schließlich war die Polizei auf der Suche nach einem weißen Pick-up. Auf einer ausgedehnten Wüstenfläche, mitten im Nirgendwo, kam der Wagen zum Stehen und wirbelte dabei eine Sandwolke auf, die im Mondschein einem grauen Schleier glich, der sich um das Auto legte.

Trisha öffnete langsam die Augen. Sie lehnte mit dem Kopf an der kalten Scheibe der Beifahrertür. Ihr Schädel hämmerte und es kam ihr vor, als wären ihre Gedanken von einer dicken Betonwand in ihrem Kopf eingeschlossen. Nach ein paar Sekunden fiel ihr wieder ein, was passiert war. Sie hatte vor der Memorial Hall gestanden und geraucht, als ihr jemand auf den Kopf geschlagen und sie das Bewusstsein verloren hatte. Reflexartig fasste sie sich an den Hinterkopf. Ihr Entführer hatte ziemlich hart zugeschlagen, sie fühlte frisches, warmes Blut. Ein Blick auf die Fingerspitzen bestätigte es: Sie waren rot. Trisha saß in einem Auto, so viel war schon mal klar. Es war noch immer dunkel, was darauf schließen ließ, dass nicht viel Zeit vergangen sein konnte. Aber wo war sie? Die karge Umgebung, in der sich im Mondschein einige wenige Büsche abzeichneten, hätte hier überall sein können. Und wer hatte sie entführt? Erst jetzt wurde ihr bewusst, dass aus dem Autoradio laute Musik dröhnte, die sie schließlich geweckt hatte. »Stand by Me« in der Version von Ben E. King schallte aus den Lautsprechern – ein makabres Lied in Anbetracht der Lage, in der sich Trisha befand.

Mit großer Anstrengung und schmerzendem Nacken hob sie vorsichtig den Kopf an, wobei einer ihrer Halswirbel laut knackte. In diesem Augenblick wurde die Musik im Auto leiser. Trisha drehte langsam den Kopf in Richtung Fahrersitz, um endlich ihren Entführer zu sehen.

»Bist du endlich wieder wach. Ich habe mir schon gedacht, dass Ben E. King dabei helfen würde. Das lief damals immer in der Klinik, weißt du noch?«

Trisha versuchte die Schmerzen in ihrem Nacken wegzumassieren.

»Wie könnte ich das vergessen. Ich hätte nie gedacht, dass du mich so enttäuschen würdest, du warst doch auf dem besten Weg«, sagte sie.

»Ich habe keine Wahl, es hörte nicht auf, es hörte einfach nicht auf.«

»Nimmst du deine Medikamente? Alle haben dir immer wieder gesagt, dass du deine Medikamente regelmäßig nehmen sollst, also?«, fragte Trisha.

»Nicht mehr regelmäßig. Die Wirkung lässt nach.«

»Und nach allem, was du getan hast, geht es dir jetzt besser? Hat es endlich aufgehört? War es das wert? Das ganze Leid?« Trisha schaute fragend und vorwurfsvoll zum Fahrersitz hinüber.

»Nein, es ist noch nicht zu Ende. Eine Sache gibt es noch, dann wird es vorbei sein! Für immer! Dann bin ich endlich frei, das verspreche ich!«

Trisha war ganz und gar nicht begeistert. »Müssen noch mehr Menschen sterben? Was hast du mit der kleinen Olivia gemacht? Wo ist sie? Sag mir, wo du sie versteckt hast«, sagte Trisha.

Schweigen.

»Das kann ich nicht. Du weißt, dass ich das nicht kann!«

»Lass dich von mir zurückbringen«, sagte Trisha. »Die Polizei wird dich sonst kriegen.«

»*Genug!* Nur noch eine Sache, dann ist es vorbei, das verspreche ich.«

Trisha rang mehrere anstrengende Augenblicke mit sich selbst, bis sie schließlich ein Angebot vorschlug.

»Gut, du bringst diese eine letzte Sache zu Ende, und niemand muss mehr sterben. Dann fahren wir zurück nach Melbourne.«

»Ich werde mein Bestes geben, aber du musst mir dabei helfen, deshalb habe ich dich hierhergebracht.«

»Hierhergebracht? Du hast mir fast den Schädel eingeschlagen, hättest du nicht einfach fragen können, ob ich dich begleite?«, fragte Trisha und fasste sich noch einmal an den Hinterkopf, der inzwischen aufgehört hatte zu bluten.

»Ich wollte nur, dass du weißt, dass ich es ernst meine. Vielleicht sind im Eifer des Gefechts auch einfach nur die Pferde mit mir durchgegangen, das ist alles so aufregend. Und versuch bloß nicht, mich zu verarschen!«

Trisha nahm sich vor, widerstandslos zu kooperieren. »Okay, sag mir, was ich machen soll«, sagte sie verunsichert. Geduldig hörte sie zu. Es war keine unlösbare Aufgabe, dennoch war sie mehr als skeptisch.

»Bis wann habe ich Zeit?«, fragte sie zum Schluss.

»Ich würde schätzen, so um die zwei Stunden. Erwarte mich bei Sonnenaufgang. Ich fahre dich jetzt wieder zurück nach Hopetoun. Sie sind höchstwahrscheinlich noch immer auf der Suche nach mir. Ich lasse dich ein paar hundert Meter vor dem Ortschild rausspringen, die restliche Strecke musst du laufen.« Trisha blieb keine andere Wahl, als es zu akzeptieren.

Als Hopetoun nicht mehr weit entfernt lag und die ersten Lichter der Gebäude zu sehen waren, erkannte Trisha, dass sie sich der Ortschaft aus südlicher Richtung näherten. Hier durfte sie aussteigen. Sie knallte die Tür zu und sah dem Pick-up nach, wie er unbeleuchtet sehr bald in der Dunkelheit verschwand. Bis zum Stadtzentrum mussten es zu Fuß etwa zwanzig Minuten sein. Trisha blickte auf ihre Füße und stellte fest, dass sie immer noch die Absatzschuhe trug. Vielleicht würden es etwas mehr als zwanzig Minuten werden. Trisha mochte noch nicht daran denken, was sie in der Memorial Hall erwartete.

Kapitel 18

Gegenwart

»Sind Sie sicher, dass Sie an der richtigen Stelle stehen? Navigationsgeräte funktionieren nicht immer sehr zuverlässig. Bitte checken Sie doch noch mal Ihren Standort«, bat Rachel. Sie wollte Owen nicht glauben, dass der weiße Pick-up nicht mehr am Grünstreifen stand.

»Wir befinden uns ganz sicher an der richtigen Stelle«, bestätigte Owen.

Rachel fluchte. Sie ärgerte sich, dass Owen und seine Truppe nicht schneller am Standort des Wagens eingetroffen waren. Jetzt konnte der Besitzer theoretisch schon über alle Berge sein.

»Dann suchen Sie weiter, wir sehen uns später in der Memorial Hall«, raunte Rachel ins Telefon und legte auf.

Captain Thorpe hatte das Gespräch verfolgt und schaute Rachel mit großen Augen an.

»Was meinen Sie mit ›wir sehen uns später in der Memorial Hall‹? Sie wollen doch jetzt nicht weiterarbeiten. Sie wären gerade fast gestorben, Sie brauchen Ruhe!«, sagte er.

»Das kann ich mir nicht erlauben, wir müssen noch immer ein Mädchen finden, und die mutmaßliche Entführerin ist irgendwo da draußen.«

Thorpe schüttelte fassungslos den Kopf.

»Vor allem anderen haben Sie eine Verantwortung für Ihre Gesundheit und sich selbst, erst dann folgt alles andere«, sagte er.

»Ich habe das Versprechen abgegeben, die kleine Olivia Banks zu finden, und das werde ich unter allen Umständen halten. Es haben schon genug Eltern ihre Kinder verloren. Glauben Sie mir, ich weiß, wovon ich spreche.«

Thorpe hatte ernsthafte Bedenken, Rachel allein ziehen zu lassen. Er schaute zu dem noch immer brennenden Aldridge-Haus hinüber, von dem inzwischen nur noch das Dach auf vier Säulen und eine Wand übrig waren. Nach einer kurzen Unterredung mit einem der Kameraden, während derer er sich versicherte, dass der Trupp eine Weile ohne ihn klarkommen würde, ging er zurück zu Rachel.

»Wenn Sie sich und Ihrem Körper schon keine Pause gönnen, lasse ich Sie aber auf keinen Fall Auto fahren. Ich werde Sie persönlich zur Memorial Hall bringen und auf Sie aufpassen, wenn Sie es schon nicht selber tun«, sagte Thorpe, der sich, nachdem er Rachel aus dem Haus gerettet hatte, auf eigenartige Weise für sie verantwortlich fühlte. Rachel wollte widersprechen, durfte aber nicht ausreden.

»Vergessen Sie es, ich lasse Sie nicht fahren, das wäre mehr als fahrlässig«, ließ Thorpe nicht locker.

Rachel sah ein, dass sie keine Wahl hatte, und vielleicht war es wirklich besser, wenn sie nicht selbst fuhr, sie stand noch immer recht wackelig auf den Beinen. Bevor es losging, wollte sie noch ein, zwei Dinge klären. Sie schaute sich um und fragte sich, wo Susan Banks war, die vorher noch mit Frank Towns gegafft hatte. Rachel entdeckte sie in der Ambulanz, sie war gerade dabei, ihrer Freundin Beth und dem Jungen, die beide immer noch hundertprozentigen Sauerstoff einatmeten, Mut zuzusprechen.

»Mrs Aldridge, Sie und Ihr Sohn werden zur Beobachtung ins Krankenhaus gebracht, ich wünsche Ihnen gute Besserung!«, sagte Rachel.

Beth versuchte, etwas zu erwidern, war wegen der Sauerstoffmaske jedoch schwer zu verstehen.

Schließlich brachte sie am Ende noch ein verständliches »Danke« hervor. Rachel nickte ihr zu und klopfte Ben auf die Schulter, der sich inzwischen beruhigt hatte und wieder gleichmäßig atmete, aber immer noch nicht sprach.

Rachel konnte hier nichts weiter tun. Zusammen mit Captain Thorpe machte sie sich auf zur Memorial Hall, von wo aus sie die Suche nach Olivia beziehungsweise Annette Pearce besser koordinieren konnte. Am Auto wurden die beiden von Susan Banks aufgehalten.

»Mrs Buchanan, bitte nehmen Sie mich mit zur Memorial Hall. Ich möchte jetzt bei meinem Mann sein. Ich habe sonst niemanden«, bat sie.

Rachel hatte befürchtet, dass das passieren würde. Unter normalen Umständen wäre das für sie nicht infrage gekommen. Da Susan in ihrer schwierigen Lage jedoch nun tatsächlich niemanden mehr hatte – ihre beste Freundin Beth würde ins Krankenhaus gebracht werden, ihr Mann Timothy war bei der Vernehmung und ihre kleine Tochter wurde immer noch vermisst – ließ Rachel sich überreden.

Im Auto schwiegen sich die beiden Frauen und Thorpe an, keiner von ihnen empfand es jedoch als peinliche Stille, die man normalerweise erlebte, wenn Fremde sich nichts zu sagen hatten. Rachel fühlte sich sehr erschöpft von ihrem Einsatz im brennenden Haus, Susan gingen tausend Sorgen um ihre Tochter durch den Kopf und Thorpe wollte vor allem Rachel, die noch einen leichten Schock haben musste, nicht auf den Geist gehen. Rachel ließ ihren Blick über die vorbeiziehende Stadt schweifen. Ganz schwach am Horizont kam das erste Dämmern des Tages auf, noch etwas mehr als eine Stunde bis zum Sonnenaufgang. Das war ein Anblick, den sie sehr mochte. Heute verspürte sie anstelle romantischer Gefühle jedoch Angst, wenn sie daran dachte, dass schon wieder ein neuer Tag anbrach. Heute würden die entscheidenden ersten zweiundsiebzig Stunden bei einer Kindesentführung verstreichen. Prinzipiell wusste Rachel, dass man diese Frist natürlich nicht so trennscharf betrachten durfte, trotzdem war sie ständig präsent in ihrem Denken.

Unweit der Memorial Hall fiel Rachel plötzlich eine Gestalt ins Auge – die einzige, die so früh unterwegs war. Als der Wagen an ihr vorbeifuhr, kam sie ihr seltsam bekannt vor, eine Sekunde darauf sah sie das Gesicht im Außenspiegel und hatte Gewissheit: Trisha Hayes. Was machte sie hier auf der Straße, und warum war sie nicht in der Memorial Hall, worum sie sie gebeten hatte?

Rachel wies Thorpe an, auf der Stelle anzuhalten. Verwundert trat er auf die Bremse.

»Mrs Hayes, steigen Sie ein, wir nehmen Sie mit zur Memorial Hall«, rief Rachel aus dem heruntergelassenen Fenster. Trisha kam die Mitfahrgelegenheit sehr gelegen, da ihre Füße inzwischen schmerzten. Sie öffnete die Tür und setzte sich wortlos neben Rachel auf die Rückbank.

»Haben Sie wieder einen kleinen Spaziergang gemacht?«, fragte Rachel.

Trisha nickte gedankenverloren und vervollständigte für das letzte Stück des Weges das schweigende Quartett in dem Auto. Rachel besaß gerade keine Energie, sich weiter über die ungewöhnlichen Flaniergewohnheiten der Psychologin Gedanken zu machen oder sich mit ihr darüber auszutauschen.

Die drei Stufen zur Memorial Hall bedeuteten für Rachel bereits eine große Anstrengung, und Thorpe hielt sie, für alle Fälle, am Arm fest, während Susan ihr die Tür aufhielt. Das Erscheinen der vier sorgte für große Aufregung bei den Anwesenden in der Halle.

»Wie geht es meiner Frau und Ben, wo sind sie? Was ist mit dem Haus?«, brüllte Jeff. Erwartungsgemäß war er der Erste, der sich meldete, während Rachel sich langsam und vor den besorgten Augen Leroys auf einen der harten Holzstühle an der Wand setzte.

»Ihre Frau und der Junge sind in Sicherheit. Sie werden zur Beobachtung ins District Hospital in Sea Lake gebracht. Dort ist man auf Opfer von Buschfeuern spezialisiert und sie sind in besten Händen. Sie müssen sich keine Sorgen um Ihre Familie machen«, sagte Thorpe.

»Das District Hospital? Sie kommen ins Krankenhaus? Sind sie verletzt?«, fragte Jeff aufgeregt.

»Wie es aussieht, haben sie nur eine Rauchvergiftung. Dass sie noch leben, haben Sie Mrs Buchanan zu verdanken«, erklärte Thorpe, was Jeff allerdings nicht weiter zu beeindrucken schien.

Timothy nahm derweil seine Frau in den Arm und küsste sie auf die Stirn. Von fast allen unbemerkt, setzte sich Trisha in eine abgelegene Ecke der Memorial Hall. Nur Leroy war aufgefallen, dass die Zigarettenpause, in die sie sich vor geraumer Zeit verabschiedet hatte, ziemlich lange gedauert hatte. Er gesellte sich zu der Psychologin und erkundigte sich, ob alles in Ordnung sei.

»Ja, machen Sie sich keine Gedanken, mir geht es gut. Ich war nur etwas länger fort. Manchmal braucht man buchstäblich etwas Abstand zu den Dingen«, antwortete sie.

»Leroy, was macht die Suche nach Annette Pearce, hat Marcus Owen sich noch einmal bei dir gemeldet?«, unterbrach Rachel.

Leroy verneinte. Rachel hatte es befürchtet. In einer sehr emotionalen Ansprache machte sie die Dringlichkeit der Situation deutlich, während Susan Banks von einem heftigen Weinkrampf übermannt wurde.

»Annette Pearce zu finden, ist die vielversprechendste, wenn nicht einzige Chance, die wir momentan haben, um Olivia zu finden«, beendete Rachel ihren Appell. »Sie ist hier in der Nähe, und wenn Owen mit seinen Leuten keinen Erfolg hat, werde ich eine Großfahndung in Victoria und dem ganzen Land veranlassen.« Rachels Worte schienen einen langen Moment nachzuhallen, danach herrschte andächtige Stille, die zwischendurch von Susans Schluchzen durchbrochen wurde. Zunächst bekam niemand mit, wie sich Trisha langsam von ihrem Platz erhob und in die Mitte des Raumes stellte, sodass jeder sie sehen konnte. Verwirrung machte sich breit, offensichtlich hatte auch die ungefragt aufgetauchte Psychologin eine Botschaft.

»Ich habe Ihnen etwas mitzuteilen, und das betrifft besonders Sie beide. Sie sind der Schlüssel bei der Suche nach Olivia«, sagte sie und schaute zu Timothy und Jeff hinüber, die verständnislos zurückstarrten.

»Wie sollen wir denn bei der Suche nach Olivia helfen? Wenn wir wüssten, wo das Mädchen ist, hätten wir es längst zurückgebracht. Und unsere Idee mit der Bürgerwehr fanden Sie ja auch nicht gut«, antwortete Jeff trotzig und schaute vorwurfsvoll zu Rachel hinüber.

»Alles, was Sie tun müssen, ist, auf die Knie zu gehen und um das Leben des Mädchens zu flehen«, sagte Trisha. Weder Jeff und Timothy noch den anderen in der Halle erschloss sich der Sinn von Trishas Worten. Sie schwiegen und warteten gespannt darauf, was als Nächstes passieren würde. Rachel hoffte, dass die Worte der Psychologin nicht das bedeuteten, was sie ahnte. Hatte Trisha Olivia entführt?

»Warum sollte *ich* vor *Ihnen* auf die Knie gehen und um das Leben meiner Tochter flehen?«, fragte Timothy.

Trisha schüttelte den Kopf. »Sie sollen nicht vor mir auf die Knie gehen«, antwortete sie, »sondern vor demjenigen, der weiß, wo Olivia ist.«

Rachel näherte sich Trisha zögerlich. »Sie meinen Annette Pearce. Timothy soll Annette Pearce anflehen. Aber wo ist sie?«, fragte sie verunsichert.

»Nein, das meine ich nicht. Außerdem soll nicht nur Timothy auf die Knie gehen, sondern beide, Timothy und Jeff.«

Nun hatte nicht mal mehr Rachel die geringste Ahnung, was gerade passierte.

»Ich glaube, ich muss Ihnen etwas erklären, Sie folgen nämlich gerade einer falschen Fährte. Es gibt etwas, das Sie bei Ihren Ermittlungen außer Acht gelassen haben. Sobald gleich die Sonne aufgeht, werden wir die unwiederbringliche Chance haben, Olivias Aufenthaltsort zu erfahren. Und diese Chance sollten, nein, dürfen wir nicht ungenutzt verstreichen lassen. Am besten, wir setzen uns«, begann Trisha.

Rachel hatte genug von der Geheimniskrämerei. Sie wollte endlich wissen, warum Trisha in Rätseln sprach, und setzte sich neben sie auf einen der harten Stühle. Auch alle anderen in der Memorial Hall hörten gespannt zu.

Kapitel 19

1996

Jasper lag in seinem Bett und schaffte es nicht, die Augen zu schließen. Sosehr er sich auch anstrengte, es gelang ihm nicht, einzuschlafen. Schlafstörungen waren seit dem Tag, an dem seine Schwester Sharon vergewaltigt und ermordet worden war, sein ständiger Begleiter. Und noch einige andere Gefühlsregungen und Vorkommnisse, die er noch nicht recht einzuordnen wusste, die jedoch in sein Leben Einzug zu halten begannen.

Jasper hatte ein generelles Problem damit entwickelt, in geschlossenen Räumen zu sein, was sich in Form von Panikattacken bemerkbar machte. Die furchtbare Zeitspanne, die er unter dem Holzboden im Bootshaus hatte verbringen müssen, während seine Schwester vergewaltigt wurde, war dafür verantwortlich.

Jasper hatte sich gerade auf die Seite gelegt, als der hölzerne Fußboden im angrenzenden Schlafzimmer seines Vaters zu knarzen begann. Er kannte dieses Geräusch. Nachts bedeutete es, dass sein Vater ins Bad ging, morgens, dass er aufstand. Jedenfalls zog er jetzt, den Geräuschen nach zu urteilen, seine

Sachen an, was Jasper erstaunte, da er sich doch eigentlich bereits für die Nacht fertig gemacht hatte. Der Junge wurde in seiner Vermutung bestätigt, als er im Flur Schritte hörte und sein Vater kurze Zeit später durch den Türspalt lugte. Wie immer, wenn sein Dad bei ihm nach dem Rechten sah, stellte sich Jasper schlafend.

Als sein Vater wieder verschwand, schloss er dummerweise die Zimmertür hinter sich, doch man konnte ihm deswegen keinen Vorwurf machen, woher hätte er wissen sollen, dass Jasper Angst in geschlossenen Räumen bekam, da er sich doch immer noch niemandem mitteilte?

Da Jasper hörte, wie sein Dad noch einige Zeit unten im Haus umherlief, wollte er nicht aufstehen, um die Tür wieder zu öffnen. Was, wenn sein Dad ihn hörte? Er wollte nicht angesprochen werden und blieb lieber starr in seinem Bett liegen.

Schließlich hörte Jasper, wie sein Vater mit dem Auto davonfuhr. Der Junge sprang aus dem Bett und rannte zur Tür, um sie wieder zu öffnen. Da kam ihm die Idee, dass er noch kurz vor die Tür gehen könnte. Sein Dad war nicht da, und an der frischen Luft brauchte er keine Angst vor geschlossenen Räumen zu haben.

Jasper ging in den Flur, schloss die Tür hinter sich und stieg die Treppe hinab. Unten schlüpfte er im Schlafanzug in die Gummistiefel. Als er die Haustür öffnete, wehte ihm ein Schwall frischer Abendluft entgegen. Jasper nahm einen tiefen Atemzug und ging ein Stück in den Wald. Obwohl er nur einen leichten Schlafanzug trug, fror er nicht, im Sommer sanken die Temperaturen hier auch nachts nie unter zwanzig Grad. Hier draußen konnte man es aushalten. Jasper ging noch ein Stück weiter in das Gehölz und suchte sich schließlich ein gemütliches Plätzchen hinter einem Busch auf dem weichen Waldboden. Von hier aus hatte er das Haus, vor allem das Licht auf der Veranda, gut im Blick und würde schnell wieder hineinhuschen können, wenn sein Vater von wo auch immer zurückkam. Außerdem bot sich ihm von seinem Platz ein wunderschöner Blick durch die Wipfel der Eukalyptusbäume in den klaren Sternenhimmel. Jasper legte sich hin und schaute hinauf. Irgendwo da oben war jetzt seine Schwester Sharon und schaute auf ihn herunter. War sie jetzt ein Engel? Jasper versuchte, sich ein Bild von seiner Schwester in einem strahlend weißen Gewand mit Heiligenschein und Flügeln auszumalen. Irgendwie passte das nicht, doch es war eine schöne Vorstellung, seine Schwester inmitten anderer Engel und lieber Menschen zu wissen. Während Jasper seine Gedanken schweifen ließ, fielen ihm allmahlich die Augen zu.

Er wusste nicht, wie lange er auf dem Waldboden gelegen hatte, als ihn ein lautes Geräusch plötzlich aus dem Schlaf riss. Die ungewohnte Umgebung ließ Jasper den Schreck in die Glieder fahren. Er sprang vom Boden auf und schaute sich um. Was er sah, entsetzte ihn: Die Veranda ihres Hauses stand in Flammen und das Feuer war bereits dabei, auf den Rest des Gebäudes überzugreifen. In einiger Distanz zum Haus stand ein Mann, der das Schauspiel beobachtete und dabei hin- und herzuwanken schien. Er wurde vom hellen, flackernden Feuerschein angestrahlt. Als er anfing zu brüllen, dauerte es nur den Bruchteil einer Sekunde, bis Jasper die Stimme erkannte. Es war einer der Männer, die seine Schwester auf dem Gewissen hatten.

»Du flehst mich an? Du flehst mich an? Das hast du davon!! Du hattest recht, du wirst mich nie wieder belästigen, heute Nacht endet es. Hier und jetzt, in diesem Wald!«, hörte Jasper den Mann schreien. Die Worte hämmerten sich dem Jungen ein, tief und nachhaltig. Als hätten sie ihn mit ihrer Wucht niedergeschmettert, kauerte er sich auf den Boden hinter dem Busch und hielt sich die Ohren zu. Die Vorstellung, dass der Mörder seiner Schwester nur wenige Meter von ihm entfernt stand und, falls er ihn fand, womöglich das Gleiche mit ihm vorhatte, war entsetzlich und kaum zu ertragen. Jasper verharrte in dieser Position, bis er in seinem Gesicht spürte, dass es um ihn herum immer heißer wurde. Vorsichtig lugte er über den Busch. Schockiert sah er, dass der Waldboden brannte und die Flammen relativ schnell auf ihn zukamen. Sie drohten ihn einzuschließen, wenn er noch länger in seiner Position verharrte. Durch die Feuerwand vor ihm konnte Jasper flirrend sehen, wie sich das Auto des Mannes, der für all das verantwortlich war, mit Vollgas entfernte. Als Jaspers Gummistiefel von der Hitze schon ganz weich waren, beschloss er, es dem Mann gleichzutun und von hier zu verschwinden. Die Luft war mittlerweile so heiß, dass er sie kaum noch einatmen konnte. Umherfliegende Funken hatten vereinzelt Löcher in seine Pyjamajacke gebrannt, auf die der Junge, während er rannte, panisch einschlug. Die Schmerzen, die die kleinen Brände auf der Haut verursachten, nahm er kaum wahr. Wichtiger war es, so schnell wie möglich von hier fortzukommen. In welche Richtung, war ihm egal, nur weg vom Feuer. Ein paar Mal stolperte Jasper über umherliegende Äste, doch er rappelte sich danach schnell wieder auf und rannte weiter. Als er den Waldrand erreichte, setzte er sich nach Luft ringend neben einen großen Findling und verschnaufte. Das Feuer im Wald sah man von hier aus hell lodern, und es breitete sich rasch immer weiter aus. Als einige Zeit später beinahe der ganze Wald brannte, näherten sich Sirenen und rot-blaues Licht aus der Ferne. Es war die Feuerwehr, die kurz darauf an Jaspers Versteck vorbeifuhr. *Sie wird wohl nicht mehr viel retten können*, dachte der Junge. In seinem Eifer, so schnell wie möglich den Wald zu verlassen und sich vor den Flammen zu retten, hatte Jasper völlig seinen Vater vergessen. Befand er sich noch im brennenden Haus? War er überhaupt inzwischen von seinem Ausflug zurückgekehrt? Jasper hoffte, dass er sich das Auto in der Garage durch das flirrende Feuer nur eingebildet hatte.

Durch das Gehölz vernahm Jasper vereinzelte Rufe der Feuerwehrleute, die durch das Prasseln des Feuers zum Großteil verschluckt wurden, er konnte nur Fetzen von dem verstehen, was sie sagten. Momentan gab es jedoch wichtigere Dinge, wie zum Beispiel die Frage danach, was er jetzt machen sollte. Sein Zuhause war gerade dabei, sich buchstäblich in Rauch aufzulösen, und er fühlte sich, als wäre nach dem Verlust seiner inneren Heimat nun auch sein physischer Bezugspunkt auf dieser Welt einfach so verschwunden. Die innere Leere, unter der er in den vergangenen Monaten so stark gelitten hatte, breitete sich weiter aus und zog ihm ein noch größeres Stück des Bodens weg, auf dem er stand. Das Nichts in ihm füllte sich mit einem Gefühl der Angst. Angst davor, sich selbst in Nichts aufzulösen und am Ende auch noch seinen Vater zu verlieren. Auch wenn Jasper in den vergangenen Monaten aufgrund seiner nicht vorhandenen Sprache nicht wirklich mit ihm hatte kommunizieren können, war es doch immer ein beruhigendes Gefühl gewesen, Colin in seiner Nähe zu wissen.

Jasper brauchte eine Person, die sich um ihn kümmerte, die ihm in diesem Augenblick ein Gefühl der Geborgenheit vermittelte. Der erste und einzige Mensch, der ihm einfiel, war seine Tante Margret Pearce. Der Junge hatte so gut wie keinen Bezug zu ihr. Im Gegenteil hatte ihre strenggläubige Art ihn immer irgendwie abgeschreckt. Doch jetzt hatte er keine Wahl, Margret war praktisch die Einzige, die er in Hopetoun kannte und die darüber hinaus als Schwester seines Vaters zur Familie gehörte.

Jasper lief los und folgte dem Henty Highway in Richtung Stadt. Erst jetzt merkte er, dass seine Füße schmerzten. Die Hitze im Wald hatte die Gummistiefel so deformiert, dass sie jetzt unangenehm auf seine Füße drückten. Jasper zog die Stiefel aus und warf sie fort. Mit nackten Füßen konnte er nicht lang über den Asphalt gehen, weshalb er sich am Straßenrand und später über die Rasenflächen in den Vorgärten der Bewohner Hopetouns bewegte. Zum Haus seiner Tante hatte er es glücklicherweise nicht weit. Als er endlich vor ihrer Haustür stand, spürte er eine große Erleichterung. Es war mitten in der Nacht und in Tante Margrets Haus war es dunkel. Die ganze Nachbarschaft schlief noch, als Jasper so laut er konnte gegen die Tür hämmerte. Wäre es ihm möglich gewesen, hätte er laut gerufen, die Nachbarn wären ihm egal gewesen. Doch ohne Sprache blieb ihm nur, so lange zu klopfen, bis schließlich das Licht im Haus anging. Margret öffnete im Bademantel und schaute verschlafen und ungläubig das Kind an, das barfuß, schmutzig, nach Rauch stinkend und in einem mit Brandlöchern gespickten Pyjama mitten in der Nacht vor ihrem Haus stand. Jasper war sich im ersten Augenblick nicht einmal sicher, ob Tante Margret wusste, wer vor ihr stand. Doch das musste sie wohl, denn Margret begrüßte den Jungen schließlich mit seinem Namen.

»Jasper, was machst du denn hier um diese Uhrzeit? Und wie siehst du überhaupt aus?«

Natürlich wusste Margret, dass der Junge seine Sprache verloren hatte. Umso schlimmer war es in dieser Situation für sie, nicht zu wissen, was passiert war. Von Jasper würde sie es jedenfalls nicht erfahren. Der umklammerte seine Tante unterdessen auf der Suche nach Schutz, er brauchte einfach nur Halt, um nicht vor Angst wahnsinnig zu werden.

Emotionale Nähe war nie Margrets Stärke gewesen, sie fühlte sich durch den spontanen »Überfall« überrumpelt und überfordert. Vorsichtig löste sie den Jungen aus der Umklammerung und schob ihn von sich fort.

»Jetzt komm erst mal rein«, sagte sie, woraufhin ihr Jasper ins Wohnzimmer folgte. »Hast du Durst?« Der Junge nickte und seine Tante holte ihm ein Glas Wasser aus der Küche. Er leerte es in einem Zug, die heiße Luft im brennenden Wald hatte seine Kehle ziemlich ausgetrocknet.

»Und nun versuch doch noch mal ganz langsam zu erzählen, was passiert ist. Wo kommst du gerade her? Wo ist dein Vater?« Auch dieser Versuch von Margret, Jasper zum Reden zu bringen, scheiterte, wie sie bereits befürchtet hatte. Der Junge probierte, sich mit unbeholfenen Gesten verständlich zu machen, was seine Tante auch nicht weiterbrachte. Ihr blieb nichts anderes übrig, als ihren Bruder anzurufen und ihm mitzuteilen, dass sein Sohn bei ihr war.

Vom Telefon im Flur aus wählte Margret mehrmals Colins Nummer, doch der Anschluss schien dauerhaft besetzt zu sein. In ihrem Kopf kombinierte Margret die Fakten. Ein nach Rauch riechender Junge, eine tote Telefonleitung … Allmählich keimte in ihr der Verdacht auf, dass etwas Furchtbares passiert war. Schnell ging sie zurück ins Wohnzimmer und warf dabei einen flüchtigen Blick hinaus auf die Straße. Im Licht der Straßenlaternen sah sie einen Tross von Leuten in Richtung Norden marschieren. Was war hier los? Margret öffnete die Haustür und fragte, wohin denn alle gingen.

»Es gibt ein Buschfeuer, im Norden. Es sieht ziemlich schlimm aus. Wohnt da nicht dein Bruder?«, antwortete einer der Leute, die wieder einmal nur gaffen wollten.

In diesem Augenblick festigte sich Margrets Vermutung, der Teufel müsse wieder zugeschlagen haben. Diesmal hatte er das Höllenfeuer auf das Haus ihres Bruders gespien.

»Jasper, du wartest hier, bis ich zurück bin. Rühr dich nicht von der Stelle und lauf nicht im Haus herum«, rief sie ihrem Neffen zu, zog Schuhe und Jacke an und machte sich auf den Weg.

Margret war so von ihrer Panik getrieben, dass sie alle Grüppchen von Schaulustigen überholte und als Erste den Wald erreichte, der gerade dabei war, vollständig niederzubrennen. Es war nicht schwer, vom Waldrand aus das brennende

Haus ihres Bruders zu sehen und zu erkennen, dass es nicht mehr zu retten war.

Auf der Margret abgewandten Seite des Wäldchens standen die Einsatzfahrzeuge der Feuerwehr, die sie nach wenigen Minuten erreichte. Bevor der Einsatzleiter Margret wieder fortschickte, damit sie die Löscharbeiten nicht weiter behinderte, gab er ihr noch eine ehrliche Antwort in Bezug auf das Haus im Wald. Es sei äußerst unwahrscheinlich, dass jemand im Haus überlebt habe, und fatalerweise sei es seinem Trupp zu diesem Zeitpunkt unmöglich, bis zum Haus vorzudringen.

Margret hatte es gewusst, sie hatte immer geahnt, dass Colin irgendwann den Preis würde bezahlen müssen. Jetzt war er tot, das war die Strafe dafür, dass er sich in seinem Leben etwas anderem als dem ihm vorbestimmten Weg hingegeben hatte. Das Höllenfeuer hatte ihn niedergestreckt. Schon die Einweisung seiner Frau in die Psychiatrie war ein Zeichen gewesen, dass sie von einem Dämon besessen gewesen war. Und dann Sharons Tod, eindeutig eine Strafe. Die ganze Familie stand unbestreitbar auf der Liste des Teufels und Jasper würde wahrscheinlich als Nächstem etwas Schlimmes zustoßen. Was mit ihr selbst passieren würde, wenn sie den Jungen beherbergte, daran wollte sie nicht denken. Jeder, der mit ihnen in Kontakt stand, würde früher oder später selbst sterben und in die Hölle wandern. Margret musste den Jungen loswerden, und zwar dringend. So schnell sie konnte, ging sie nach Hause, wo Jasper verstört im Wohnzimmer hockte und sich nach der Rückkehr seiner Tante vor allem die Antwort auf eine einzige Frage erhoffte: War sein Vater noch am Leben? Aber Margret blieb ihm die Auskunft schuldig. Sie hatte kein Interesse mehr daran, mit ihrem Neffen zu kommunizieren. Alles, was sie jetzt noch für ihn tun konnte, war, ihm ein neues Heim zu besorgen. Und sie hatte auch schon eine Idee, wo das sein würde. Margret besaß weder ein Auto, noch einen Führerschein, und Busse oder Züge fuhren erst wieder in ein paar Stunden – ein großer Nachteil, wenn man mitten im Nirgendwo lebte. Margret rief ein Taxi, wobei sie sich bewusst war, dass auch bis zu dessen Ankunft einige Zeit vergehen würde. Es dauerte eine Stunde, bis schließlich ein Wagen vor Margrets Haus hielt und hupte.

»Wir machen jetzt eine kleine Reise, Jasper. Das Taxi draußen vor der Tür bringt uns an einen tollen Ort«, sagte Margret, nahm Jasper bei der Hand und ging mit ihm zum Auto. Nachdem sie den Jungen auf der Rückbank platziert hatte, setzte sie sich selbst nach vorn und gab dem Fahrer die Anweisung, nach Warracknabeal zu fahren, eine Stadt, die etwa siebzig Kilometer südlich von Hopetoun lag.

Während der etwas mehr als einstündigen Fahrt blieb Jasper geduldig auf der Rückbank sitzen, schaute aus dem Fenster und fragte sich, wo es wohl hingehen würde. Obwohl er eigentlich lieber in Hopetoun geblieben wäre, hatte er nach den Strapazen wenig Kraft übrig, um Widerstand zu leisten.

Als das Taxi sein Ziel erreichte, war es schon fast wieder hell. Warracknabeal hatte nicht viele Einwohner und besaß, ähnlich wie Hopetoun, wenige Sehenswürdigkeiten. Dazu gehörte das Kloster der Schwestern vom Göttlichen Herz Jesu, die ein an das Kloster angeschlossenes Waisenhaus betrieben, das für die gesamte Umgebung zuständig war.

»Wir sind da«, sagte Margret knapp, als der Wagen vor dem ehrfurchteinflößenden Sandsteingebäude stoppte. Jasper wusste nicht so recht, wie das gemeint war. Was sollte das heißen, wir sind da? Wo sollten sie sein. Draußen sah er nur ein großes Haus, das beinahe aussah wie eine Burg. Margret öffnete die Autotür und befahl dem Jungen, er solle aussteigen, doch Jasper hatte keine Lust, er wollte lieber im Taxi bleiben und verschränkte die Arme. Er wusste ja nicht einmal, was sie hier eigentlich wollten.

»Du kommst jetzt mit, wir sind nicht umsonst hierhergefahren«, sagte Margret immer wieder und wurde dabei zusehends energischer. Schließlich packte sie Jasper bei den Armen und zog ihn rabiat von der Rückbank. Jasper versuchte noch, sich mit den Füßen am Türgriff einzuhaken, doch seine Tante war schneller. Bevor er den Griff zu fassen kriegte, war er schon draußen. Als der Junge auf dem Asphalt lag, schleifte Margret ihn mehr oder weniger über den Boden, bis sie das massive hölzerne Portal des Klosters erreichten. Während Margret mit einem Arm den wild zappelnden Jasper festhielt, nutzte sie den anderen, um den Klingelknopf neben dem Portal zu betätigen. Der Ton der scheppernden Glocke, die daraufhin irgendwo auf der anderen Seite des Portals erklang, war so einprägsam, dass Jasper ihn nie wieder vergessen sollte. Sie läutete im wahrsten Sinne sein neues Leben ein, das in dem Moment richtig begann, als eine junge und recht unerfahren wirkende Novizin, erstaunlicherweise recht mühelos, das schwere Holzportal öffnete und sich nach dem Anliegen erkundigte. Margret stieß Jasper in ihre Arme.

»Der Junge braucht dringend Ihren klösterlichen Beistand, er ist bei Ihnen genau richtig aufgehoben. Jedenfalls besser als bei mir. Treiben Sie ihm den Teufel aus und unternehmen Sie alle Ihnen möglichen Anstrengungen, um ihn auf den göttlichen Pfad zu führen. Möge der Segen des Herrn Sie begleiten«, teilte sie der Novizin mit und kehrte ihr danach unvermittelt den Rücken zu.

Der perplexen Novizin fehlten die Worte. Während Margret zum Taxi zurückging, bekam sie gerade noch ein »Wie heißen Sie?« heraus, das Margret jedoch nicht mehr hörte oder bewusst ignorierte. Als sie ins Auto stieg, gelang es Jasper, sich aus den Armen der Novizin zu befreien. Er rannte dem davonfahrenden Auto ein langes Stück hinterher. Zum ersten Mal seit Monaten und aus lauter Verzweiflung gelang es ihm, einige

Laute von sich zu geben, die aber nach wie vor nicht verständlich waren und eher einem unartikulierten Schreien glichen. Auch das stellte Jasper wieder ein, als das Auto ihn nach einigen Metern abgehängt hatte und er schließlich resigniert mitten auf der Straße stehen blieb. Wieso hatte seine Tante ihm das angetan? Wieso ließ sie ihn einfach im Stich? Er hatte doch sonst niemanden mehr! In diesem Moment wurde es dem Jungen zu viel. Er brach einfach zusammen und musste sich auf die Straße setzen, um nicht umzukippen. Einige Augenblicke später stand die Novizin neben ihm und brachte ihn mit ihrer liebevollen Art dazu, aufzustehen und ihr ins Kloster zu folgen.

Margret plagten auf der Rückfahrt nach Hopetoun gemischte Gefühle. Natürlich war sie froh, Jasper, der von mindestens einem Dämon besessen war, in gute Hände gegeben zu haben. Wenn ihm einer helfen konnte, dann waren es die Nonnen in Warracknabeal.

Auf der anderen Seite quälte sie ein schlechtes Gewissen. Jasper war ihr Neffe, in gewisser Hinsicht ihr eigen Fleisch und Blut, und sie hatte den Jungen einfach fortgegeben. Sie versuchte, ihre Tat damit zu rechtfertigen, dass Jasper im Waisenhaus unter göttlichem Beistand besser aufgehoben war als bei ihr. Sie hatte ja auch gar keine Erfahrung mit Kindern. Es stellte sich aber heraus, dass sie das nicht wirklich beruhigte. Das schlechte Gefühl in ihrer Seele nagte in den folgenden Tagen zunehmend an ihr, und sie traf schließlich die Entscheidung, ihr Gewissen in der heiligen Beichte zu erleichtern. Sie schämte sich für das, was sie getan hatte, und wollte sich auf keinen Fall vor dem Geistlichen in Hopetoun rechtfertigen, einem Mann, den sie fast täglich sah. Sie musste alle Maßnahmen treffen, um nicht erkannt zu werden, und entschied sich deshalb, in der katholischen Kirche im Nachbarort Beulah beichten zu gehen. Außerdem würde sie dies verhüllt tun, um ganz sicherzugehen, dass ihre Identität für immer verborgen blieb.

Kapitel 20

Gegenwart

In der Memorial Hall herrschte angespannte Stille, die während Trishas Ausführungen über Jasper nahtlos in fassungsloses Schweigen übergegangen war. Die Atmosphäre im Raum, die durch die Uniform von Captain Thorpe und Rachels Sachen einen rauchigen Charakter bekam, bildete den passenden Rahmen für eine Geschichte, in der ein Waldbrand die zentrale Rolle spielte.

Jasper hatte überlebt. Der Sohn von Colin Pearce war nicht verbrannt. Und es gab somit einen Zeugen dafür, dass Jeff Aldridge das Pearce-Haus angezündet hatte. Captain Thorpe hatte diesen Teil von Trishas Geschichte, so traurig sie auch sein mochte, mit großer Genugtuung aufgenommen. Hatte er dem verstorbenen Sheriff Broome doch immer gesagt, dass der Brand damals keine natürliche Ursache hatte, sondern absichtlich gelegt worden war.

Jeff hingegen war entsetzt. Nun war es also raus, und er konnte seine Täterschaft nur noch schwer abstreiten. Wie würde er sich jetzt noch retten können? Wenigstens konnten sie ihm und Timothy die Vergewaltigung und den Mord an

Sharon nicht nachweisen. Jeff schaute zu Timothy hinüber, der ein vorwurfsvolles und zugleich mitleidiges Gesicht aufsetzte. Er machte sich eher Sorgen um seine eigene Haut und darüber, welche Informationen von damals vielleicht noch zutage gefördert werden würden. Verstärkt wurde dieses Gefühl dadurch, dass Trisha die beiden intensiv musterte.

»Das ist eine sehr denkwürdige Geschichte«, begann Rachel schließlich. »Dass Jasper den Brand von 1996 überlebt hat, ist eine wichtige Information. Dass er Olivia entführt hat und nur er weiß, wo sie steckt, ist allerdings noch wichtiger. Die Frage ist: Wie kommen wir nun an ihn heran? Owen ist draußen noch unterwegs, wo soll er suchen?«, fragte sie Trisha.

»Wir müssen nicht nach ihm suchen, er wird gleich durch diese Tür kommen. Und dann erwartet er, dass Jeff und Timothy vor ihm auf die Knie gehen. Und dann wird er uns verraten, wo Olivia ist«, erklärte Trisha noch einmal.

Jeff widersprach erneut. »Was soll das für einen Sinn ergeben?«, fragte er.

»Wir haben noch etwas Zeit. Damit Sie alle verstehen, was in Jasper vorgeht, muss ich etwas weiter ausholen. Der traurigste Teil der Geschichte folgt nämlich noch. Seine Tante, Margret Pearce, hatte Jasper also an jenem Tag im Waisenhaus in Warracknabeal abgegeben. Es war den Schwestern dort unmöglich, herauszufinden, um wen es sich bei dem unbekannten Jungen handelte, da er nicht sprach und niemand ihn zu vermissen schien. Weder Verwandte noch Lehrer noch sonst irgendjemand. Zumindest gab es keine offizielle Vermisstenmeldung, die von der Polizei herausgegeben worden wäre. Die Schwestern hatte also keine Wahl, als sich um den Jungen zu kümmern, was offensichtlich nicht sehr einfach gewesen sein dürfte, da er noch immer starke psychische Qualen durchlitt und nicht sprechen konnte. Die Qualen hatten sich durch die Abschiebung durch seine Tante noch deutlich verstärkt. Jasper verbrachte die Tage im Waisenhaus sehr zurückgezogen, spielte nicht mit den anderen Kindern, was dazu führte, dass diese bald anfingen, ihn zu hänseln. Sie wissen ja, wie grausam Kinder sein können. Die Reaktion ließ nicht lange auf sich warten, Jasper wurde gewalttätig gegenüber seinen Zimmergenossen, aber da war noch etwas anderes, das vor allem den Schwestern zunehmend Sorgen bereitete, da es über das, was sie an Eigenheiten von Kindern gewohnt waren, hinausging: Jasper begann sich so zu verhalten, als stünde jemand neben ihm und gebe ihm Anweisungen. Zu diesem Zeitpunkt sprach er immer noch nicht, was die Schwestern zusätzlich verängstigte, weil sie keine Möglichkeit hatten herauszufinden, was ihm genau fehlte. Das veranlasste die Leiterin des Waisenhauses schließlich dazu, einen Psychologen zurate zu ziehen. Der diagnostizierte eine geistige Störung, und Jasper wurde nach nur zwei Monaten in eine psychiatrische Einrichtung verlegt, die sich auf Kinder und Jugendliche spezialisiert hatte.

Auch dort konnte man Jasper nicht helfen, weil es aufgrund seiner fehlenden Sprache sehr schwer war, eine Diagnose zu stellen. Er wurde lediglich mit Medikamenten vollgepumpt und weitestgehend ruhiggestellt. Eines Tages kam er zu uns in die Einrichtung und wurde auf meine Station verlegt. Ich erkannte schnell, dass die oberste Priorität bei diesem Patienten darin liegen musste, ihn zum Reden zu bewegen. Sich mitzuteilen, ist das Allerwichtigste, wenn es darum geht, Linderung eines psychischen Leidens zu erfahren oder ein Trauma zu überwinden. So arbeitete ich intensiv daran, ließ den Jungen Vertrauen zu mir aufbauen und stellte fest, dass es eine tief sitzende Ursache für sein Verhalten gab. Den ersten Erfolg konnte ich nach sechs Monaten verzeichnen, Jasper sprach sein erstes, verständlich artikuliertes Wort: seinen Namen. Ich freute mich so sehr darüber, dass ich es kaum beschreiben kann. Die Arbeit mit ihm war zu diesem Zeitpunkt nur phasenweise möglich, da es immer noch das Problem damit gab, dass er zwischendurch abgelenkt schien. Über die weiteren Monate und Jahre hinweg arbeitete ich weiter intensiv mit Jasper, und es gelang mir schließlich, ihm seine Sprache zurückzugeben und seine Angst vor geschlossenen Räumen zu nehmen. Was ich in dieser Zeit über die Vergangenheit und den Auslöser seines Traumas erfuhr, war schockierend. Damals hatten zwei Männer seine Schwester Sharon im Bootshaus vergewaltigt und das Mädchen anschließend umgebracht. Jasper hatte alles mitbekommen, weil er sich unter dem Boden im Bootshaus versteckt hatte. Das hat seine innere Welt, seine gesamte Wahrnehmung komplett auf den Kopf gestellt. Er hatte die Gesichter der Männer damals nicht eindeutig erkennen können, versicherte mir aber, dass die Stimme des einen mit der Stimme desjenigen übereinstimmte, der später das Haus der Familie angezündet hat.

In der Nacht des Brands befand sich Jasper glücklicherweise nicht im Gebäude. Er hatte sich zuvor von seinem Vater unbemerkt in den Wald hinausgeschlichen. Als alles in Flammen stand, suchte er Schutz bei seiner Tante. Der Rest der Geschichte ist Ihnen bekannt. Einen bedeutenden Hintergrund kennen Sie allerdings noch nicht. Den Grund, warum wir alle hier sitzen, warum das alles passiert. Zu dem Zeitpunkt, als ich dachte, dass Jasper Stimmen hörte, hatte ich bereits eine Vermutung. Im Gespräch mit ihm hat sich diese dann bestätigt: Jasper hörte Menschen, die ihm Ratschläge gaben, und dieser Zustand wurde umso schlimmer, je älter er wurde. Die Vermutung, dass er unter einer schizophrenen Psychose litt, lag nahe. Durch Jaspers Berichte und meine Recherchen fand ich schließlich heraus, dass auch seine Mutter unter der Krankheit litt und alles ergab auf einmal einen Sinn. Schizophrenie ist nämlich genetisch veranlagt, er hatte sie von seiner Mutter geerbt. Nachdem wir mehrere Medikamente ausprobiert hatten, die Jasper nicht vertrug, sind wir letztendlich bei Aprophilid gelandet, dem

Präparat, das Jasper bis heute nimmt. Damit konnten wir die schwerwiegenden Symptome gut im Zaum halten, ein Problem bekamen wir jedoch nicht ganz in den Griff: In Jaspers Kopf spielte sich in ständiger Wiederholung eine Feedbackschleife ab. Er durchlebte immer wieder die Situationen, die ihm so viel Schmerz bereitet hatten. Das Verschwinden seiner Schwester, seine Stummheit, den Brand seines Hauses, ein paar weitere Ereignisse, die im Umfeld des Verbrechens von 1996 geschahen, und schließlich die Tatsache, dass sein Vater augenscheinlich um die Herausgabe des Leichnams seiner Tochter flehen musste. Manchmal kommt der Punkt bei psychisch kranken Menschen, an dem sie ihre Vorstellungen, ihre Erinnerungen in die Realität umsetzen, weil sie denken, das würde ihre Symptome lindern. Deshalb hat Jasper Olivia entführt, hat es, wie auch immer, hinbekommen, dass Ben nichts dazu sagt, er hat die beiden Häuser angezündet und will, dass Jeff und Timothy ihn anflehen. Er tut das alles nicht aus böser Absicht oder weil er auf Rache sinnt, sondern weil er die für ihn unerträglichen Abläufe in seinem Kopf nicht mehr ertragen kann.«

Gegen Ende von Trishas Monolog hatte sich eine allgemeine Fassungslosigkeit in der Memorial Hall breitgemacht. Insbesondere Rachel gingen eine Menge offener Fragen durch den Kopf.

»Wenn Jeff und Timothy sich bei Jasper entschuldigen sollen, bedeutet das im Umkehrschluss, dass die beiden Sharon Pearce vor zwanzig Jahren vergewaltigt und ermordet haben, richtig?«

Die beiden Männer protestierten umgehend laut und heftig.

»Ich werde mich dazu nicht weiter äußern, aber es ist tatsächlich sehr naheliegend, dass die beiden etwas damit zu tun haben«, antwortete Trisha diplomatisch.

Rachel bat Leroy, ihr seine Handschellen zuzuwerfen, da ihre bereits bei Jeff in Benutzung waren. Unter diesen Umständen hatte sie keine Wahl, als auch Timothy in Gewahrsam zu nehmen, was zu einem weiteren Nervenzusammenbruch bei Susan führte. Unter Tränen begann sie, wie wild auf Timothy einzuprügeln und zu schreien. »Du Schwein, all die Jahre hast du mir das verheimlicht, ich war die ganze Zeit mit einem Mörder verheiratet! Und jetzt bist du auch noch schuld daran, wenn unsere Tochter stirbt! Was für ein Monster habe ich bloß geheiratet!«

Rachel schaffte es mit Leroys Hilfe, Susan von ihrem Mann fortzuzerren. Sie legte Timothy die Handschellen an und forderte ihn nochmals auf, Ruhe zu bewahren.

»Eine weitere Frage habe ich. Was hatte Sheriff Broome mit der ganzen Sache zu tun? Warum hat Jasper ihn überfahren?«

»Der Sheriff hatte eine Schlüsselrolle in der ganzen Geschichte inne. Jasper hat mir oft erzählt, dass er den Sheriff für alles mitverantwortlich machte. Er hatte die Ermittlungen damals aus reiner Bequemlichkeit nicht nur nicht unterstützt, sondern sogar behindert. Jasper weiß, dass viele Sachen mit einem anderen Sheriff vielleicht hätten verhindert werden können. Er ist nämlich, abgesehen von seiner Beeinträchtigung, überdurchschnittlich intelligent, müssen Sie wissen«, erklärte Trisha.

Daran zweifelte Rachel nicht. Sie ließ sich alles, was in den vergangenen Tagen passiert war, noch einmal durch den Kopf gehen. Das Gesamtgefüge war mehr als die Tat eines psychisch gestörten, verwirrten Täters. Im Gegenteil, es erforderte ein großes Maß an Planung. Zwischendurch hatte Jasper sie regelrecht zum Narren gehalten. Blieb nur noch die große Hoffnung, Olivia am Ende lebend wiederzubekommen und zu ihrer Familie zurückzubringen – wobei sich Rachel die Frage stellte, ob es wirklich noch eine Familie gab, zu der sie zurückkehren konnte. Abgesehen davon, dass Susan gerade eher den

Eindruck machte, als würde sie sich von ihrem Mann trennen, würde sich Timothy, wie Jeff auch, für die Tötung von Sharon Pearce im Jahr 1996 vor einem Gericht verantworten müssen. Mord verjährte nicht.

Die ersten Sonnenstrahlen des neuen Tages drangen durch die Fenster in der Memorial Hall und fielen auf den hölzernen Boden. Trisha fragte sich gerade, ob Jasper sein Versprechen noch wahr machen würde oder ob er vielleicht doch inzwischen gefasst worden war, als sich die Eingangstür öffnete. Obwohl Trisha Jasper als seine Psychologin nun bereits einige Jahre kannte, löste sein Anblick in ihr ein mulmiges Gefühl aus. Sie wusste nicht, was als Nächstes passieren würde, wusste nicht, zu was der Mann noch imstande war. Wie hatte sie sich nur so in ihm täuschen können? Und was würde passieren, wenn Jeff und Timothy nicht vor ihm auf die Knie gingen?

Rachel musterte den Neuankömmling sehr kritisch. Er trug kurze Haare, einen Bart und machte insgesamt einen recht gepflegten und netten Eindruck. Wäre man ihm auf der Straße begegnet, hätte man ihn kaum für einen psychisch kranken Straftäter gehalten. Schnell machte sie sich wieder bewusst, dass dieser Mensch ein Mädchen entführt, einen Menschen überfahren und zwei fast verbrannt hatte, was ihr wieder zu einem neutraleren Blick verhalf. Rachel griff instinktiv an ihren Gürtel. Normalerweise trug sie dort das Halfter mit der Dienstwaffe, doch die lag noch immer im Handschuhfach ihres Wagens. Glücklicherweise hob Jasper direkt die Hände als Zeichen, dass er unbewaffnet war, woraufhin Rachel vorsichtig auf ihn zuschritt, um ihn abzutasten. Jasper ließ sich anstandslos von ihr durchsuchen und Rachel fand keine Waffen oder anderen gefährlichen Gegenstände.

Jasper erweckte nicht den Eindruck, als wollte er unnötig Zeit verlieren. In der Memorial Hall angekommen, schaute er sich kurz um, warf Trisha einen undefinierbaren Blick zu und wandte sich umgehend an Timothy und Jeff, die ihn mit großen Augen anschauten. Lange Momente verweilten die drei in dieser Position, als warteten sie auf den Showdown in einem italienischen Western. Es war förmlich zu spüren, dass Jasper lange auf diese Gelegenheit hingearbeitet hatte.

»Na los«, sagte Jasper schließlich, »ihr wisst, was ihr zu tun habt, wenn ihr das Mädchen wiedersehen wollt. Ihr wurdet doch darauf vorbereitet.« Er sprach mit monotoner Stimme, die keine Gefühlsregung erkennen ließ.

Timothy musste nicht lange überlegen. Nach einer unmissverständlichen Drohung seiner noch immer verzweifelten, wütenden Frau Susan glitt er von seinem Stuhl und landete mit den Knien auf dem Holzboden vor ihm. Er hätte in diesem Moment alles getan, um seine Tochter wiederzubekommen.

»Bitte«, winselte er, wiederholte es ein paarmal und fing schließlich an zu weinen.

Sein Freund Jeff war hingegen nicht so leicht zu überzeugen. Er hatte sich eigentlich vorgenommen, standhaft zu bleiben. Vor lauter Stolz wäre es ihm nie in den Sinn gekommen, vor einem Psychopathen auf die Knie zu gehen. Als er Timothy jedoch zum ersten Mal in seinem Leben weinen sah, rutschte auch er fast automatisch vom Stuhl und landete auf den Knien.

»Bitte? Bitte was?«, fragte Jasper schroff.

Im ersten Augenblick verstand Timothy nicht, was die Frage sollte. Er beschloss, seine Bitte zu präzisieren: »Bitte geben Sie uns unsere Tochter zurück«, ergänzte er schließlich.

Niemand im Raum wusste, ob das Entgegenkommen der beiden Männer Jasper zufriedenstellte oder nicht. In seinem Gesicht war zumindest kein Zeichen der Genugtuung zu erkennen. Sein Ausdruck blieb starr, und er erweckte den Eindruck, als würde er in sich hineinhorchen, als wollte er herausfinden, ob der innere Drang, seine Gedanken in die Realität umzusetzen, jetzt endlich nachgelassen hatte.

»Die beiden haben sich entschuldigt. Jetzt sag uns endlich, wo wir Olivia finden«, platzte es aus Susan heraus. Jasper drehte langsam den Kopf zur Seite und sah sie an.

»Ich muss erst auf die Toilette. Das alles hier ist auch für mich aufregend«, sagte er und ging in Richtung des kleinen Badezimmers in der Memorial Hall.

Rachel begleitete Jasper bis zur Tür des Bads, wo sie sich vornahm, auf ihn zu warten und ihn dann zurückzubegleiten. Sie wollte sichergehen, dass er nicht auf dumme Gedanken kam, in den vergangenen Tagen waren genug Menschen an diesem Ort zu Schaden gekommen.

Jasper erinnerte sich gern daran zurück, wie er einmal mit seiner Schwester und seinem Vater einen Ausflug hierher unternommen hatte. Damals hatten sie im Rahmen des Hausunterrichts die Kriege durchgenommen, in die Australien verwickelt gewesen war, und wo konnte man anschaulicher etwas darüber erfahren als hier? Seitdem hatte sich nicht viel verändert, weder in der Memorial Hall selbst, noch in dem kleinen Badezimmer. Jasper war sich nicht mal sicher, ob seit der Errichtung des Gebäudes überhaupt jemand die vergilbten Fliesen, die an mehreren Stellen gesprungene Toilettenschüssel oder den Spülkasten oben an der Wand erneuert hatte. Derselbe Gedanke war ihm bereits vor einigen Tagen durch den Kopf gegangen, als er das erste Mal nach knapp zwanzig Jahren wieder hier gewesen war. Jasper schloss die Badezimmertür hinter sich und setzte sich auf die Toilette, wo er sich ein paar Minuten Zeit nahm, um nachzudenken. Heute würde es also enden, heute würde er von all seinen Qualen erlöst werden. Er freute sich darauf. Keine Stimmen mehr. Keine längst vergangenen Ereignisse, die sich immer und immer wieder in seinem Kopf wiederholten. Wie eine gesprungene Schallplatte, wie eine Gedankenhölle, die nicht enden wollte. Es blieb nur noch eine Sache zu tun.

Jasper stand auf, streckte sich und hob den Deckel vom Spülkasten, der in einiger Höhe über dem Klosett hing. Er griff in den Kasten und fischte eine durchsichtige Plastiktüte heraus, in die ein Revolver eingewickelt war. Es war kein Problem gewesen, beim nachlässigen Broome einzusteigen, in aller Ruhe die Waffe in seinem Schreibtisch zu finden und einfach mitzunehmen.

Jasper zog den Revolver aus der Tüte und steckte ihn in den Hosenbund, dann betätigte er die Toilettenspülung.

Rachel erwartete ihn bereits hinter der Tür und geleitete ihn zurück zu Timothy und Jeff, die sich inzwischen wieder auf ihre Stühle gesetzt hatten.

Wie hätte jemand im Raum ahnen können, dass Jasper eine Waffe in der Memorial Hall deponiert hatte? Alles war Bestandteil seines Plans, den er Monate im Voraus geschmiedet hatte und den er jetzt zu einem furiosen Ende bringen würde.

Die Waffe hier zu verstecken, war noch einfach gewesen. Jasper hatte sich ausmalen können, dass nach dem Verschwinden eines Mädchens so viele Einsatzkräfte hier eintreffen würden, dass sie ein großes Gebäude als vorübergehendes Hauptquartier brauchen würden, und da kam in Hopetoun nur die Memorial Hall infrage – ein äußerst passender Ort für einen Showdown, wie er ihn sich vorstellte.

Doch seine Mission hatte noch viel früher begonnen. In Melbourne hatte er sich vor einiger Zeit mit gestohlenem Ausweis und Führerschein sowie einer gestohlenen Kreditkarte einen Pick-up gemietet. Dank der Fahrstunden seines Vaters wusste er, wie man einen Wagen lenkte, alles andere erforderte nur etwas Übung. Über Wochen hatte er sich daraufhin die Gewohnheiten der Familien Banks und Aldridge angeschaut, die erfreulicherweise noch immer hier wohnten. Und er hatte ihre beiden Kinder beobachtet. So erfuhr er recht schnell, wo die beiden zum Spielen hingingen, und fand heraus, dass das

Gelände wegen seiner Abgeschiedenheit optimale Bedingungen für eine Entführung bot: Man konnte nicht so leicht weglaufen oder sich verstecken.

Am Tag der Entführung lief alles glatt. Jasper betäubte Olivia mit Chloroform und setzte Ben unter Druck: Wenn er auch nur ein Wort sagen würde, würde Jasper das merken und seine Freundin sofort umbringen. Dann schickte er den Jungen nach Hause, und das Mädchen ... na ja, große Vorhaben erforderten nun mal große Opfer.

Wie die meisten Pläne, so benötigte auch dieser zwischendurch ein wenig Improvisation. Wer hätte ahnen können, dass Trisha plötzlich in Hopetoun auftauchte. Doch das sollte sich am Ende sogar als nützlich erweisen, da er sie als Überbringerin seiner Botschaft einsetzen konnte. Außerdem hatte Jasper Sheriff Broome eigentlich erschießen wollen, doch die Gelegenheit, ihn vor der Memorial Hall zu überfahren, war günstig gewesen. Alles Weitere war Beiwerk.

Jasper schritt andächtig zurück zu Timothy und Jeff und baute sich vor den Männern auf, um auf sie hinabzublicken. In diesem Augenblick überkam die beiden ein unendlich starkes Gefühl von Scham. Was hatten sie diesem jungen Mann nur angetan? Was hatten sie der ganzen Familie angetan? Alles, was sie in den letzten knapp zwei Jahrzehnten versucht hatten, in ihrem Innersten zu verdrängen, schien auf einmal zum Vorschein zu kommen. Die beiden konnten Jaspers Blick, der für sie wie der Zorn Gottes wirkte, schließlich nicht mehr ertragen und drehten den Kopf zur Seite.

Susan ließ sich davon nicht beeinflussen. »Wo ist meine Tochter?«, schrie sie. Sie drohte allmählich an der Situation zu verzweifeln.

Statt zu antworten, tat Jasper etwas, das alle Anwesenden entsetzte. Er zog den Revolver aus seinem Hosenbund und zielte auf Jeffs Stirn. Ein panisches Raunen ging durch die Halle. Jeff nahm seine noch immer durch Handschellen gefesselten Arme nach oben in dem Versuch, sein Gesicht abzuschirmen, und flehte um sein Leben. Dann hielt Jasper Timothy die Waffe vor die Stirn, der genauso reagierte.

Jasper neigte den Kopf zur Seite und begann mit seiner monotonen Stimme zu reden: »Seht ihr, jetzt habt ihr mich heute schon zweimal angefleht!«, sagte er.

Rachel überlegte in diesem Augenblick, ihre Waffe aus dem Auto zu holen, doch wie sollte sie an Jasper vorbeikommen? Wie hatte sie die Pistole nur im Handschuhfach liegen lassen können? Es war vermutlich noch ein Überbleibsel aus ihrer Zeit bei der London Metropolitan Police, die aus alter Tradition im Stadtgebiet in der Regel keine Waffen trug. Hoffentlich rächte sich dies jetzt nicht.

Hatte Rachel zunächst noch allen Grund, anzunehmen, dass Jasper den beiden Männern mit dem Revolver nur Angst einjagen wollte, sagte er kurze Zeit später etwas, das sie nicht mehr daran zweifeln ließ, dass er zu allem bereit war: »Dann bleibt euren Kindern nur noch, zu erfahren, wie es ist, wenn der eigene Vater stirbt.«

Jasper spannte den Hahn und richtete den Revolver wieder auf Jeffs Kopf.

»Bitte nicht!«, winselte der.

In diesem Moment flog die Tür zur Memorial Hall auf und Marcus Owen kam herein. Erschrocken wandte sich Jasper um.

»Nehmen Sie die Hände hoch, sofort!«, befahl Jasper, die Waffe noch immer auf Jeff gerichtet.

Owen hatte nicht die geringste Ahnung, was sich gerade abspielte oder wer der Mann mit der Waffe war. Er reagierte dementsprechend perplex und tat umgehend, was ihm gesagt wurde.

»Und jetzt stellen Sie sich da vorne hin«, befahl Jasper.

Owen ging vorsichtig, ohne ruckartige Bewegungen, vorwärts, blieb neben Rachel stehen und schaute sie fragend an.

»Ich erzähl's Ihnen später«, sagte sie leise, musterte Owen mit einem flüchtigen Blick und nahm dabei bedauernd zur Kenntnis, dass auch er keine Waffe trug.

Jasper wandte sich wieder Jeff zu, der leise vor sich hin wimmerte. Rachel stand zu weit weg, um noch eingreifen zu können, ein Anflug von Panik überkam sie. Wie konnte sie den Mann nur stoppen?

Ein paar Sekunden später peitschten zwei Schüsse durch die Memorial Hall. Rachel durchfuhr ein Schreck, gefolgt von unbeschreiblichem Entsetzen, während der Schall schnell vom Boden und den Wänden des Gebäudes verschluckt wurde.

»Neeiin«, schrie Susan Banks, dann sackte Jasper in sich zusammen und fiel ungebremst und mit einem dumpfen Schlag vornüber auf den Holzboden.

Verwirrt schaute Rachel von einer Person zur anderen, von wem waren die Schüsse gekommen? Ihr Blick fiel auf Leroy, der hinter seinem Tisch stand und seine rauchende Pistole in der Hand hielt. *Leroy hat geschossen? Mein Partner, der nie zuvor seine Dienstwaffe eingesetzt hat?*, ging es ihr durch den Kopf. Und höchstwahrscheinlich hatte er Jeff und Timothy damit das Leben gerettet. Rachel war froh, dass sie Leroy vor einigen Tagen überzeugt hatte, seine Waffe mitzunehmen.

Leroy hatte völlig automatisiert gehandelt, wie fremdgesteuert. Ungläubig nahm er die Waffe herunter und betrachtete Jasper, der auf dem Fußboden lag und sich nicht mehr rührte. Was hatte er getan? Er musste sich setzen. Thorpe eilte sofort zu Jasper und wollte seinen Pulsschlag fühlen, doch er konnte keinen finden.

»Nein!«, schrie Susan noch einmal. »Wer soll uns denn jetzt sagen, wo Olivia ist?« Susan begann erneut, auf ihren Mann einzuschlagen. »Das ist alles deine Schuld«, wiederholte sie. In diesem Augenblick wäre sie ohne Weiteres dazu bereit gewesen, das Leben ihres Mannes gegen das ihrer Tochter einzutauschen.

Jasper lag auf dem Boden, umhüllt von einer wohltuenden Wärme. Das Eindringen der beiden Kugeln in seinen Rücken hatte nur einen ganz kurzen Augenblick wehgetan. Danach wurde es in seinem Kopf nebelig, und er fühlte sich wie in Watte gepackt. Zum ersten Mal in seinem Leben war er frei. Um ihn herum wurde es langsam immer dunkler, und der Klang der Stimmen um ihn herum ging in ein leises Rauschen über. Würde er jetzt in den Himmel kommen, würde er seine Schwester und seinen Dad wiedersehen und auch ein Engel werden? Er freute sich darauf.

Trisha rannte zu Jasper und kniete sich neben ihn. Sie drehte seinen Körper auf den Rücken und schaute in sein Gesicht. Ihr schossen die Tränen in die Augen. Trotz allem, was Jasper angerichtet hatte, bestand noch immer eine über Jahre aufgebaute Bindung zu ihm. Trisha hatte immer Mitleid mit Jasper gehabt, in ihren Augen war er stets das Opfer gewesen.

»Sie trauern doch nicht ernsthaft um den Mann da. Er hat unsere Tochter entführt. Wer soll uns denn jetzt sagen, wo sie ist?«, sagte Susan, deren Verzweiflung und Wut in Hass umgeschlagen war.

Rachel eilte zu Jasper hinüber, um sich zu vergewissern, dass er tot war. Dann löste sie den Revolver aus der Umklammerung seiner langsam erkaltenden Faust. Wie war er nur darangekommen? Rachel betrachtete die Waffe und sah sofort die Gravur oberhalb des Griffstücks: »Jason Broome – Zum XXV. Jubiläum«.

Der Revolver des Sheriffs. Jasper musste bei ihm eingebrochen und sie ihm entwendet haben, bevor er sie hier auf der Toilette versteckt hatte. Jedenfalls war Jasper unbewaffnet hereingekommen, Rachel hatte ihn selbst abgetastet.

Rachel durchsuchte Jaspers Jacke. Aus der Innentasche zog sie einen Personalausweis, einen Führerschein sowie eine Kreditkarte, alles ausgestellt auf einen gewissen Richard Brown, wohnhaft in Melbourne / St. Kilda. Höchstwahrscheinlich stammten die Karten aus einer gestohlenen Brieftasche. In der linken Hosentasche fand Rachel den Beleg für einen Mietwagen und eine zusammengeknüllte Tankquittung von einer Tankstelle aus dem nahe gelegenen Beulah, sie war drei Wochen alt. Jasper musste in der letzten Zeit häufiger hier in der Gegend gewesen sein, er hatte seinen großen Coup offenbar minutiös vorbereitet, den Showdown hier in der Memorial Hall von Anfang an geplant. Ob er auch damit gerechnet hatte, selbst zu sterben?

Jedenfalls waren die Chancen, Olivia zu finden, jetzt noch einmal ein ganzes Stück gesunken. Rachel ging zu Leroy, legte Broomes Revolver auf den Tisch und überzeugte sich davon, dass mit ihrem Partner alles in Ordnung war. Dann lehnte sie sich an die Tischkante und dachte nach. Mit ihrem nach wie vor benebelten Kopf fiel ihr die Konzentration merklich schwer.

Wo also konnte Olivia sein? Hatte sie etwas nicht bedacht? Vielleicht gab es einen neuen Hinweis auf ihren Aufenthaltsort in der Geschichte, die Trisha zuvor über Jasper erzählt hatte, mochte er auch noch so unbedeutend sein …

Rachel ließ jeden Teil von Trishas Geschichte in ihrem Gedächtnis noch einmal Revue passieren, versuchte sich an jeden Satz, jedes Detail zu erinnern, irgendetwas musste es doch geben, das sie bisher nicht bedacht hatte.

Völlig unvermittelt sprang sie auf und rannte zur alten Karte von Hopetoun an der Wand. Sie fuhr mit dem Finger die ursprüngliche Uferlinie des Lake Coorong entlang und hielt an einer Stelle inne, die sie sich einprägte. Owen und Thorpe blickten fragend zu ihr herüber.

»Mrs Banks, ich habe eine Idee, wo Ihre Tochter sein könnte. Wenn Sie möchten, können Sie mich begleiten«, sagte Rachel.

Hoffnungsvoll merkte Susan auf und machte sich bereit, Rachel zu folgen. Konnte das wahr sein?

»Ich will auch mitkommen«, rief Timothy, doch Rachel lehnte umgehend ab.

»Owen, bitte passen Sie hier auf Mr Banks und Mr Aldridge auf, sie sollen umgehend in die Untersuchungshaft gebracht werden. Wenn Sie schon dabei sind, wir brauchen einen Bestatter für Jasper. Captain Thorpe, bitte kommen Sie mit. Sie sind vermutlich der einzige hier, der die Gegend gut genug kennt und gerade entbehrlich ist.«

Rachel schaute beinahe drohend zu Timothy und Jeff hinüber, dann verließ sie mit Thorpe und Susan die Memorial Hall. »Oh, und bevor ich es vergesse, Mrs Hayes, wenn ich wieder da bin, hätte ich noch eine Frage an Sie.«

Trisha schaute Rachel mit verweinten Augen an. »Es tut mir leid, aber ich glaube jetzt nicht mehr daran, dass Jasper jemals vorhatte, die kleine Olivia lebendig freizulassen«, sagte sie.

Rachel wollte davon nichts wissen und verdrängte den Gedanken schnellstmöglich wieder.

»Das werden wir sehen. Ich habe nicht vor, das Kind aufzugeben. Ich glaube, dass Olivia noch lebt, und das sollten Sie auch«, entgegnete sie.

Keine Minute später waren sie in Rachels Wagen unterwegs. Rachel traute sich aufgrund ihrer anhaltenden Schwäche immer noch nicht zu, selbst zu fahren, weshalb sie Thorpe das Steuer überlassen hatte.

»Sie müssen mir nur sagen, wo es hingehen soll«, sagte der Captain.

»Zum Lake Coorong. Am ehemaligen Ufer muss ein altes Bootshaus stehen«, sagte Rachel.

»Das Bootshaus? Das steht da schon seit zehn Jahren nicht mehr. Ich bremse Sie ungern in Ihrem Optimismus, aber die Spur wird ins Leere führen«, sagte Thorpe.

»Vertrauen Sie mir. Trisha hat erzählt, dass Jasper die Vergewaltigung seiner Schwester dort beobachtet hat. Der Ort hat eine ganz besondere Bedeutung für ihn, er war sozusagen der Anfang von dem Ganzen hier.«

»Wie Sie meinen«, sagte Thorpe wenig überzeugt und drückte aufs Gas.

Susan rutschte nervös auf der Rückbank hin und her. Sie hoffte, dass Rachel recht behalten würde. Die nahm ihre zitternde Hand und warf ihr einen zuversichtlichen Blick zu.

Wenig später hielt Thorpe den Wagen an.

»Hier muss es irgendwo sein, wenn ich mich recht erinnere.« Er stieg aus und sah sich um. Außer getrockneter, rissiger Erde, auf der hier und da kleine Grasflächen sprießten, war weit und breit nichts zu entdecken. Auch die ehemalige Uferlinie war an dieser Stelle des Sees nicht mehr erkennbar.

»Ich schlage vor, wir teilen uns auf und suchen die Umgebung ab. Wenn einer etwas findet, ruft er die anderen«, sagte Rachel.

Thorpe ging nach Norden, Susan nach Süden und Rachel in westliche Richtung. Alle drei hefteten den Blick auf den Boden, alle drei suchten akribisch jede Erhebung und jedes kleine Grasfeld ab, um bloß nichts zu übersehen. Buchstäblich drehten sie dabei jeden Stein um. Plötzlich entdeckte Susan inmitten eines Grasfeldes einen Bretterhaufen. Hektisch begann sie, die Planken zur Seite zu räumen, vielleicht bedeckten sie etwas, vielleicht lag darunter ihre Tochter. Wenig später stellte sie fest, dass es sich wirklich nur um einen Bretterhaufen und sonst nichts handelte, jemand hatte hier wohl seinen Müll entsorgt.

Thorpe und Rachel waren ähnlich erfolglos. Während Rachel gerade ein weiteres Grasfeld durchschritt, wieder nichts sah und zu zweifeln begann, ob sie auch tatsächlich an der richtigen Stelle suchten, entdeckte sie etwas Merkwürdiges. Auf einer relativ großen Fläche war das Gras büschelweise herausgezogen und über den Boden verteilt worden. Mit dem Fuß fegte Rachel die Büschel zur Seite und legte damit einen Bretterboden frei, der aus relativ neu aussehenden Planken bestand. Rachel ging in die Knie und versuchte, eines der Bretter anzuheben, doch sie waren an den Enden vernagelt. Als sie sich wieder aufrichtete, um die anderen zu sich zu rufen, wurde ihr kurz schwarz vor Augen, ihr Kreislauf lief noch immer auf Sparflamme.

»Hey, ich habe etwas gefunden! Kommen Sie schnell hierher«, rief sie so laut sie konnte, und Thorpe und Susan eilten herbei.

Der Captain versuchte zunächst, die Bretter mit bloßen Händen zu lösen, doch auch er hatte keinen Erfolg. Dann hatte er eine bessere Idee: Am Gürtel seiner Uniform hing ein Spitzhammer, der zur Standardausrüstung der Feuerwehr gehörte. Thorpe benutzte ihn, um erst eine Planke und dann vier weitere loszubrechen. Im nächsten Moment überkam Susan eine unbändige Freude. Dort unten, im ehemaligen Fundament des Bootshauses, lag tatsächlich ihre Tochter Olivia, eingehüllt in eine Isolierdecke, auf einer Isomatte. Kein Wunder, dass die Helikopterbesatzung das Mädchen nicht gefunden hatte, schoss es Rachel durch den Kopf. Ein unterkühlter Körper, der dazu noch unter einer Isodecke lag, musste auf einem Wärmebild unsichtbar sein.

Olivias Augen waren geschlossen, das Mädchen sah aus, als würde es schlafen. Susan beschlich die Angst, Olivia könne nicht mehr am Leben sein.

»Nun holen Sie sie doch da raus«, rief Susan ungeduldig, und Thorpe stieg ein wenig ungelenk in das Loch hinunter, um das Mädchen behutsam vom Boden aufzunehmen, es aus dem Loch zu heben und an der Oberfläche abzulegen. Das Mädchen hatte blaue Lippen und ihre Haut war bleich. Unverzüglich nahm Susan Olivia in den Arm, streichelte über ihr Gesicht und sprach immer wieder ihren Namen. Mit sanfter Gewalt gelang es Thorpe, der Mutter das Mädchen wieder abzunehmen, es flach hinzulegen und seine Vitalwerte zu kontrollieren. Bange Sekunden verstrichen.

»Und, lebt Sie noch? Nun sagen Sie schon!«, drängte Rachel ungeduldig.

Thorpe, der am Handgelenk keinen Puls fühlen konnte, legte Zeigefinger und Mittelfinger auf die kalte, blasse Haut oberhalb von Olivias Halsschlagader. Unendlich lang erscheinende Sekunden später verkündete Thorpe die erlösenden Worte: »Ich fühle einen ganz schwachen Puls, sie lebt.«

Spontan fiel Susan Rachel um den Hals.

»Es ist noch nicht vorbei. Dass sie am Leben ist, heißt nicht, dass sie es in einer Stunde auch noch ist, wenn wir sie nicht schnellstens zu einem Arzt bringen. Sie ist völlig unterkühlt.«

Thorpe nahm Olivia auf den Arm und lief so schnell er konnte zurück zum Auto. Auf der Rückfahrt zur Memorial Hall rief Rachel mit ihrem Handy den Rettungswagen und drehte die Heizung des Wagens auf Maximum, Susan versuchte zudem, ihre Tochter auf der Rückbank warm zu rubbeln.

Thorpe parkte den Wagen wenige Meter vor der Memorial Hall. Susan, Rachel und er entschieden, das Mädchen nicht erst hineinzutragen und dort zu warten, bis die Ambulanz eintraf, da es im Auto mit laufender Heizung wärmer war, als es in der Memorial Hall je hätte sein können.

Nur wenige Minuten später war die Straße vor der Memorial Hall nicht wiederzuerkennen. Als Erstes traf das Auto des Bestatters von der Gerichtsmedizin ein, bevor ein Polizeiauto aus Beulah kam, das Jeff und Timothy in die Untersuchungshaft bringen sollte. Zum Schluss tauchte endlich der Rettungswagen auf. Angelockt von den Sirenen, versammelten sich zudem sehr schnell wieder die Schaulustigen, denen an diesem Tag, zum Leidwesen der Opfer, eine Menge geboten wurde. Rachel stellte sicher, dass Olivia vor den neugierigen Blicken der Schaulustigen so gut es ging abgeschirmt wurde, während der Arzt sie in der Ambulanz behandelte. Das Mädchen bekam umgehend eine Infusion, da sie nicht nur extrem unterkühlt, sondern auch dehydriert war. Verletzungen konnte der Mediziner auf den ersten Blick nicht diagnostizieren, Olivia war offensichtlich nicht vergewaltigt worden. *Wenigstens eine gute Nachricht*, dachte Rachel.

Als sie eine Minute später die Memorial Hall betrat, wurden Timothy und Jeff gerade von zwei Polizisten abgeführt. Jeff wehrte sich, wie zu erwarten war, während Timothy immer wieder fragte, ob es seiner Tochter gut gehe.

»Sie lebt und wird gerade ärztlich versorgt«, antwortete Rachel knapp, »den Rest klären sie am besten mit Ihrer Frau.«

Rachel hatte kein Interesse, sich weiter mit Timothy auseinanderzusetzen. Selbst als er am Rettungswagen vorbeigeführt wurde, gestattete man ihm nicht, auch nur einen Blick durch die Scheiben auf Olivia und Susan zu werfen.

Rachel hatte derweil beschlossen, sich erst einmal um Leroy zu kümmern. Sie machte sich Sorgen, sein Schusswaffengebrauch könnte ihm arg zugesetzt haben. Ihr Partner saß gedankenverloren auf dem Stuhl vor seinem Schreibtisch und schob gerade seinen Computer in die Laptop-Tasche.

»Geht es dir gut?«, fragte Rachel.

Leroy nickte. »Mach dir keine Gedanken, es wird schon gehen. Ich werde zu Hause in Melbourne vielleicht ein paar Sitzungen bei unserem Psychologen beantragen. Der bringt mich wieder auf Spur«, sagte er und zwang sich zu einem Lächeln. Rachel erkannte sofort, dass es nicht echt war.

»Wenn du etwas loswerden willst, kannst du es gern bei mir tun, ich bin für dich da, bitte vergiss das nicht«, entgegnete sie.

»Schon gut, wirklich«, beteuerte Leroy.

Den Polizeipsychologen aufzusuchen, war mit Sicherheit eine gute Idee, in der nächsten Zeit würde sie ein wenig mehr auf Leroy achtgeben müssen.

Beim Stichwort Psychologe kam Rachel Trisha wieder in den Sinn. Sie brauchte nicht lang nach ihr zu suchen, Trisha stand bei Jaspers Leichnam und beobachtete die Bestatter dabei, wie sie den leblosen Körper in einen Zinksarg legten. Trishas Gesichtsausdruck war leer, als hätte sie alle Tränen, die ihr zur Verfügung standen, bereits vergossen. Als hätte sie ihr gesamtes Pensum an Trauer, Freude oder sonstigen Gefühlen aufgebraucht. Rachel näherte sich ihr vorsichtig.

»Sie hatten recht, Olivia war noch am Leben. Zum Glück. Damit hatte ich wirklich nicht gerechnet«, sagte Trisha apathisch, aber auch sichtlich erleichtert.

»Ja, sie wird gerade behandelt«, antwortete Rachel. »Es tut mir leid, dass Jasper tot ist.«

»Danke für Ihr Mitgefühl. Ich könnte sogar verstehen, wenn Sie froh wären, dass der Spuk jetzt vorbei ist«, sagte Trisha.

»Es ist nie gut, wenn ein Mensch sterben muss«, entgegnete Rachel.

Trisha verstand. »Ich glaube, Sie wollten mich noch etwas fragen«, bemerkte sie.

»Richtig«, sagte Rachel. Die ganze Zeit über war ihr eine Frage durch den Kopf gegangen, die für den Fall eigentlich unerheblich war, die sie allerdings noch geklärt wissen wollte. »Jasper war doch in der geschlossenen Psychiatrie, oder?«

Trisha nickte.

»Wie ist er da rausgekommen?«

Trisha stieß ein kurzes Lachen aus. »Ich habe mir schon gedacht, dass jemand mal auf die Idee kommen würde, danach zu fragen.«

»Dann haben Sie bestimmt auch eine Antwort darauf, oder?«

Trisha seufzte.

»Wir haben Jasper auf meinen Rat und meine Verantwortung aus der Psychiatrie entlassen. Betrachten Sie es als Experiment. Ich dachte, sein Heilungsprozess sei so weit fortgeschritten, dass er keine Gefahr für seine Mitmenschen mehr darstellte. Da habe ich mich wohl getäuscht. Als ich von dem verschwundenen Mädchen in Hopetoun erfuhr, wurde ich misstrauisch und fuhr direkt hierher, um Schlimmeres zu verhindern. Ich fühlte mich für alles, was Jasper vorhatte, verantwortlich.«

»Ich verstehe«, sagte Rachel. »Ich möchte mich auf jeden Fall noch einmal für Ihre Hilfe bedanken. Und dafür, dass Sie mich vor Jeff gerettet haben. Deshalb ist es mir umso unangenehmer, Ihnen mitteilen zu müssen, dass auch Sie unter Umständen für all das hier zur Verantwortung gezogen werden. Oder zumindest für einen Teil«, sagte Rachel.

»Das muss Ihnen nicht unangenehm sein, ich habe fest damit gerechnet. Und ich stehe dazu, was ich getan habe. Ich bin bereit, die Konsequenzen für mein Handeln zu tragen.«

Trisha trat mit Rachel nach draußen. Der Leichenwagen, das Polizeiauto und die Ambulanz waren abgerückt. Das vorübergehende Hauptquartier in der Memorial Hall war von Leroy und Marcus Owens Leuten inzwischen vollständig abgebaut worden und die schaulustigen Menschen hatten sich vermutlich sattgesehen, da nur noch wenige von ihnen dort standen und gafften. Unter ihnen entdeckte Rachel Margret Pearce. Als diese Rachel und Trisha sah, schaute sie ungläubig und schockiert herüber, drehte sich schnell um und verließ beinahe fluchtartig den Schauplatz.

Was für ein eigenartiges Nest Hopetoun doch ist, schoss es Rachel durch den Kopf. Sie freute sich darauf, nach Melbourne zurückzufahren und endlich mal wieder auszuschlafen – auch wenn der Papierkram, der ihr und Leroy bevorstand, und die noch immer ungeklärte Sache wegen ihres Verbleibs in Australien ihre Vorfreude ein wenig trübte. Außerdem musste sie dringend zum Arzt und sich durchchecken lassen, denn die Folgen ihrer Rauchvergiftung machten ihr merklich zu schaffen. Glücklicherweise erklärte sich Leroy abermals bereit, sich hinters Steuer zu setzen. Die Monotonie auf der eintönigen Straße sei jetzt genau das, was er brauche, um sich abzulenken, beteuerte er.

»Es wäre mir aber wichtig, dass wir noch einen Abstecher machen«, sagte Rachel.

»Wie du willst, ich habe heute keine Termine mehr«, erwiderte Leroy.

Kapitel 21

Gegenwart

Nach dem Brand ihres Hauses waren Beth und Ben Aldridge vom Krankenwagen zur Beobachtung ins District Hospital in Sea Lake gebracht worden, wo Mutter und Sohn sich jetzt ein Zimmer teilten und ausgiebig untersucht wurden. Die vorläufige Diagnose des Arztes lautete, dass sie mit einer Rauchvergiftung und einem Schock davongekommen waren. Dennoch konnte Beth sich nicht darüber freuen. Ihr Heim war komplett abgebrannt, ihr Mann war fort, und mit ihrem Sohn konnte sie noch immer keine Unterhaltung führen. Innerhalb kürzester Zeit hatte sich ihr Leben in eine einzige Katastrophe verwandelt. Das Schlimmste war, dass sie von sämtlichen Informationen abgeschnitten war, sie hatte keine Ahnung von dem, was gerade in Hopetoun vor sich ging, fühlte sich hilflos und isoliert. Was war mit ihrem Mann? War Olivia in der Zwischenzeit gefunden worden? War sie tot? Und wie erging es nur ihrer besten Freundin Susan?

Eine unerklärliche Freude überkam sie, als sich die Tür ihres kargen, sterilen Krankenzimmers öffnete und Rachel hereinkam. Sie hatte sich bereits gedacht, dass Beth gerade niemanden hatte, und wollte außerdem wissen, wie es ihr und Ben ging. Immerhin war Rachel für sie und ihren Sohn buchstäblich durchs Feuer gegangen. Vielleicht fühlte sie sich für Beth auch ein wenig verantwortlich.

Rachel warf Ben ein Lächeln zu, als sie an seinem Krankenbett vorbeiging, und begrüßte Beth mit einer Umarmung.

»Wie geht es Ihnen?«, erkundigte sich Rachel.

Beth versicherte ausweichend, dass man sich hier bestens um sie kümmere, ein wenig Besuch aus Hopetoun würde sie jedoch sehr freuen. Rachel erzählte, was in den vergangenen Stunden passiert war, dass der Entführer aufgetaucht und mittlerweile tot war, und dass sie Olivia gefunden hatten.

Hier begann der schwierige Teil für Rachel. Wie sollte sie Beth erklären, dass man Jeff wegen Vergewaltigung und Mordes in einem Fall, der zwanzig Jahre zurücklag, anklagen werde und sie Ben womöglich ohne Vater großziehen musste?

Von völlig unerwarteter Seite bekam Rachel jedoch Unterstützung.

Ben hatte aufmerksam zugehört, was Rachel berichtet hatte, und schaltete sich zum Erstaunen der beiden Frauen unerwartet in das Gespräch ein:

»Mom, ich muss dir was erzählen«, brachte er hervor und klang dabei, als würde eine zentnerschwere Last von ihm abfallen.

Ungläubig schauten Rachel und Beth zu dem Jungen hinüber. Tagelang hatte Ben kaum gesprochen, die Entführung nicht mal angeschnitten und jetzt das. Wieso begann er ausgerechnet jetzt zu reden? Trotz allen Erstaunens überwog bei Beth jedoch die Freude darüber, dass ihr Sohn überhaupt wieder sprach. Sie war noch zu schwach, um aufzustehen. Ben war hingegen wieder einigermaßen fit, und so winkte seine Mutter ihn zu sich ans Bett, um ihn einmal fest zu drücken. Gerührt beobachtete Rachel die Szene, bis sich nach einer

Weile die Ermittlerin in ihr meldete und sie zurück auf den Boden der Tatsachen holte. Was musste Ben seiner Mutter denn erzählen? Geduldig wartete sie, bis sich der Junge wieder auf sein Bett gesetzt hatte. Rachel musste den Jungen nicht großartig motivieren, er begann ganz von selbst zu erzählen, was sie aber nicht weiter verwunderte, da er nach den ereignisreichen Tagen mit Sicherheit ein großes Mitteilungsbedürfnis hatte. Ben erzählte, wie Olivia und er am Tag der Entführung in ihrer Hütte gespielt hatten, dann weiter zum Lake Coorong gegangen waren und schließlich dieser Mann auftauchte, den sie noch nie zuvor gesehen hatten. Olivia habe er dann mitgenommen. Ihm selbst habe der Mann gedroht, dem Mädchen etwas anzutun, falls er in den nächsten Tagen über die Sache reden würde, und das gelte so lange, bis das alles vorbei war. Da Olivia gefunden und der Mann tot war, war die Sache ja wohl vorbei, sagte Ben leicht verunsichert.

»Ja, das ist sie, du musst dir keine Sorgen machen, der Mann kann Olivia und dir nichts mehr antun«, sagte Rachel und streichelte Ben behutsam über den Kopf.

»Und der Mann hat noch was gesagt. Er hat gesagt, ich soll Mom dazu eine andere Geschichte erzählen. Dad und Onkel Timothy haben was ganz Böses getan«, ergänzte Ben.

Rachel ahnte, was als Nächstes folgen würde, und sie sollte recht behalten. Der Junge gab die Geschichte von vor neunzehn Jahren wieder, die Jasper ihm mit auf den Weg gegeben hatte. Dabei ging er erschreckend detailliert vor, und Rachel tat der Junge zwischenzeitlich leid, weil er sich so etwas hatte anhören müssen. Er gab die ganze Geschichte um Jeff, Timothy und die Vergewaltigung wieder – mit Ausnahme einiger Fakten, die er nicht wissen konnte. Während Ben erzählte, beobachtete Rachel, wie sich das Gesicht seiner Mutter immer weiter verfinsterte und sie schließlich anfing zu weinen.

»Ist das wirklich wahr? Stimmt es, was mein Junge da gerade erzählt hat?«, wandte sich Beth an Rachel, als Ben fertig war.

»So, wie es bis jetzt aussieht, ja«, antwortete Rachel. »Ihr Mann und Timothy Banks sind derzeit in Untersuchungshaft, die Staatsanwaltschaft in Mildura wird sich der Sache annehmen. Das hätte eigentlich schon vor neunzehn Jahren geschehen sollen.«

Beth nickte nachdenklich. Sollte sich die Geschichte als wahr herausstellen, wäre es wohl besser gewesen, Jeff und sie wären sich nie begegnet. Sie wollte ihn in diesem Augenblick am liebsten nie wiedersehen. Und sie wollte auch nicht, dass Ben ihn noch einmal zu Gesicht bekam. In diesem Moment fasste Beth einen Entschluss: Sie würde zurück nach Mildura gehen, in Hopetoun hielt sie nichts mehr – und vermutlich würde ihre beste Freundin das ähnlich sehen und sie zusammen mit Olivia begleiten. Rachel erkannte in Beths Augen, dass sie am Beginn eines neuen Lebensabschnitts stand. Sie selbst hatte etwas Ähnliches durchgemacht, bevor sie nach Australien gekommen war. Auch deswegen fühlte sie sich in diesem Moment sehr verbunden mit Beth.

»Wenn Sie Unterstützung benötigen, hätte ich ein paar Adressen von Spezialisten, geben Sie einfach Bescheid«, sagte Rachel.

Beth nahm das Angebot dankend an und die beiden Frauen tauschten zum Abschied ihre Telefonnummern aus. Mit einer langen Umarmung gingen sie auseinander, wohlwissend, dass das kein Abschied für immer sein würde.

Rachel verließ das Krankenhaus sehr nachdenklich. Jeff und Timothy hatten mit ihrer Tat unterm Strich drei Familien zerstört: die Familie Pearce vor knapp zwanzig Jahren und jetzt auch noch ihre jeweils eigenen. Aber wäre es besser gewesen, die Sache von damals wäre auf ewig im Lake Coorong geblieben? Wäre es erstrebenswert für Beth und Susan gewesen, ihr Leben auf einer Lüge aufzubauen? Jeder verdiente es, die Wahrheit zu erfahren, sagte sie sich. Manchmal war sie schmerzhaft und unbequem, aber nur so war es möglich, am Leben zu wachsen, und darauf kam es doch letztendlich an.

Unweigerlich kam Rachel ihre Ehe in den Sinn oder das, was auf dem Papier noch davon übrig war. Sie fragte sich, wie diese Geschichte wohl ausgehen würde.

Kapitel 22

Gegenwart

Die Lichter in den Fenstern der Wolkenkratzer spiegelten sich im Wasser des Yarra River, der heute Abend ungewöhnlich ruhig, fast wie ein Dorfteich aussah. Wie jeden Abend waren am Ufer des Flusses eine Menge Leute anzutreffen, die joggten, spazieren gingen oder einfach nur auf einer der Bänke saßen. Auch Trisha liebte es, am Fluss entlang zu flanieren, die Menschen in Melbourne zu beobachten, oder schlicht das Leben der Stadt in sich aufzusaugen. Heute aber fühlte es sich anders an. Eine tiefe Trauer erfüllte sie, ein Gefühl, das so intensiv war, dass sie sich nicht vorstellen konnte, jemals wieder etwas anderes in ihrer Seele zu spüren. Der Schmerz erdrückte sie, lähmte alles in ihr und wog unerträglich schwer. Der Tod von Jasper nahm sie mehr mit, als sie gedacht hatte. Ja, man konnte sagen, dass die Beziehung zu ihm schon eine ganz besondere gewesen war. Gerade über die vergangenen Jahre hinweg hatten die beiden ein sehr vertrauensvolles Verhältnis zueinander aufgebaut. Trisha hatte geglaubt, Jasper sehr gut zu kennen. Umso schwerer war es für sie, als sie erfuhr, was er in Hopetoun vorhatte. Als Trisha Jasper eines Tages in seiner Wohnung einen Besuch abstatten wollte und er nicht, wie gewohnt, die Tür öffnete, wurde sie stutzig. Sie brach in die Wohnung ein und sollte erfahren, dass ihr Gefühl sie nicht getäuscht hatte. Denn auf dem Schreibtisch fand sie einen Brief, in dem sich Jasper ihr offenbarte, detailliert seine Gefühle und Gedanken beschrieb und seinen Plan vorstellte, nach Hopetoun zu fahren und es zu Ende zu bringen. In dem Brief erfuhr Trisha auch, dass Jasper in den Monaten zuvor häufiger dort gewesen war, um alles genau zu planen. Ursprünglich hatte er vor, nur den Plan aufzustellen und in besagtem Brief niederzuschreiben – in der Hoffnung, die Stimmen in seinem Kopf und die ständig wiederkehrenden Gedanken würden dann aufhören. Als dem jedoch nicht so war, fuhr er ein letztes Mal nach Hopetoun, um sein Gedankenspiel wahr zu machen. Das konnte Trisha nicht zulassen. Erst recht nicht, weil Jaspers Brief sich am Ende wie ein Abschiedsbrief las und sie Angst hatte, er werde die Sache nicht überleben. So war sie Jasper schließlich nach Hopetoun gefolgt, um ihn ausfindig zu machen und von seinem Vorhaben abzubringen.

Doch Trisha hatte versagt. Obwohl sie die Möglichkeit gehabt hatte, Schlimmeres zu verhindern, war sie gescheitert. Zumindest redete sie sich das ein, doch niemand auf der Welt hätte sie von diesem Glauben abbringen können. Der Gedanke hatte sich festgesetzt und war nun dabei, alles andere zu überwuchern.

Trisha blieb für eine Weile an der Uferpromenade stehen und schaute einem Boot hinterher, das in Richtung Flussmündung fuhr. Nachdem es hinter einer Biegung verschwunden war, schlenderte sie weiter. Als sie die Princes Bridge auf Höhe der Flinders Street Station erreichte, erklomm sie die Treppe, die sie von der Uferpromenade hinauf zur Brücke führte. »Ein sehr schönes Bauwerk« kam es Trisha in den Sinn, während sie zur Mitte der Princes Bridge schritt. Nicht so massiv wie die riesige Bolte Bridge oder die Westgate Bridge im Hafengebiet, von denen jährlich dutzende Menschen in den Tod sprangen. Traurige Beliebtheit besaßen die Brücken insbesondere bei Menschen mit psychischen Erkrankungen, was insbesondere an Trisha nicht vorbeigegangen war. Sie wusste nicht, wie viele Leute jährlich von der Princes Bridge in den Tod sprangen, aber sie vermutete, dass dieser Ort hier wohl ein wenig exklusiver für einen Selbstmord war – nicht, dass sie darauf besonderen Wert gelegt hätte, aber die Aussicht von hier auf die Stadt war jedenfalls schöner. Trisha stieg über das Brückengeländer und platzierte die Füße vorsichtig auf dem schmalen Vorsprung. Langsam drehte sie sich um, sodass sie mit dem Po am Geländer lehnte, sich rücklings festhielt und nach vorn beugte. Trisha atmete tief durch und schaute nach unten ins Wasser. Passanten, die unten auf der Uferpromenade und oben auf der Brücke unterwegs waren, hatten zu diesem Zeitpunkt bereits gesehen, dass etwas mit der Frau nicht stimmte, dass sie womöglich springen wollte. Als sie herbeieilten, um sie davon abzuhalten, war es bereits zu spät. Während sie fiel, bildete Trisha sich ein, sie könne Jaspers Gesicht auf dem reflektierenden Wasser erkennen, auf das sie zuraste. Dann wurde es dunkel.

Kapitel 23

Gegenwart

Rachel war froh, so spontan noch einen Arzttermin bekommen zu haben. Gestern am späten Nachmittag hatte sie in der Klinik angerufen, um sich durchchecken zu lassen, und heute Morgen saß sie bereits im Wartezimmer oder durchlief eine Untersuchung nach der anderen, vom Röntgen der Lunge bis hin zum CT. Am Ende wurde ihr bescheinigt, dass mit ihrer physischen Gesundheit alles in Ordnung war. Vom persönlichen Befinden her konnte sie das nur bestätigen, denn im Vergleich zum Vortag ging es ihr schon viel besser. Die Ärztin hatte zwar vorsorglich gefragt, ob sich Rachel krankschreiben lassen wolle, sie lehnte jedoch freundlich ab, dazu gab es einfach zu viel zu tun. In ihrem Büro im Victoria Police Centre erfuhr sie, dass sie damit die richtige Entscheidung getroffen hatte, da Leroy nicht da war, der sich vernünftigerweise eine kleine Auszeit genommen hatte. Rachel befürwortete seine Entscheidung, auch wenn das bedeutete, dass sie mit dem Papierkram erst mal allein dastand.

Sie fuhr ihren Computer hoch und checkte die E-Mails. Die Staatsanwaltschaft in Mildura hatte etwas reingeschickt, einige

Fragen zu Jeff Aldridge, Timothy Banks und den Umständen in Hopetoun, die sie umfassend beantwortete. Das fand sie sehr praktisch, da sie große Teile der E-Mail für ihren späteren Bericht recyceln konnte. Aber wie es aussah, würde sie damit noch etwas warten müssen, denn Chief McDermott kam jetzt aufgebracht in ihr Büro und baute sich vor ihrem Schreibtisch auf.

»Und, wie ist es in Hopetoun gelaufen?«, fragte er, machte aber auf Rachel nicht den Eindruck, als sei er tatsächlich an der Geschichte oder gar an morgendlichem Small Talk interessiert. Sie antwortete trotzdem auf die Frage.

»Es war anstrengend, aber wir haben das Mädchen gefunden. Und noch zur Aufklärung eines alten Falls beigetragen, der sich 1996 zugetragen hat.«

»Verstehe, verstehe. Es ist mir ein bisschen unangenehm, dich jetzt schon wieder mit einem neuen Fall betrauen zu müssen, aber alle infrage kommenden Kollegen sind krank oder im Urlaub und …«

Rachel hatte jetzt wirklich keine Nerven für einen herumstammelnden Chief. »Okay, kommen Sie zur Sache, ich soll bestimmt einspringen. Sie müssen nicht lange um den heißen Brei reden. Worum geht's?«

McDermott fiel ein Stein vom Herzen.

»Sehr gut. Heute Morgen wurde am Yarra River in der Nähe des Crown Plaza eine Leiche angespült. Die Kollegen von der Spurensicherung sind schon da. Es handelt sich vermutlich um eine Frau, die Passanten gestern beim Sprung in den Yarra beobachtet haben. Die Leute haben uns verständigt, und eine Sucheinheit hat danach den Flussabschnitt abgesucht, aber nichts gefunden. Du weißt ja, die Strömung.«

Rachel schnappte sich die Jacke und verließ umgehend das Büro. Da das Crown Plaza nur ungefähr hundert Meter vom Victoria Police Centre entfernt lag, ging sie zu Fuß hinüber. Die frische Luft tat gut und der Geruch der Stadt löste in ihr ein angenehm beruhigendes Gefühl aus.

Von Weitem sah Rachel bereits den hellen Sichtschutz aus weißer Folie, den die Mitarbeiter der Spurensicherung um den Fundort der Leiche aufgebaut hatten. Die Kolleginnen und Kollegen kannten Rachel noch nicht, weshalb sie sich erst ausweisen musste, bevor sie sich vom Leiter der Gruppe informieren ließ. Eine Frau, etwa Mitte fünfzig, sie war vielleicht zwölf Stunden tot. Vermutlich handelte es sich tatsächlich um die Frau, die gestern gesprungen war, wie McDermott gesagt hatte. Ein Spaziergänger hatte die Leiche heute Morgen um neun Uhr gefunden. Rachel trat hinter den Sichtschutz und sah als Erstes die Beine. Drei Mitarbeiter der Spurensicherung knieten neben der Leiche, machten Fotos und suchten die Kleidung der toten Frau ab. Als Rachel näher kam und schließlich das Gesicht der Leiche sah, hatte sie das Gefühl, vom Schlag getroffen zu werden. Sie blickte in die weit aufgerissenen Augen von Trisha Hayes. Rachel war im ersten Moment ratlos und wusste nicht, wie sie ihre Gedanken ordnen sollte. Keine Frage, der Kollege hatte mit hoher Wahrscheinlichkeit recht, wenn er von Selbstmord ausging. Neunundneunzig Prozent aller Toten, die aus dem Yarra gezogen wurden, waren von einer der zahlreichen Brücken gesprungen. Irritierend war nur, dass die meisten Leichen ein Stück weiter flussabwärts angespült wurden. Die beliebteste Brücke bei Selbstmördern, so makaber es auch klang, war nämlich die West Gate Bridge, die etwas weiter in Fließrichtung lag. Irritierender und vor allem bestürzender fand Rachel jedoch die Tatsache, dass es sich bei der Toten um Trisha handelte. Warum hatte sie sich das Leben genommen? Hatte Jaspers Tod sie tatsächlich so mitgenommen? Rachel nahm sich einen Augenblick, um das Chaos in ihrem Kopf zu sortieren, und wandte sich an den Leiter der Spurensicherung. Auch wenn alles auf Selbstmord hindeutete, wollte sie ganz sicher gehen.

»Ist sie ertrunken?«, fragte Rachel.

»Wir haben bis jetzt ausgeprägte Hämatome am ganzen Oberkörper entdeckt. Ich vermute, sie hat beim Aufprall auf die Wasseroberfläche das Bewusstsein verloren und ist dann im Wasser erfroren. Das kann ich aber erst sagen, wenn ich sie obduziert habe und weiß, ob sie Wasser in der Lunge hat«, sagte der Leiter.

»Ob sie erfroren oder ertrunken ist, ist mir am Ende auch gleichgültig. Hatte die Frau irgendwelche Papiere in der Tasche? Einen Abschiedsbrief vielleicht?«, fragte Rachel.

»Nein, keinen Abschiedsbrief, aber das hier haben wir in ihrem Mantel gefunden.«

Rachel betrachtete die Schachtel, die ihr der Mann unter die Nase hielt. Es war eine Packung Aprophilid, das Medikament zur Linderung der Symptome bei Schizophrenie. Obwohl es vermutlich nicht ungewöhnlich war, dass eine Psychologin ein Psychopharmakon mit sich herumtrug, wurde sie misstrauisch. Am Ende war diese ganze Trisha-Hayes-Geschichte vielleicht doch mysteriöser, als alle, sie selbst eingeschlossen, angenommen hatten. Rachel nahm mit ihrem Handy ein Foto vom Gesicht der Leiche auf.

»Bitte bringen Sie die Frau so schnell wie möglich zur Gerichtsmedizin, ich brauche dringend die toxikologische Untersuchung. Ich muss wissen, ob die Frau das Aprophilid selbst genommen hat.«

Zügig lief Rachel zurück zum Victoria Police Centre. Im Flur rannte sie McDermott in die Arme, der sich darüber wunderte, dass sie schon wieder zurück war.

»Keine Zeit, Chief, ich muss kurz was checken«, sagte sie und verschwand in ihrem Büro. Es dauerte keine fünf Minuten, bis sie beim Einwohnermeldeamt und den Sozialversicherungsbehörden alle nötigen Informationen zusammengetragen hatte. Es gab nicht nur im Internet keine

Psychologin mit Namen Trisha Hayes, wie Leroy recherchiert hatte, sondern auch in ganz Melbourne und Umgebung keine Frau, auf die Trishas demografische Merkmale in Kombination mit ihrem Namen zutrafen.

Allerdings hatte sie einen Anknüpfungspunkt, an dem sie ihre Recherche zu Trisha Hayes, oder wie auch immer der Name dieser Frau war, ansetzen konnte: die Albert Road Clinic.

Der Straßenverkehr um diese Zeit nervte Rachel gewaltig. Zumal die Einrichtung ein ganzes Stück außerhalb der Innenstadt lag, unweit des Albert Park Circuit. Jedes Jahr startete dort das erste Rennen der neuen Formel-1-Saison, was Rachel als absoluten Motorsport-Gegner allerdings weniger interessierte.

Der Anstaltsleiter der Albert Road Clinic, Professor Parker, hatte unglücklicherweise nicht viel Zeit für Rachels spontanen Überfall und beteuerte, außerdem noch nicht so lange in der Klinik zu arbeiten, als dass er der Ermittlerin über rund zwanzig Jahre alte Fälle eine zuverlässige Auskunft hätte geben können. Jedoch nannte er Rachel den Namen einer äußerst kompetenten Kollegin, die bestimmt noch über Patientinnen und Patienten von damals Bescheid wisse. Ihr Name war Dr. Patricia Mace. Rachel traute ihren Ohren nicht, es klang fast wie »Trisha Hayes«, der Name der Ärztin konnte doch kein Zufall sein. Sie machte Dr. Mace auf ihrer Station schnell ausfindig. Die Psychologin war eine attraktive Frau, die durch ihr langes, schlohweißes Haar älter wirkte, als sie eigentlich war. Als Rachel ihr mitteilte, dass es um eine vertrauliche Angelegenheit ging, zogen sich die beiden ins ruhige Schwesternzimmer zurück, wo sie ungestört reden konnten.

»Bitte entschuldigen Sie den Überfall, aber es handelt sich um eine recht dringende Angelegenheit. Deshalb komme ich mal direkt zur Sache: Kennen Sie diese Frau?« Rachel zeigte Dr. Mace das Handyfoto, das sie am Morgen von der Leiche gemacht hatte. Um das kleine Bild besser erkennen zu können, setzte Dr. Mace ihre Brille auf.

»Das ist doch nicht wahr«, sagte sie und nahm Rachel das Handy aus der Hand. »Natürlich kenne ich diese Frau«, begann sie schließlich. »Es handelt sich um eine ehemalige Patientin von mir, Annette Pearce. Sie litt unter Schizophrenie. Wieso ist sie tot?«

Rachels ungeheurer Verdacht hatte sich bestätigt. In diesem Moment ärgerte sie sich unfassbar darüber, dass sie Trisha Hayes beziehungsweise Annette Pearce gegenüber so gutgläubig gewesen war. Doch die Frau hatte ihre Rolle perfekt gespielt.

»Wir vermuten, dass sie sich gestern Abend das Leben genommen hat. Und ich glaube, ich weiß jetzt auch, warum. Dazu gibt es eine Vorgeschichte.«

Rachel erzählte Dr. Mace, was sich in den vergangenen Tagen in Hopetoun zugetragen hatte und dass sich Annette Pearce als eine Psychologin namens Trisha Hayes ausgegeben hatte. Sie sei auf der Suche nach einem angeblichen Patienten gewesen, tatsächlich aber ihrem Sohn, wie sich just herausgestellt habe. Rachel wiederholte en détail, was Annette alias Trisha ihr über Jasper erzählt hatte. Dr. Mace quittierte die Geschichte mit einem energischen Kopfschütteln.

»Das stimmt leider nicht ganz«, sagte die Psychologin nach fast jedem zweiten Satz und klärte Rachel über die wahre Geschichte von Jasper und Annette Pearce auf:

»Ein paar Jahre, nachdem Annette Pearce in die Albert Road Clinic eingewiesen worden war, hatte man uns einen Jugendlichen gebracht, der laut Akte schon einige Einrichtungen besucht hatte, unter einer posttraumatischen Belastungsstörung sowie einem daraus resultierenden Mutismus und Symptomen einer beginnenden Schizophrenie litt. Die Jugend- und die Frauenabteilung sind selbstverständlich getrennt, doch ein paar Tage später begegneten Annette und Jasper einander im Park der Einrichtung. Sie müssen sich vorstellen, was das in den beiden ausgelöst haben muss. Da treffen sich Mutter und Sohn nach Jahren zufällig in derselben psychiatrischen Einrichtung wieder. Das darf normalerweise nicht passieren, doch wir kannten den Namen des Jungen nicht und hatten somit auch keine Anhaltspunkte, dass die beiden direkte Verwandte waren. Jedenfalls hatte das Aufeinandertreffen zur Folge, dass Jasper innerhalb kurzer Zeit seine Stimme wiedererlangte. Er konnte uns mitteilen, was passiert war, erzählte mir über die immer wiederkehrenden Bilder und Fantasien in seinem Kopf, bis wir sein Leiden ganz gut unter Kontrolle bekamen. Wir versuchten, Mutter und Sohn jedoch weitestgehend zu trennen, da Annette die Anwesenheit ihres Sohnes nicht so gut bekam wie dem Jungen die ihre. Sie wollte ihn am liebsten vierundzwanzig Stunden am Tag um sich haben, was natürlich nicht möglich war. Eines Tages haben wir Jasper dann als geheilt entlassen, auch dank eines sehr gut anschlagenden, neuen Medikaments namens Aprophilid. Es ist ein echtes Wundermittel und Hoffnung für viele Schizophrenie-Patienten. Der Junge hat dann über mehrere Jahre zweimal die Woche unsere offene Abteilung besucht, bis wir beschlossen haben, dass er sich nur noch bei Bedarf melden sollte – unter der Bedingung, dass er regelmäßig seine Medikamente einnahm. Nach einiger Zeit begann auch Annette augenscheinlich Fortschritte zu machen. Ihre Symptome ließen nach, was wohl auf die Entlassung ihres Sohnes zurückzuführen war. Die erneute Trennung von Jasper hatte in ihr höchstwahrscheinlich etwas ausgelöst. Der Körper und die Psyche können unter besonderen Belastungen enorme, uns unerklärliche Kräfte entwickeln. Ein paar Monate später konnten wir Annette jedenfalls auch entlassen. Wie bei ihrem Sohn zuvor geschah das mit der Auflage, die Behandlung zunächst in der offenen Psychiatrie fortzusetzen und sich danach nur noch bei Bedarf zu melden. Nach ihrer Entlassung hatten Jasper und seine Mutter wieder regelmäßig Kontakt. Wenn Sie mich fragen, ist Annette ihrem Sohn nach Hopetoun hinterhergereist, um ihn davon abzuhalten, etwas Dummes zu tun. So sind Eltern eben, sie wollen ihre Kinder beschützen, deshalb hat sich Annette wahrscheinlich auch nicht an die Polizei gewandt. Nachdem ihr das nicht gelungen war, hat sie vermutlich keinen anderen Ausweg gesehen, als sich das Leben zu nehmen.«

Dr. Mace' Ausführungen klangen überaus plausibel. Jetzt konnte Rachel viele Dinge besser verstehen, jedoch frustrierte es sie noch mehr, dass sie all die Zeichen, die ihr hätten auffallen müssen, nicht gesehen hatte.

»Wie konnte es sein, dass Annette so viel über Psychologie wusste, ich habe ihr die Rolle als Psychologin von vorn bis hinten abgekauft«, sagte Rachel immer noch ungläubig.

»Wenn Sie wie Annette eine intelligente Frau mit einer guten Auffassungsgabe sind, bekommen sie in den Jahren in der Psychiatrie einiges mit. Unterhaltungen zwischen Ärzten, die eigene Diagnose, Bücher, Fachzeitschriften. Das ist fast wie ein Studium. Außerdem hatte Annette tatsächlich ein paar Semester Medizin studiert«, erklärte Dr. Mace und führte zur Verdeutlichung eine Anekdote an: »Eines Tages hat sie sich sogar mal als Ärztin verkleidet. Von den richtigen Ärzten war gerade niemand auf der Station und Annette hatte es irgendwie geschafft, in mein Sprechzimmer zu gelangen. Dort hatte sie sich meinen Kittel angezogen und auf den nächsten Patienten gewartet. Zufällig war an dem Tag jemand eingewiesen worden. Annette machte mit ihm und seinem Pfleger, der aus einem anderen Haus kam und Annette nicht kannte, das komplette Aufnahmegespräch und spielte ihre Rolle so gut, dass es nicht auffiel. Erst als ich in mein Büro zurückkam, flog alles auf.«

Rachel stimmte die Anekdote nur unwesentlich ruhiger. In Zukunft würde sie die Menschen noch gründlicher unter die Lupe nehmen müssen, was eigentlich sehr schade war, da sie es mochte, offen auf Leute zuzugehen.

Das einzig Positive an der Sache bestand darin, dass sie den Fall Annette Pearce in weniger als zwölf Stunden abgeschlossen hatte. Vielleicht konnte sie damit bei Chief McDermott ein bisschen Eindruck schinden. Jede positive Meldung war wichtig in Bezug auf eine potenzielle Übernahme. Auch wenn McDermott ihr die Antwort auf die Frage, ob sie von der Polizei übernommen werde, weiterhin schuldig blieb.

Rachel beschloss, sich heute nicht weiter darüber aufzuregen und sich stattdessen einen schönen Abend zu machen. Vielleicht würde sie mit Thomas etwas kochen, ins Kino oder spazieren gehen und einfach mal abschalten. Die letzte Zeit, insbesondere die vergangenen Tage und Nächte, waren schließlich zermürbend genug gewesen.

Die Rückfahrt in der rappelnden, miefenden Tram war noch einmal anstrengend. Zu Hause warf Rachel ihren Mantel über das Sofa im Wohnzimmer und legte sich seufzend daneben. Thomas hatte noch Bereitschaftsdienst auf dem Flugplatz und würde erst später kommen, sie hatte also noch genug Zeit, um die Füße hochzulegen und einfach einmal gar nichts zu tun. Was für ein schönes Gefühl das doch war. Rachel schloss die Augen und war gerade dabei einzuschlummern, als das Telefon sie aufschreckte. Sie hatte gerade gar keine Lust, sich hochzurappeln. *Wenn es wichtig ist, wird sich der Anrufer bestimmt noch einmal auf dem Handy melden oder aufs Band sprechen*, dachte sie sich. Nach einigen Sekunden sprang der Anrufbeantworter an und es ertönte die vertraute Stimme von Thomas, der den Anrufer mit freundlichen Worten darum bat, eine Nachricht zu hinterlassen. Nach dem Piepton meldete sich die weniger vertraute, aber immerhin bekannte Stimme des Anrufers. Es war Philipp Kirkland von der Rechtsanwaltskanzlei Kirkland & Partners, der Scheidungsanwalt ihres Ex-Mannes John. Rachel verdrehte die Augen. Nachdem der Rechtsverdreher ihr in Johns Namen vor wenigen Tagen mitgeteilt hatte, dass er einer

Scheidung vor Ablauf der Zweijahresfrist nicht zustimmte, war sie nicht sonderlich gut auf ihn zu sprechen. Rachel schaute auf die Uhr, in London war es kurz vor zehn Uhr morgens.

»Guten Abend, Mrs Buchanan, Philipp Kirkland hier, wir haben vor einigen Tagen gesprochen, es geht um die von Ihnen angestrebte Scheidung, Sie erinnern sich bestimmt. Ich möchte Ihnen mitteilen, dass mein Mandant sich die Sache noch einmal überlegt hat. Er wäre jetzt zu einer Scheidung bereit. Es wäre schön, wenn Sie sich in den nächsten Tagen bei mir melden könnten, die Nummer haben Sie ja. Auf Wiederhören.«

Rachel konnte zunächst nicht glauben, was sie gehört hatte. Wie war es zu diesem Sinneswandel gekommen? Obwohl ihr sein Verhalten zu denken gab, beschloss sie erst einmal, sich verhalten über die Nachricht zu freuen. Später am Abend, als Thomas von der Arbeit zurückgekehrt war, erzählte Rachel ihm von dem Anruf aus London. Er war nicht weniger erstaunt als Rachel, freute sich aber vor allem heimlich über die zusätzlichen Optionen, die sich dadurch ergaben. Gleich am darauffolgenden Abend telefonierte Rachel mit Philipp Kirkland. Tatsächlich bestätigte Kirkland ihr, dass ihr Ex-Mann zur Scheidung bereit sei und er, falls von ihrer Seite noch gewünscht, alle Unterlagen vorbereiten könne. Er sei sogar bereit, ein ungebührliches Verhalten seinerseits einzugestehen – die notwendige Bedingung für eine Scheidung vor Ablauf der Zweijahresfrist. Natürlich fragte Rachel, wieso John seine Meinung so plötzlich geändert habe, bekam von Kirkland jedoch keine eindeutige Aussage. Wie ein Politiker schwurbelte er um den heißen Brei herum. Zwischen den Zeilen hörte Rachel jedoch heraus, dass John nur aus steuerlichen Gründen weiter mit ihr hatte verheiratet bleiben wollen, dass er mittlerweile jedoch eine neue Partnerin habe, die er jetzt eventuell heiraten wollte. Dazu fiel Rachel nichts mehr ein. Außer, dass sie sich freute, bald von diesem Mann geschieden zu sein.

In den folgenden Tagen ließ Rachel es bei der Arbeit etwas ruhiger angehen, was nicht sonderlich schwierig war, da die Polizei es glücklicherweise nur mit kleineren Delikten zu tun hatte und sich die Kapitalverbrecher auf wunderliche Weise zurückhielten. Sie verbrachte einen Großteil der Zeit mit Büroarbeit und damit, Leroy als Zuhörer zur Seite zu stehen, der inzwischen wieder zur Arbeit kam, vom Polizeipsychologen betreut wurde und ein großes Mitteilungsbedürfnis entwickelt hatte. Ihr Freund Thomas hingegen schien sehr beschäftigt zu sein und machte ungewöhnlich viele Überstunden. Die Zahl der Patienten des Royal Flying Doctor Service verlief auf eigenartige Weise umgekehrt proportional zur Zahl der Gewaltverbrechen in der Stadt. Trotz allem fanden Rachel und Thomas an einem Donnerstagabend die Gelegenheit, etwas *quality time* miteinander zu verbringen und auszugehen, was sie seit einer gefühlten Ewigkeit nicht mehr getan hatten. Die beiden waren sich schnell einig, dass sie zum Abendessen in eine Rooftop Bar gehen würden. Melbourne war bekannt für seine vielen außergewöhnlichen Lokalitäten auf Dachterrassen und Hochhäusern, Thomas hatte jedoch trotz der großen Auswahl vehement darauf bestanden, zum Rooftop at QT zu gehen, einer Bar mit fantastischer Aussicht auf die Silhouette von Melbourne. Er hatte für sieben Uhr einen Tisch reserviert und machte etwas Druck, da man den Tisch bei einer Verspätung von nur zehn Minuten bereits wieder neu vergeben würde. Natürlich erreichten Rachel und Thomas das Rooftop at QT überpünktlich um Viertel vor sieben. Trotzdem waren alle Tische bereits besetzt, alle bis auf einen. Den mit der besten Aussicht auf die Silhouette. Ein Kellner geleitete sie dorthin und brachte ihnen die Karten. Thomas schaute nervös auf die Uhr.

»Was ist los, Schatz? Entspann dich doch, das ist unser Abend«, sagte Rachel und streichelte seine Hand, die leicht zitterte.

»Alles bestens, es ist schön hier«, sagte Thomas und schaute sich angespannt um.

Der Kellner brachte zwei Gläser Champagner und die beiden stießen an. Als Thomas in ihre Augen blickte, fiel ihm einmal mehr auf, wie bezaubernd seine Freundin doch war. Rachel schaute Thomas an und ihr ging durch den Kopf, dass sie sich bei ihm einfach nur sicher und geborgen fühlte. Wie sehr hatte sie diese Empfindung vermisst.

Einige Minuten später, um exakt fünf vor sieben, geschah etwas Merkwürdiges. Alle Gäste auf der Dachterrasse erhoben sich von ihren Stühlen und bewegten sich vom Außenbereich in den Innenraum. Verwirrt beobachtete Rachel das eigenartige Schauspiel, um sie herum war es auf einmal völlig still. War das eine Art Flashmob, von dem sie nichts mitbekommen hatten? Rachel schaute Thomas mit großen Augen an. Einige Augenblicke später wurde die Stille von einem eigenartigen Dröhnen durchbrochen, das aus Richtung Melbourne zu kommen schien. Rachel kniff die Augen zusammen und suchte die Umgebung ab. In einiger Entfernung entdeckte sie drei Punkte in der Luft, die langsam immer größer wurden. Eine Flugzeugformation, so viel stand fest, aber was zogen die Flugzeuge hinter sich her? Die Maschinen machten eine Wende und näherten sich der Dachterrasse jetzt von der Seite. Thomas erhob sich von seinem Stuhl und kramte in der Tasche seines Jacketts herum. Rachel, die ein wenig überwältigt war, wusste nicht, wohin sie schauen sollte, da die Flugzeuge jetzt wieder in ihrem Sichtfeld erschienen, so nah, dass sie die Aufschrift »Royal Flying Doctor Service« erkennen konnte. Dann registrierte Rachel, was die Maschinen hinter sich herzogen, es waren drei große Banner, auf denen in fett gedruckten Buchstaben stand: »Will You«, »Marry«, »Me«. Rachel schossen die Tränen in die Augen. Dann wandte sie sich wieder Thomas zu, der mit einem Diamantring vor ihr kniete und mit gebrochener Stimme fragte: »Willst du mich heiraten?«